● 首都师范大学文学院　主编

励耘学术

LIYUN XUESHU

17

学苑出版社

图书在版编目（CIP）数据

唳天学术. 第 17 辑/首都师范大学文学院主编. —北京：学苑出版社，2023.7
ISBN 978 – 7 – 5077 – 6657 – 8

Ⅰ. ①唳… Ⅱ. ①首… Ⅲ. ①文学理论 – 文集 ②语言学 – 文集 Ⅳ. ①I0 – 53 ②H0 – 53

中国国家版本馆 CIP 数据核字（2023）第 079270 号

责任编辑：乔素娟
出版发行：学苑出版社
社　　址：北京市丰台区南方庄 2 号院 1 号楼
邮政编码：100079
网　　址：www.book001.com
电子邮箱：xueyuanpress@163.com
销售电话：010 – 67601101（销售部）、010 – 67603091（总编室）
印　刷　厂：北京建宏印刷有限公司
开本尺寸：787 mm × 1092 mm　1/16
印　　张：11
字　　数：241 千字
版　　次：2023 年 7 月第 1 版
印　　次：2023 年 7 月第 1 次印刷
定　　价：68.00 元

前　　言

《唳天学术》是由首都师范大学文学院主编，以首师大文学院学科研究方向为主要内容，以在校博士和硕士研究生为基本作者队伍，面向青年读者的学术性辑刊。

作为主办单位的首都师范大学文学院，已有50多年的历史。现有六个专业，分别是汉语言文学（师范）、汉语言文学（非师范）、秘书学、戏剧影视文学、文化产业管理、汉语国际教育，并有中国语言文学一级学科博士学位授予权。拥有一个国家级重点学科，三个北京市重点学科，还拥有中国语言文学博士后流动站。此外，还设有教育部重点文科研究基地——中国诗歌研究中心。首都师范大学文学院目前已形成了比较完整的学科群体、开放性的学术氛围和良好的学术传统，涌现出一批在国内外学术界有较高声望的学者，以及在学术界有一定影响的中青年学术骨干，与此同时，研究生教育也有了长足的发展，研究生质量得到稳步的提高。

为检阅我院研究生的学术成果，鼓励和引导同学们积极投身科学研究，加强与兄弟院校及学术界的交流，并希望通过我院同学们的一得之见，推进相关学科的发展与建设，我们特创办《唳天学术》辑刊，每年出版。作者队伍以首都师范大学文学院的博士研究生和硕士研究生为主，今后我们也将适当选发兄弟院校研究生的优秀论文。

本刊之所以命名为"唳天学术"，是因为首都师范大学文学院原有的学生社团多是以"唳天"为名，包括唳天剧社、唳天文学社、唳天诗社等。"唳天"二字本是指仙鹤、鸿雁等鸣禽在辽阔的天空中自由地鸣叫，我们用它来作为这本学术辑刊的名字，意在为同学们的科学研究提供一个广阔的境域，同时也是为了强调一种学术自由的精神。

波兰天文学家哥白尼在公布他的日心说的时候，曾在扉页上引用了阿尔齐诺斯的一句名言："一个人要做一个哲学家，必须有自由的精神。"其实不只是做一个哲学家，做一个语言文学研究者，也一样要有自由的精神。有了自由的精神，才可能有健全的、独立的人格，才敢于敞开自己的心扉，不怕世俗的嘲笑和冷眼，在任何情况下都敢于说真话，不去欺世盗名，不去迎合流俗，不去装神弄鬼。有了自由的精神，才能超越传统的认识，摆脱狭隘的思维方式的拘囿，让思维在广阔的时间和空间中流动，才能调动自己意识和潜意识中的积累，才能有卓尔不群的发现。

《唳天学术》强调自由的精神，同时强调严谨的学风和严格的学术规范。为使我们培养的研究生适应国家对高层次人才的需要，强化他们独立的科研能力，我们注重加强学术环境的营造，聘请多位国内外著名学者来院讲学，让学生打开眼界。我们还制定了研究生课程规划和有关毕业论文写作的措施，对开题报告、论文指导以及论文答辩等环节都提出了比较严格而又切实可行的要求，以不断提高我院研究生的培养质量，这将会从根本上保证《唳天学术》的学术水准。"晴空一鹤排云上，便引诗情到碧霄。"科学研究是最富于独创性的精神劳动，愿年轻学子的心灵毫无拘束地在广阔的宇宙中自由遨游，《唳天学术》将成为你们腾飞的踏脚石。

吴思敬

目　　录

· 中国古代文学 ·

《文心雕龙·物色》"志惟深远"发微 …………………………… 常崇桦（ 3 ）
用心理学的梦境原理诠释词学中的梦文化 ……………………… 果　昊（14）

· 中国古典文献学 ·

从文字因素看《治邦之道》《治政之道》的时代和性质 ………… 黄一村（27）

· 中国现当代文学 ·

伦理觉悟的启蒙——论《雷雨》第三幕中蘩漪的关窗行为 …… 李照晖（41）
诗语滢镜——读路东诗集《睡眠花》 …………………………… 张媛媛（50）

· 比较文学与世界文学 ·

引商刻羽：论荷尔德林哀歌《面包与酒》中的对位与转换 …… 周安馨（65）
论陀思妥耶夫斯基早期作品中作为叙述策略的"凝视" ……… 王可欣（81）

· 语言学 ·

独白中"这就/这不就"和"这也/这不也"的引述转换位置敏感及所含意外
　………………………………………………………………… 李静文（93）
基于词向量和卷积神经网络的中文新闻分类算法 ……………… 白　磊（104）

反预期视角下的"大+时间名词+的" ··· 康靖悦(114)

·汉语国际教育·

连词"还有"偏误分析及教学建议 ··· 李青文(125)
《博雅汉语·初级起步篇》生词释义问题研究 ································· 全思慧(140)

·文化产业、影视文学·

在野·守望：影视人类学视域下万玛才旦纪实电影研究——以"藏地故乡三部曲"为例
·· 崔福凯(155)
香港青少年国家认同路径探析——以"港澳青少年民族文化研习计划"系列活动为例
·· 王紫薇(163)

· 中国古代文学 ·

中国古代文学

《文心雕龙·物色》"志惟深远"发微

常崇桦

摘　要：《文心雕龙·物色》中"吟咏所发，志惟深远"，是刘勰对宋、齐文坛情志隐退现象的客观叙述，但它与刘勰论文重真情的原则相违背，所以隐含否定意味。刘勰一贯坚持为情造文，强调写景作品也要抒发真实情志。然而自刘宋以来，写景的创作重心由言志转为摹象，致使作品中的真实情志渐趋深隐邈远，表现得不够充足明显。此现象背后，是士族渐趋狭隘缓弱的思想，以及标榜清高、逞才竞艺的逐名心态。因此，刘勰在肯定形似文风益处的同时，着重指出过分追求出新而忽略雅正的弊处，提倡应当在回归雅正的基础上适度增华，注重真实情志的抒发。

关键词：刘勰；《文心雕龙》；《物色》；志惟深远

《文心雕龙·物色》主要探讨文学创作与四季景色的关系。该篇评论当时文风时，提出"吟咏所发，志惟深远"[①]，各家对此注解不一。郭晋稀先生持肯定观点，将此句译为"诗兴的产生，情志定要深远"，并指出这是描摹风景的原则[②]；王元化先生也偏向肯定，认为"志惟深远"及下文的"体物""密附"，体现出"艺术形象的内意和外意的相互结合"[③]。詹锳先生译为"这些人作诗用心思很深"，并引张严《论诠》道，此句指谢灵运辈"所作近于雕琢，且杂糅《易》《老》《庄》及佛理等，玄虚特甚"，则偏向否定[④]；罗根泽先生亦持否定观点，认为此句表达刘勰对当时创作界的不满[⑤]。牟世金、周振甫、王运熙和周峰四位先生的态度则比较客观，认为该句指创作时情志只求深远。[⑥]

[①] 本文所引《文心雕龙》，均据（南朝梁）刘勰. 文心雕龙注 [M]. 范文澜，注. 北京：人民文学出版社，1958. 后文不再标注。
[②] 参见郭晋稀译注. 文心雕龙译注十八篇 [M]. 兰州：甘肃人民出版社，1963：177—179.
[③] 参见王元化. 文心雕龙创作论 [M]. 上海：上海古籍出版社，1984：181.
[④] 参见（南朝梁）刘勰. 文心雕龙义证 [M]. 詹锳，义证. 上海：上海古籍出版社，1989：1748.
[⑤] 参见罗根泽. 中国文学批评史 [M]. 北京：商务印书馆，2015：264.
[⑥] 参见（南朝梁）刘勰. 文心雕龙译注 [M]. 陆侃如，牟世金，译注. 济南：齐鲁书社，1995：553；周振甫. 文心雕龙今译（附词语简释）[M]. 北京：中华书局，1986：412；（南朝梁）刘勰. 文心雕龙译注 [M]. 王运熙，周锋，撰. 上海：上海古籍出版社，1998：420.

这些研究或对"深远"的理解略有偏颇，或对此种现象论述得不够深入，所以得出的观点仍很模糊。本文拟从还原语境的角度分析"志惟深远"现象，同时探求其背后的文人心态，梳理刘勰的评价与创作指导，从而对此问题形成较为全面的认识。

一、刘勰认为吟咏物色的规范

"物色"指节候中的自然万物，如《物色》篇提及的山水花鸟、风月景象等。刘勰基于物感说，认为"岁有其物，物有其容；情以物迁，辞以情发"。自然景物随四季而变，引起人情感的波动，人们将这种情感诉诸文辞，于是形成文学作品。作者的真情是构思文辞的前提，这是刘勰一贯的为情造文主张。《体性》云："夫情动而言形，理发而文见。"《情采》道："故情者文之经，辞者理之纬。"都在反复强调情的先导地位。

同时，刘勰认为情并非泛滥无边，而应有所约束。他在"文之枢纽"中就清楚地表明了这一点：既应"志足而言文，情信而辞巧"（《征圣》），两句话互文见义，即情感要充足真实，也应"情深而不诡"（《宗经》），强调情感要深挚雅正，如此便将"情"融入"志"的范畴。此外，刘勰认为志也未必完全遵守礼义，如"依彭咸之遗则，从子胥以自适，狷狭之志也"（《辨骚》）的偏急之志；"志不出于淫荡"（《乐府》）的放荡之志；等等，更偏向人自然而本真的性情，如此便将"志"融入"情"的范畴。因此，刘勰持情志结合的观点，如《附会》"必以情志为神明"，即指文学创作要基于自然真实、充足正大的情感。

就描写物色而言，最常见的文体是诗与赋，它们的主要功能即抒发情志。《明诗》云："是以在心为志，发言为诗，舒文载实，其在兹乎？"又曰："人禀七情，应物斯感，感物吟志，莫非自然。"诗即以文辞表达外物感发下的内心情志。略观该篇所肯定的作品：古诗"怊怅切情"，哀感动人地表达内心感情；建安文学"造怀指事，不求纤密之巧"，感情诚恳强烈，因此不追求纤巧；"嵇志清峻，阮旨遥深"，嵇诗志趣清高，阮诗命意深远。尽管上述作品呈现的写志面貌不尽相同，但它们都出自诗人本真且充实的情感。《诠赋》云："赋者，铺也，铺采摛文，体物写志也。"赋即铺陈文辞来体察物象，抒写情志。又曰："文虽新而有质，色虽糅而有本，此立赋之大体也。"鲜明雅正的情志为辞赋的根本，无论辞藻怎样华美，都不能掩盖述志的本质。因此，在以诗赋吟咏物色时，也应表达出作者的真实情志。

基于诗赋要抒发情志的观点，刘勰充分肯定了《诗经》的咏物成就。当诗人流连于繁荣景象而心有所感后，便对目及耳闻沉思吟味，进入构思阶段："写气图貌，既随物以宛转；属采附声，亦与心而徘徊。"描写气韵、摹绘状貌，都要随景物变化而灵活构思；具体连缀辞采、模拟声响，还需融入自我情志，反复斟酌用词，从而使所写景物形神兼备，传递出诗人的情思：

　　"灼灼"有明艳如火的意思，显示桃花的鲜艳，同时写出新嫁娘火热的心情。

"依依"有柔弱的意思,既形容柳条的柔软,也写出了出征战士与家人依依不舍的感情。"杲杲"描写日出的光耀,也写出了思妇望天下雨象望出征的丈夫回来,却看到太阳照耀的失望的心情……①

《诗经》的咏物诗句多用精约之词,既描绘出景物的生动风貌,也传达出诗人的真挚情思。这是由于在《诗经》时代,山水景物往往作为比兴的媒介,尚未成为独立的审美对象。《比兴》云:"起情故兴体以立,附理故比例以生。"引起情感,所以"兴"才成立;比附事理,故而"比"才产生,它们都是诗人言志的手法。因此,《诗经》中的景物具备"起情""附理"的功用,已非客观原貌,而是融入诗人情感,好为言志服务的写意之作。王达津先生在《刘勰论如何描写自然景物》中说:"这些引用诗三百篇的例证,大都是情兼比兴,物尽形神之似的……而这描写的所以能够'神似',却是由于自然景物与作者的思想感情息息相通,并且是由作者的思想感情给添加了生气的。"②《诗经》景物因融入诗人真情,故而显得情致浓郁,这也符合刘勰认为吟咏物色应表达情志的观点。因此,刘勰总结《诗经》的写景经验为"以少总多,情貌无遗",赞扬《诗经》能以简约之词毫无遗漏地概括出景物的情韵神貌,同时传达出诗人的情志。

刘勰视"以少总多,情貌无遗"为吟咏物色的规范,并以此评价后世作品。他认为《离骚》对景物的描写更加丰富,但没有加以批评。又于《辨骚》篇充分肯定了《离骚》的言志之诚、写景之真:"故其叙情怨,则郁伊而易感;述离居,则怆怏而难怀;论山水,则循声而得貌;言节候,则披文而见时。"可见《离骚》辞词虽渐趋丰富,但不至于烦琐,而且咏物传神,叙志动人,符合吟咏物色的规范。

相比《离骚》,汉赋咏物则流于淫侈,因此遭到批判。刘勰认为,司马相如等作文过分追求诡奇声势,用词一味地铺张扬厉,如此便不符合用词简约的规范。而且过分追求辞藻繁富,便会忽略真情的阐发。《诠赋》就指出了这一弊病:"遂使繁华损枝,膏腴害骨,无贵风轨,莫益劝戒。"只注重铺陈辞采的结果,就是伤害述志的本质,进而丧失讽喻之义,这样也不符合传达情志的规范。

综上可见,刘勰重视文学创作中真实情志的抒发,并归纳吟咏物色的规范是:以简练词语生动描绘出景物的情韵神貌,同时传达出作者的情思。而且,刘勰并不反对咏物之词的适当丰富,而是指责过分追求文辞繁富,致使情志衰微的舍本逐末行为。

二、近代写景文风与情志的隐退

《明诗》云:"宋初文咏,体有因革,庄老告退,而山水方滋。"山水诗风盛行,是刘

---

① 周振甫先生对《物色》篇例举的《诗经》写景之作有详细解说。参见周振甫.文心雕龙今译(附词语简释)[M].北京:中华书局,1986:407—408.

② 王达津.古代文学理论研究论文集[M].天津:南开大学出版社,1985:97—98.

宋以来文风转变的一大标志。《物色》篇客观叙述此现象道：

> 自近代以来，文贵形似，窥情风景之上，钻貌草木之中。吟咏所发，志惟深远；体物为妙，功在密附。

由于《文心雕龙》成书于齐末①，所以"近代以来"指宋、齐时期。当时作文普遍追求"形似"，如钟嵘《诗品》评谢灵运、颜延之及鲍照诗，都云"尚巧似"②，即追求形貌的逼真。然而融入个人情感的写意之作是难以达到形似的，只有精细的写实工笔之作，才能贴近景物，妙穷毫厘。因此，诗人将写景的笔墨重心由言志转为摹象，他们深入观察景物自身的情态形貌，并让文辞细密地切合景物原状，以期获得体物之妙。

写作重心的改变，与山水景物由陪衬转变为独立的审美对象有关。晋室南渡后，江南明秀的山水风光吸引着文人的探游之兴。起初，山水仅是体玄悟道的衬景，然而随着玄理成分减少，吟咏山水的成分增多，山水逐渐成为创作的主要对象，获得独立的欣赏价值。因此，刘宋兴起的山水诗改变了《诗经》托物言志以及玄言诗借景抒情的做法，而以写景为主。

创作重心的转移，使人们不再致力于抒发情志，而是"情必极貌以写物，辞必穷力而追新"（《明诗》），力图再现景物的客观美。如谢灵运往往以多半篇幅摹写山水，仅于末尾寥寥加几笔谈玄感怀，《于南山往北山经湖中瞻眺》《石壁精舍还湖中作》等名作正是如此。而且为追求景物的客观美，便不能有过多主观情感的参与，致使融入景物的个体情思也相对减少。如汉魏两晋人经常借"朝露"意象抒发己怀，悲叹人生短暂。谢灵运却不掺杂个人情绪，仅是单纯刻画"朝露"的自然形态："秋岸澄夕阴，火旻团朝露"（《永初三年七月十六日之郡初发都》)③；"亭亭晓月映，泠泠朝露滴"（《夜发石关亭》)④，确实描绘出朝露的客观美，但也丧失了借物言志的精神。再加上为使刻画景物准确，谢灵运还在文辞上苦心孤诣，过分追求新奇语句，如此便难免冗长生硬，显得缺少情韵。南朝梁萧子显就于《南齐书·文学传论》中批评了谢灵运及其追随者的情感不足之弊："而疏慢阐缓，膏肓之病，典正可采，酷不入情。此体之源，出灵运而成也。"⑤可见谢灵运等宋、齐文人的写景作品有"繁采寡情"（《情采》）倾向。个人情志不仅占有比重少，而且表现得隐晦难求，即"吟咏所发，志惟深远"，创作时的情志只是深隐邈远，表现得不够充实明显。

在"辞以情发"的前提下，因创作重心转移而导致的"志惟深远"，尚且存在一丝真情。那么，"为文造情"则充斥着虚情假意，致使真实情志隐匿得更加深远。刘勰于《情

---

① 参见牟世金. 刘勰年谱汇考 [M]. 成都：巴蜀书社，1988：57—65.
② 参见钟嵘. 诗品注 [M]. 陈延杰，注. 北京：人民文学出版社，1961：29、43、47.
③ 顾绍柏校注. 谢灵运集校注 [M]. 郑州：中州古籍出版社，1987：35.
④ 顾绍柏校注. 谢灵运集校注 [M]. 郑州：中州古籍出版社，1987：50.
⑤ （南朝梁）萧子显. 南齐书 [M]. 卷五十二. 北京：中华书局，2000：617.

采》篇严厉批评了这种现象：

> 而后之作者，采滥忽真，远弃风雅，近师辞赋，故体情之制日疏，逐文之篇愈盛。故有志深轩冕，而泛咏皋壤，心缠几务，而虚述人外，真宰弗存，翩其反矣。

刘勰一贯坚持文学创作要基于真实情志，然而许多人舍弃"为情造文"的宗旨，反去效仿辞赋"心非郁陶，苟驰夸饰，鬻声钓世"（《情采》）的"为文造情"之举，导致抒写真情的作品越来越少。比如有些人原本志在官禄、牵挂政务，却违心地赞扬隐逸，频发世外之情。这样写出的作品便满纸诡言，真实情志却隐而不露。再加上宋、齐文人经常将玄学佛理与隐逸情怀相结合，更使真实情志深隐难测。吴林伯先生认为，上述人即谢灵运辈。① 确实，谢灵运热衷于进竞，却在山水诗中畅谈隐逸，存在"为文造情"的倾向。但不能断言他就是说谎，毫无隐逸之心。正如范文澜先生所说："故尘俗之缚愈急，林泉之慕弥深。"② 谢灵运面对被刘宋王朝排斥的残酷现实，只好从山水中寻求心灵慰藉，产生希羡隐逸之心也是自然结果。然而谢灵运仅视隐逸为理想，没有如陶渊明一般付诸实际，故而显得言行不一。③

倘若沿着作文时弃情志于不顾的路往下走，便会使情志趋于淡薄，乃至毫无真情地抒发。永明文坛就突出存在着一种几乎毫无情志的消闲创作现象。在以竟陵王萧子良为中心的文学集团中，众多文士创作了大量咏物诗。然而这些诗作仅在描摹物象上下功夫，很少表达真情，可谓纯粹的逐文之篇。如"竟陵八友"④ 之一的王融作《四色咏》云："赤如城霞起，青如松雾澈。黑如幽都云，白如瑶池雪。"⑤ 将标志四种颜色的物事嵌入诗中，并无半点真情，更像一种文字游戏。刘勰《物色》云："凡摛表五色，贵在时见，若青黄屡出，则繁而不珍。"认为应适量使用色彩词，不能过于繁杂。这或许是针对诸如《四色咏》等作品的有感而发。

综上，近代写景文风以模山范水为创作重心，导致出现"繁采寡情""为文造情"，乃至毫无半点情韵的"志惟深远"现象。即作者真实情志渐趋深隐邈远，表现得不够充足明显。

---

① 吴林伯先生认为"'为文造情'，主要影射晋、宋诗赋家之伪装"，并以谢灵运为例云："仕宋，自谓才能宜参机要，被贬永嘉太守，意不自得，则大修别墅，雇用僮仆，放浪山水，荒侈已极，并欲再起，不忘升进，而他写的山水诗，则沿佛、道，饰其高蹈……"（参见吴林伯. 《文心雕龙》义疏[M]. 武汉：武汉大学出版社，2002：378）

② 〔南朝梁〕刘勰. 文心雕龙，注[M]. 卷七. 范文澜，注. 北京：人民文学出版社，1958：541.

③ 据王瑶先生《论希企隐逸之风》一文的观点，谢灵运的希羡隐逸，尚且是由心与迹的分家（朝隐），求心与迹合一的。到后来的齐梁诗人，则心安理得地自居朝隐，连谢灵运对心迹分家的羞愧都没有了。（参见王瑶. 中古文学史论[M]. 北京：北京大学出版社，1998：208）可见谢灵运对隐逸的态度，比齐梁诗人更为真诚。范文澜先生认为刘勰所指斥的，是"若夫庸庸禄蠹，郦性天成，亦复摇笔鼓舌，虚言遐往"之人。[参见〔南朝梁〕刘勰. 文心雕龙注[M]. 卷七. 范文澜，注. 北京：人民文学出版社，1958：541] 这类人应指后世一方面借隐逸标榜清高，一方面又自居朝隐的士族。关于此问题，第三章有详细论述。

④ 《梁书·武帝本纪》云："竟陵王子良开西邸，招文学，高祖（即梁武帝萧衍）与沈约、谢朓、王融、萧琛、范云、任昉、陆倕等并游焉，号曰八友。"[参见〔唐〕姚思廉撰. 梁书[M]. 卷一. 北京：中华书局，1973：2]

⑤ 逯钦立辑校. 先秦汉魏晋南北朝诗[M]. 齐诗卷二. 北京：中华书局，1983：1405.

三、"志惟深远"背后的文人心态

清沈德潜《说诗晬语》云:"诗至于宋,性情渐隐,声色大开,诗运一转关也。"① 宋、齐诗歌中情志的隐退,不仅是创作重心向"声色"转移的结果,更与当时文人的心态密切相关。

宋、齐文学的创作主体基本上是特权阶层的士族,他们在各方面都拥有无可比拟的优越性。经济上,他们享有富庶的庄园经济;政治上,由于士庶清浊的保护制度,士族不需具备实际才干,便能拥有悠闲的清贵之职;文化上,由于世代沿袭的文化积累,他们占据无可非议的文化领先地位。基于前三者的长期积淀,士族拥有令人艳羡的显赫声望,他们的存在,势必招来皇室的忌惮。因此,宋、齐皇室一方面与士族合作,争取他们的支持;一方面又打压士族的政治力量。实际上,习于安逸的士族已逐渐失去如祖辈王导、谢安那样的政治雄心与真实才干,面对皇室的打压,他们并没有足够能力去反抗。如举兵反叛的谢晦、桀骜不驯的谢灵运、拥护他者的王融等世家子弟,最终都落得被处死的下场,可见士族在政治博弈中的失落。因此,更多士族选择安于现状,尽量维护自己的既得利益与社会地位。他们只顾自我,淡漠国家,在政权变易之际,或者熟视无睹,或者为保护自我而助力夺权,毫无忠臣形象。余嘉锡先生"盖魏晋士大夫止知有家,不知有国"② 的评论,正出于此。在这种情形下,宋、齐士族逐渐消退了忧国忧民、建功立业的高远理想,思想渐趋狭隘缓弱。

首先,由于士族的政治威信逐渐降低,为维持社会声誉,他们便在文学创作上下功夫。宋、齐时代多有士人因擅长作文而备受推崇的记载。如《南齐书·王融传》言:"(永明)九年,上幸芳林园禊宴朝臣,使融为曲水诗序,文藻富丽,当世称之。"③ 王融因文藻而扬名,这是当时众多士人的一致追求。文学创作需要情感,永明文人已经认识到了这一点。因此,他们批评谢灵运诗"酷不入情",认为"文章者,盖情性之风标,神明之律吕也"(《南齐书·文学传论》)④。但是永明文人所推崇的"情性",并非刘勰所说的真实正大之情志,而是自我的本性。加之当时士族在思想上趋于肤浅靡弱,所以作品中的情性显得平庸无聊,缺乏高尚志趣与深刻内蕴。另外,如果想要人以文显,文章就要有足够的文采。因此,当时文人高度重视隶事、对偶等表达技巧,如此也阻碍了自我情志的抒发。由此可见,宋、齐士族在思想上渐趋狭窄浮靡,同时致力于文学创作的形式美感,所以作品往往"繁采寡情",缺乏充实情志。

其次,由于希企隐逸是流行于宋、齐之世的普遍风气,而且隐逸与山林关系紧密,所

---

① (清)沈德潜. 说诗晬语 [M]. 霍松林,校注. 北京:人民文学出版社,1979:203.
② 余嘉锡撰. 世说新语笺疏 [M]. 周祖谟,余淑宜,整理. 北京:中华书局,1983:46.
③ (南朝梁)萧子显. 南齐书 [M]. 卷四十七. 北京:中华书局,2000:556.
④ (南朝梁)萧子显. 南齐书 [M]. 卷五十二. 北京:中华书局,2000:617.

以时人为了顺应隐逸风尚，以便为己谋求好处，于是并非真心，而是有目的性地赞美山林，抒发世外之情。隐逸风气的形成有多重因素，如汉魏时期为躲避战乱及政治迫害而隐逸，晋世为追求超脱世俗的玄学而隐逸，等等。宋初谢灵运希冀隐逸，尚且有统治者压迫的逼不得已意味。随着士族趋于恬安娱乐，隐逸的忧患背景渐渐消失，但隐逸风气并未消歇，反被别有用心者利用，于是出现"志深轩冕，而泛咏皋壤"的现象。因为征用隐者可以彰显统治者爱贤用能的美德，所以朝廷极力推崇隐逸，如此便给尚未做官者提供了一条入仕捷径。这些人将自己包装成高洁的隐者形象，故意赞咏山林皋壤，似乎忘情于世，实则渴望名声流传，好为出仕铺垫道路。南齐孔稚圭在《北山移文》中批判的周子便是此类人。① 虽然周子是虚构形象，但仍可反映出宋、齐之世借宣扬隐逸来获取名声，进而由隐入仕风气的盛行。上述人通常是无法靠门第做官的没落士族及庶族，对于世家子弟而言，由于隐逸行为本身的高尚，他们会特意标榜清高隐逸，从而求得社会声誉，维护其引以为傲的社会地位。然而真正隐居山野的贫瘠生活，是养尊处优的贵族无法接受的，况且他们也不愿放弃已有的高位，于是在士人中流行"朝隐"，即身在魏阙、心在山林的心、迹分离之隐。南齐沈约《和谢宣城》"从宦非宦侣，避世不避喧"②，正言此意。这是士族为他们既想坦然接受官禄，又想成为高士的心理寻求的借口，带有自欺欺人的意味。不论如何，这两类人都言不由衷地赞咏山林，导致出现"为文造情"的真情深隐现象。

尽管刘勰对上述两类人都有所指责，但结合其没落士族或庶族出身的社会地位③，不难推测他对后者的批判程度更深一层。刘勰认为君子应做到"穷则独善以垂文，达则奉时以骋绩"（《程器》），而且他本人也是由入寺到登仕，说明他并不否定心怀兼济之志而由隐入士的行为。《程器》云："是以君子藏器，待时而动，发挥事业，固宜蓄素以弸中，散采以彪外。"君子尚未入仕时，应注重修养内在的才德，著书立言以散播文采，等待时机施展才学，为之后"立功"乃至"立德"奠定良好的基础。可见刘勰所指责的，是这类人在隐居期间荒废修德，迫不及待地追名逐利，从而过分哗众取宠的行径。此外，刘勰站在没落士族或庶族的失意文人角度，对显赫士族没有才干却身居高位，标榜清高以沽名钓誉的做法给予了强烈批判。由于统治者打压士族的政治力量，加之士族习于安逸，不注重培养才干，只在浮华文义上下功夫，所以士族所做的清官多为悠闲职务。他们也安于现状，正如《梁书·何敬容传》的记载："自晋、宋以来，宰相皆文义自逸，敬容独勤庶

---

① 此处参考史铁良先生的观点，认为周子做官后政务缠身，做的是浊官，因此属于庶族。参见史铁良.《北山移文》与周颙及隐士 [J]. 求索，1982（4）：84—85.
② 逯钦立辑校. 先秦汉魏晋南北朝诗 [M]. 梁诗卷六. 北京：中华书局，1983：1634—1635.
③ 目前学界对刘勰身世的看法主要有两种：一种是没落士族说，如王利器先生于《文心雕龙校证》一书中认为，刘勰"是一个没落的地主阶级"（参见王利器校笺. 文心雕龙校证 [M]. 上海：上海古籍出版社，1980：序录3）；另一种是庶族说，如王元化先生在《刘勰身世与士庶区别问题》一文中认为，刘勰"出身于家道中落的贫寒庶族"（参见王元化. 文心雕龙创作论 [M]. 上海：上海古籍出版社，1984：7）。无论哪一种看法，都认为刘勰无法靠显赫门第直接获得官职。

务，为世所嗤鄙。"① 士族高官以吟咏文采自处，而以勤于事务为耻，其中不乏"泛咏皋壤"的故作清高之辈。刘永济先生释《程器》篇云："二者，讥讽位高任重者，怠其职责，而以文采邀誉。"② 可见刘勰针对达官贵族既不劳而获，又毫无作为的现实，发出了深刻谴责。

最后，士族对人以文显的普遍追求，激发起他们的逞才竞艺之心。钟嵘《诗品序》言："至使膏腴子弟，耻文不逮，终朝点缀，分夜呻吟。"③ 在张扬才学的社会风气下，士人以作诗不如他人为耻，于是终日雕琢诗句，期待有朝一日能够以文扬名。文学集团（尤其以皇室成员为中心的群体）为文人展示才华提供了绝佳场所。皇室提倡文学，且具有强大的感召力，倘若在其引领的集体赋诗等活动中展露才艺，获得他人认可，甚至皇室的称赞，对于传播声名自然极有帮助。因此，众多士子纷纷归附以皇室为中心的文学集团，宋、齐之世影响最著者即南齐竟陵王萧子良文学集团。在此集团中，"竟陵八友"等士子彼此酬唱，切磋文义。为争竞诗才，他们经常举行同题共咏活动，如前文提及的王融《四色咏》，今存还有范云《四色诗》四首④；再如众人以"风"为题作赋，有王融《拟风赋》、谢朓《拟风赋奉司徒教作》、沈约《拟风赋》⑤ 等作。同题共咏激发出众人表现才华的欲望，加之当时"若无新变，不能代雄"（《南齐书·文学传论》)⑥ 的不拘常体的倡导，他们便于辞藻声律上惨淡经营，互相比拼作品的形式与技巧，如此自然会忽略情志的抒发。另外，正如张峰屹先生在《逞才游艺与魏晋南朝诗歌及诗学》一文所说："只有当内心情感不那么强烈、可发可不发的情况下作诗，才有可能充分顾及辞句的选择、锻炼和声韵的谐调问题。"⑦ 唯有淡漠个人情志，将心思全都放在语句雕琢上，才有可能构思出新意，于济济才子中夺得鳌头。可见消却情志，乃至毫无真情，是逞才心态驱使下创作的必然结果。

综上，由于宋、齐士族的政治威信不断降低，为维持社会声望，他们便致力于文学创作。然而，士族在思想上渐趋狭隘缓弱，加之标榜隐逸以谋求声誉、逞才竞艺以展露才华等心态，致使作品"志惟深远"，情志隐退乃至消亡。

四、刘勰对近代写景文风的评价与创作指导

宋、齐写景文风相较前代有较大改变：创作重心由叙志转向细致摹物，淡化真实情志

---

① （唐）姚思廉撰．梁书［M］．卷三十七．北京：中华书局，1973：532.
② （南朝梁）刘勰．文心雕龙，校释［M］．刘永济，校释．北京：中华书局，1962：189.
③ 钟嵘．诗品注［M］．陈延杰，注．北京：人民文学出版社，1961：3.
④ 此诗见逯钦立辑校．先秦汉魏晋南北朝诗［M］．梁诗卷二．北京：中华书局，1983：1553.
⑤ 分别参见（清）严可均校辑．全上古三代秦汉三国六朝文［M］．北京：中华书局，1958：《全齐文》卷十二，第2854页；《全齐文》卷二十三，第2918页；《全梁文》卷二十五，第3097页．
⑥ （南朝梁）萧子显．南齐书［M］．卷五十二．北京：中华书局，2000：617.
⑦ 张峰屹．逞才游艺与魏晋南朝诗歌及诗学［J］．文学评论，2011（5）：35.

的抒发。刘勰于《物色》篇对此现象做出了客观评价：

> 故巧言切状，如印之印泥，不加雕削，而曲写毫芥。故能瞻言而见貌，印字而知时也。然物有恒姿，而思无定检，或率尔造极，或精思愈疏。且诗骚所标，并据要害，故后进锐笔，怯于争锋。莫不因方以借巧，即势以会奇。

首先，刘勰肯定了追求形似对于客观写物的益处。倘若写景文辞用得巧妙，能够细密地切合景物状貌，就会取得好似封泥盖印般无须雕削，即可还原物象，毫厘不爽的功效。因此通过阅读字句，读者便能体会景物的形貌，了解季节的变化。刘勰十分欣赏不假雕饰的自然美，他在《隐秀》篇说："雕削取巧，虽美非秀矣，故自然会妙。"刻意雕琢的工巧会破坏自然美，所以称不上秀句，但是密附景物的巧言能够"不加雕削"地还原物象，可谓臻于自然，与秀句有类似之处，故而受到刘勰的肯定。

刘勰继而提出了存在的问题。其一，景物有恒定的形貌，作者的构思却不受限制。有的人才力俊敏，不经意间就能摹物到极致，获得"巧言切状"的自然之美，但这种现象如同"篇章秀句"般"裁可百二"（《隐秀》），毕竟是少数。更多的情况是费尽心思，却与所描写的景物相差更远。其二，由于《诗》《骚》既描绘出景物的情韵神貌，又传达出作者融入的情思，所以都能表现出景物精微的要点，"虽复思经千载，将何易夺"（《物色》）。因此，虽然宋、齐文人认为"在乎文章，弥患凡旧"（《南齐书·文学传论》）[①]，具有自觉追求新变的意识，但是《诗》《骚》的写景成就过高，一时难以超越。他们只好因袭《诗》《骚》的写景方法与行文体势，再加以变通，以期获得奇巧之效。

然而，宋、齐文人过分注重出新，而忽略了守正。刘勰在《通变》篇说："凡诗赋书记，名理相因，此有常之体也；文辞气力，通变则久，此无方之数也。"可见通变要兼顾守正与出新两个方面。像"诗言志"，赋"体物写志"这样的文体实理应该继承；至于文辞与气力，则需变通以长久流传。然而，宋、齐文人淡漠情志的抒发，致使真实情志渐趋深隐邈远，即没有做到守正。另外，他们致力于辞藻的新奇、形式的华美，则在出新上显得过分。因此，虽然宋、齐文人在写景上不得不模仿《诗》《骚》，但他们很少继承《诗》《骚》咏物言志的精神，以及用词适度的规范，更多是拿来《诗》《骚》的写景文辞加以穿凿取新。由于没有贯注真情实感，只在辞藻上刻意出新，"精思愈疏"的偏差便很容易出现了。《通变》"宋初讹而新"；《定势》"新学之锐，则逐奇而失正"，都在反复说明宋、齐文人在因袭《诗》《骚》上的失误。

针对这一弊处，刘勰提出了"执正以驭奇"（《定势》）的合理变通方法：

> 善于适要，则虽旧弥新矣。是以四序纷回，而入兴贵闲；物色虽繁，而析辞尚简；使味飘飘而轻举，情晔晔而更新。古来辞人，异代接武，莫不参伍以相变，因革以为功，物色尽而情有余者，晓会通也。

[①]（南朝梁）萧子显. 南齐书[M]. 卷五十二. 北京：中华书局，2000：617.

刘勰点明：只有变通得恰到好处，才能获得虽旧弥新的奇效。要回归《诗经》"以少总多，情貌无遗"的雅正之道。其一，强调体物时的"贵闲"心境，这是针对情志隐退的创作指导。罗宗强先生于《释"入兴贵闲"——兼论刘勰的杂文学观念（之二）》一文解释道："因物色而兴发感动时，保持一种从容不迫的心态。"① 面对山水美景，既不要带着刻意写物的目的，也不要抱有借山水标榜清高隐逸，抑或逞才争技的偏执心态，而应从容欣赏山水风光，达到感物兴情，情之所至，随意而发的"从容率情"（《养气》）境界。其二，强调用词应当简约，有所节制，这是针对文辞淫侈的创作指导。写景文辞不必过分追求新奇繁富，只要随着情志的推移，精练地描绘出景物的情韵神貌即可。做到以上两点后，虽然从古至今的物色有着恒定形貌，但由于感物而发的情志不同，融入景物的情思也各有特色，便能获得"物色尽而情有余"的情味不尽、意韵悠长之效。如由南朝被迫入北的王褒作《渡河北》云："秋风吹木叶，还似洞庭波。"② 既化用《湘夫人》"袅袅兮秋风，洞庭波兮木叶下"③ 的文辞，又融入诗人客居异土、南归无望的沉痛之心。虽然吟咏的景色相似，但其中情志得以更新，所以格外动人，毫无陈旧之感。

其次，刘勰没有因宗经观念而拘于保守。《通变》云："凭情以会通，负气以适变。"既要基于真实情志回归雅正，吸取古人文章的精妙之处，也要依据自我才气，适应近代以来文学变化的潮流。因此，在言志前提下适当丰富写景文辞，以便更生动地还原景象，也未尝不可。《物色》篇道：

> 若乃山林皋壤，实文思之奥府，略语则阙，详说则繁。然屈平所以能洞监风骚之情者，抑亦江山之助乎！

山林皋壤能够启发人们的无穷联想，倘若用词简略，便会不完备；用词详尽，又会显得烦琐，所以写景文辞应当详略适中。参考前文刘勰对历来写景作品的评述可见，《离骚》的文辞介于《诗经》与汉赋之间，适当增华而不烦琐，可谓写景作品中的佼佼者。此处，刘勰又肯定了《离骚》的叙志成就。他认为屈原能够体察诗人情感而创作《离骚》，"虽取熔《经》旨，亦自铸伟辞"（《辨骚》），文辞饱含忠君爱国之心、高尚峻洁之志。汪春泓先生认为，"江山之助"具有"抗争不幸命运以强烈抒情的意味"④，再次说明《离骚》抒发真情的可贵。刘勰于文末称赞《离骚》，不仅指文辞应详略得当，更有意再次说明吟咏物色要表达出自然真实、充足正大的情感，从而反拨宋、齐写景作品的"志惟深远"弊处。

综上，刘勰既肯定了形似之风对于写景的益处，更指出该风气存在的变通问题。对此，他提出执正驭奇的创作指导，并以《离骚》为例，再次说明言志的重要性。

---

① 罗宗强. 读文心雕龙手记 [M]. 北京：生活·读书·新知三联书店，2007：119.
② 逯钦立辑校. 先秦汉魏晋南北朝诗 [M]. 北周诗卷一. 北京：中华书局，1983：2340.
③ （宋）洪兴祖撰. 楚辞补注 [M]. 白化文，等，点校. 北京：中华书局，1983：65.
④ 参见汪春泓. 关于《文心雕龙》"江山之助"的本义 [J]. 文学评论，2003（3）：137.

结　语

综上所述，"志惟深远"是刘勰对宋、齐文坛情志隐退现象的客观叙述，但它违背了刘勰注重情志的创作原则，所以隐含否定意味。刘勰一贯坚持为情造文，并以《诗经》写景经验为创作规范，强调抒发情志的重要性。然而，刘宋以来文风追求形似，写景作品的创作重心也由言志变为摹象，从而出现"繁采寡情""为文造情"，乃至毫无情韵的"志惟深远"现象。作者的真实情志渐趋深隐邈远，表现得不够充足明显。此现象背后，是宋、齐士族渐趋狭窄缓弱的思想，以及标榜隐逸以谋求声誉、逞才竞艺以展露才华的逐名心态。刘勰客观评价了近代文风，不但肯定其对于写景的益处，更指出存在过分追求出新而忽略守正的弊处。对此，他提出执正驭奇的创作指导，提倡在回归雅正的基础上适度增华，并且赞美《离骚》的叙志成就，再次说明模山范水也需抒发真情。

参考文献

1. （南朝梁）刘勰. 文心雕龙校释［M］. 刘永济，校释. 北京：中华书局，1962.
2. （南朝梁）刘勰. 文心雕龙注［M］. 范文澜，注. 北京：人民文学出版社，1958.
3. （南朝梁）萧子显. 南齐书［M］. 北京：中华书局，2000.
4. （宋）洪兴祖撰. 楚辞补注［M］. 白化文，等，点校. 北京：中华书局，1983.
5. （唐）姚思廉撰. 梁书［M］. 北京：中华书局，1973.
6. 顾绍柏校注. 谢灵运集校注［M］. 郑州：中州古籍出版社，1987.
7. 逯钦立辑校. 先秦汉魏晋南北朝诗［M］. 北京：中华书局，1983.
8. 罗宗强. 读文心雕龙手记［M］. 北京：生活·读书·新知三联书店，2007.
9. 沈德潜. 说诗晬语［M］. 霍松林，校注. 北京：人民文学出版社，1979.
10. 王达津. 古代文学理论研究论文集［M］. 天津：南开大学出版社，1985.
11. 余嘉锡撰. 世说新语笺疏［M］. 周祖谟，余淑宜，整理. 北京：中华书局，1983.
12. 张峰屹. 逞才游艺与魏晋南朝诗歌及诗学［J］. 文学评论，2011（5）.
13. 钟嵘. 诗品注［M］. 陈延杰，注. 北京：人民文学出版社，1961.

（常崇桦　首都师范大学2020级硕士生　指导教师：马自力）

用心理学的梦境原理诠释词学中的梦文化

果 昊

摘 要：文中认为词"其文小""其质轻""其径狭""其境隐"的特点与梦境破碎、无实、感性、缥缈的特点相吻合，这导致了词人在词作中更加偏好融入梦境元素。并从梦境的破碎性来解释词作悲伤感情基调的形成原因，最后解释因梦境与现实的紧密关系引发词在作者和读者之间产生共鸣。

关键词：词学；梦学；词人

南生桥在《中国梦学20年》中讲道："20世纪以来，一门古老的学问——梦学似乎意外地焕发了青春。在弗洛伊德等人的全力开拓下，它早已超出心理学的范畴而影响遍及于文学、艺术、哲学以至思想文化的所有领域。"[1] 中国人爱做梦是自古以来的习惯，而非20世纪以后才形成的。尤其是颇有多愁善感之质的文人墨客、迁客骚人，总是愿意用梦来抒写他们玻璃一般的内心世界。而在这一众文人当中，当数词人尤甚爱之。纵观中国词史，婉约派中有李煜"一晌贪欢"[2] 的故国之梦，豪放派中有苏轼"一樽还酹江月"[3] 的古今之梦；爱国词中有稼轩"旌旗未卷头先白"[4] 的还复之梦，闺阁词中有温庭筠"双双金鹧鸪"[5] 的相思之梦……尽管从古至今为着婉约、豪放为宗为流的问题争论不休，直至浙西派横空出世又填了一笔"清空"在其中，使得词学争论更加激烈。然而这些不同门宗、不同词流派之人却不约而同地喜好做梦。如此"齐心"地将梦的意象融入于词绝非偶

---

[1] 南生桥. 中国梦学20年 [J]. 西北大学学报（哲学社会科学版），2001（2）：162.

[2] （南唐）李煜. 李煜词集 [M]. 上海：上海古籍出版社，2016：54. 本文李煜词作皆出自《李煜词集》一书，未有特殊情况不再另行注释。

[3] （宋）苏轼. 苏东坡词今释 [M]. 薛玉峰，释. 北京：中国文联出版社，2012：92. 本文苏轼词作皆出自《苏东坡词今释》一书，未有特殊情况不再另行注释。

[4] （宋）辛弃疾. 稼轩词编年笺注 [M]. 邓广铭，笺注. 上海：上海古籍出版社，2018：86. 本文辛弃疾词作皆出自《稼轩词编年笺注》一书，未有特殊情况不再另行注释。

[5] （后蜀）赵崇祚辑. 花间集评注 [M]. 李冰若，评注. 成都：四川人民出版社，2019：13. 本文花间词作皆出自《花间集评注》一书，未有特殊情况不再另行注释。

然，而是梦的特质与词的本性相契合的结果。换言之，梦这种特殊的心理学现象于词学而言具有最适性，所以两者才能合情合理地相伴而生。

一、缪钺先生词的"四质"与心理学中梦的特性的吻合

许伯卿《论唐五代词对传统诗学的容受与反馈》中提出，唐五代词与传统诗学存在血肉相连的渊源关系。词的产生与"泛声"有关，词人不满于以虚字和声而以实字填入，歌辞由齐言逐渐变为杂言，词也就逐渐脱离诗成了一种新文体。正因为词与诗的渊源，使得宋中叶以后，人们才逐渐意识到词是作为一种独立文体的存在。词即是一种独立文体，便有其有别于诗的特性。就这一问题，缪钺先生在《论词》中已表述得很清楚，归纳出词不同于诗的四个特征：

> 一曰其文小，诗词贵用比兴，以具体之法表现情思，故不得不铸景于天地山川，借资于鸟兽草木，而词中所用，尤必取其轻灵细巧者……盖词取资微物，造成一种特殊之境，借以表达情思，言近旨远，以小喻大，使读者骤遇之如在耳目之前，久诵之而得隽永之趣也。二曰其质轻，陈子龙论词曰："其为体也纤弱，明珠翠羽，犹嫌其重，何况龙鸾。"盖其文小，则其质轻，亦自然之势也……所谓质轻者，非谓其意浮浅也，极沈挚之思，表达于词，亦出之以轻灵，盖其体然也……三曰其径狭，文能说理叙事，言情写景；诗则言情写景多，有时仍可说理叙事；至于词，则惟能言情写景，而说理叙事绝非所宜。此虽因调律所限，然与词体之特性亦有关系……其体精，故其径狭，王国维所谓词能言诗之所不言而不能尽言诗之所能言也。四曰其境隐，周济谓吴文英词如"天光云影，摇荡绿波，抚玩无致，追寻已远"。言其境界之隐约凄迷也。实则不但吴文英词如是，凡佳词无不如是。若论"寄兴深微"在中国文学体制中，殆以词为极则。①

当然，缪钺先生所论之"词"乃是传统大宗的婉约词，不包含词之流变，但是也足以简明扼要概括出词的本质属性。将缪钺先生归纳的词之属性与梦的特质相对比，便可以明白早期词作"词人说梦"的现象如此之多的原因。

依缪钺先生所言，词的特征有四个，一是其文小即要求词中用词轻灵细巧，塑造清美词境；二是其质轻即词的表达回环宛折，隐晦委婉，呈现摇曳生姿之态；三是其径狭即词的表达内容具有局限性，不可说理叙事，可言小情而不能讲大道理，经史子集、佛书中的语句也不能入词，才能体现词独有之意趣；四是其境隐即词卡幽约难言之思，情感的表达方式要含蓄深挚，不可直抒胸臆。比如温庭筠的《菩萨蛮·其二》："水精帘里颇黎枕，暖香惹梦鸳鸯锦。江上柳如烟，雁飞残月天。藕丝秋色浅，人胜参差剪。双鬓隔香红，玉

---

① 缪钺. 缪钺说词 [M]. 上海：上海古籍出版社，1999：4—8.

钗头上风。"水精帘、鸳鸯锦、柳、雁、人胜、玉钗等意象精致细腻，可以凸显出闺阁女子灵巧隐匿又无法压抑的小心思。只从文字上看，即便不知文意者，亦觉其雅、其绮、其美非常。虽然词中并没有什么大的景物、大的情怀，但是精巧小词与闺阁相映成趣，使人读来觉得轻巧隐约，说而不破，香软柔美，雅而不艳，富有情趣。

《白雨斋词话》评："'江上'二句佳句也。好在全是梦中情况，便觉绵邈无际。若空写两句景物，意味便减。悟此方许为词。不则金氏所谓雅而不艳，有句无章矣。"[1] 陈廷焯之所以认为"江上"二句甚佳并非因为词中言辞，而是因为温庭筠巧妙地运用了梦境的特点而绘景言情。"江上柳如烟，雁飞残月天"二句表面单纯绘景，实则景中藏相思之情，然而表情之隐晦使得读者读之不透。而"柳如烟"与"秋色浅"、"残月天"与"参差剪"交相呼应，使得这两句梦境插入得并不突兀，反而令读者觉得过渡自然，可以欣然接受。

根据心理学中对梦境形成的定义：人类的睡眠是由快速眼动（REM）睡眠和非快速眼动（NREM）睡眠共同组成，而非快速眼动睡眠（NREM）还包含4个不同睡眠周期，所以一个完整的睡眠周期就是由快速眼动睡眠和非快速眼动睡眠交替出现的，在快速眼动睡眠周期，笔者的脑电图显示了与清醒时完全一致的活动状态（REM sleep – low voltage – random waves），快速眼动睡眠 delta 波消失，高频率、低波幅脑电出现，眼球移动，出现梦境。[2] 由此可以看出，梦境是大脑形成的一种图像，但是这种图像与现实不同，大多数都缺乏逻辑和关系，光怪陆离的梦境和现实差异非常大。但正因为梦境的光怪陆离、缺乏理性，恰巧迎合了词人的需求。词作不需要用逻辑来解释，词人只想通过表面上的文字隐晦地宣泄内心的情感。文字的组合越是不具有明确指向性，那么词作就越是能塑造"隐境""幽境"，词格就越高。而这样的词作也更具有解释性和包容性，达到"一千个读者就有一千个哈姆雷特"的阅读效果，更容易适应广泛的读者群体，也更容易为读者所接受。毕竟早期的词作具有娱乐化的功用，词人创作的大多是歌舞宴会上助兴的歌词，若写得过于直白便了无趣味了，只有贴近于真实又还于缥缈的作品才是人们最乐于接受的。从这一层面看，梦境很好地契合了词人和听者的需求，无疑会受到词人的青睐。

词作用词的小巧隐晦与梦境的破碎性也具有很高的契合度，早期的词作以小令为主，需要词人用寥寥数语讲述一段意味深长又凄美含蓄的爱情故事。所以，词人常常借助意象的帮忙来表情达意，即用某一具有象征意义的事物来代表某一个特定的动作或某一种特定的情感。比如鹧鸪代爱情，双蝶代相思，玉钗代美人梳妆，鱼雁代企盼回信，等等。而梦境同样具有破碎性，人们回忆梦境往往会通过梦境的碎片来臆想出整个故事，通过大脑的联想与回忆填补出完整的"梦空间"。有时人们会觉得生活中的现实场景在梦里出现过，其实这便是梦的破碎性在"作祟"，这也是为什么人们会认为梦可以预知未来。举例来说，

---

[1] 唐圭璋. 词话丛编[M]. 北京：中华书局，1986：3727.
[2] 郑军. 心灵简札[M]. 上海：华东师范大学出版社，2007：20.

如果一个人梦见了碎玻璃，而后在现实中摔碎了碗，他可能会觉得昨晚的梦在预警。其实即便是他没有在梦中摔碎东西，而是在醒来后看到了平台上的玻璃篱笆也会觉得与梦境相似。正因为梦境中的事物具有一定的意义，却又有多种指向，才能够令人们产生如此奇幻的感觉。而词人又需要词作中的意象具有一定代表性，同时又没有特定的叙事性，从而达到以简短的语言讲述冗长故事的目的。梦的特性和词人的需求相吻合，使得词人更愿意在词作中抒写梦境，反映到词作中简短语言乃是词人所写，而冗长故事不过是听者"脑补"的结果。这样讨巧的办法成就了婉转缠绵的婉约词，更成就了"八行书，千里梦""依旧桃花面，频低柳叶眉"等词中佳句。

　　正如上文所说，早期的词作一般都是用作歌舞欢宴的歌词。在父权社会，为了迎合男性主人和男性宾客的口味，这一类的歌词大多书写女子对情郎的相思之情，以满足男性的占有欲，凸显男性的价值和地位，而呈现形式也多集中于相思之梦、幽会之梦等。如"昨夜夜半，枕上分明梦见，语多时""锦帐添香睡，金炉换夕熏""露白蟾明又到秋，佳期幽会两悠悠。梦牵情役几时休"等。而词人之所以会用梦境来述说相思，也似与梦境的符号化有一定关系。根据弗洛伊德的释梦（dream interpretation）理论，梦分为显性梦境（manifest dream）和隐性梦境（latent dream），释梦是通过可以接收的显性梦境回溯不可以接收的隐性梦境，并将梦境符号对应人的性本能。① 弗洛伊德的性本能理论暂且不谈，但是梦境和现实具有一定的联系却是有道理的，毕竟中国也有句古话叫"日有所思，夜有所梦"。所以一方面，词人用梦的形式来诉说女子的相思，可以隐晦地表达女子相思之情非常深切；另一方面，词作的虚实结合也可以营造一种梦中梦醒、虚虚实实的假象，使听者流连于其中而不觉于其假。如温庭筠的《菩萨蛮·其二》，有"江上柳如烟，雁飞残月天"更必有"藕丝秋色浅，人胜参差剪"，"柳如烟"的烟青色与"秋色浅"的藕粉色相呼应，"残月天"的静谧感与"参差剪"的寂寥感相呼应，使得词作虚实结合，灵活真切，同时因为梦境结合了现实，符合人的普遍生理特征，也易于为听者所接受。虽然温庭筠在作词的时候一定不知道弗洛伊德的释梦理论，但是作为一个正常人的他，通过生活经验也能明白梦境与现实的联系，所以才如此将梦境嵌入其中尽显巧妙自然，被陈廷焯评为"绵邈无际"②。

　　早期的婉约词奉行着小、轻、狭、隐的抒情特质，而梦境恰巧也具有破碎、无实、感性、缥缈等特点，二者特质的相合使得词人在词作中以梦境抒情格外顺手合意，因而早期婉约词（尤其是花间词）中多有"说梦之作"。

---

　　① ［瑞士］维蕾娜·卡斯特. 梦：潜意识的神秘语言［M］. 王青燕，俞丹，译. 北京：国际文化出版公司，2008：89.
　　② 解三峰. 花间集笺注（汇校汇注汇评）［M］. 武汉：崇文书局，2017：5.

二、梦的易碎性导致了词的悲情色彩

中国人常说的"做梦"具有"幻想"的成分于其中,多指那些人们非常渴望却在现实中无法实现的、无法得到的东西。而梦境的"忽魂悸以魄动,恍惊起而长嗟。惟觉时之枕席,失向来之烟霞"①的特点,倒是完全符合词"古来万事东流水"的悲情色彩。谢章铤在《赌棋山庄词话》中言作词应"不得已而为之"②,后有邱世友先生分析这与谢氏早年丧母的家庭变故与一生不得志的命途多舛有着深切关系。③ 所以,自古而来,词作总是逃不出相思不得、故国难复、时光不驻、壮志难酬这几类主题。

在词史上,相思不得的词作分为两类。第一类是以花间词为首的早期婉约词,多为代言体男子作闺音,主要抒写闺阁中的少女或是青楼中的少妇思念情郎的词作,多以华美、香软为主要特性,在此不作赘述;第二类则是男性词人由幕后走到台前,大胆表达对佳人的思念,这其中最著名的便是苏轼的悼亡词《江城子·乙卯正月二十日夜记梦》:

> 十年生死两茫茫,不思量,自难忘。千里孤坟,无处话凄凉。纵使相逢应不识,尘满面,鬓如霜。夜来幽梦忽还乡,小轩窗,正梳妆。相顾无言,惟有泪千行。料得年年肠断处,明月夜,短松冈。

这首词展现了苏轼与结发妻子王弗的伉俪之情,也表达了苏轼对亡妻的追悼与怀念。王弗出身书香门第,幼承庭训,颇通诗书,聪慧谦谨,知书达礼。年十六嫁给苏轼,堪称苏轼的得力助手,二人情深意笃,恩爱有加,有"幕后听言"的故事流传于世。只可惜天妒红颜,治平二年(1065)五月,年方二十七的王弗便离开了苏轼。王弗的逝去对苏轼打击极大,其在《亡妻王氏墓志铭》里说:"治平二年(1065)五月丁亥,赵郡苏轼之妻王氏,卒于京师。六月甲午,殡于京城之西。其明年六月壬午,葬于眉之东北彭山县安镇乡可龙里先君、先夫人墓之西北八步。"④ 于平静语气下,却寓绝大沉痛。这首《江城子·乙卯正月二十日夜记梦》作于宋神宗熙宁八年(1075),苏东坡时任密州知州,年已四十。历经人事风波,苏轼越发怀念葬于故乡的妻子王弗,念及她孤身栖于墓中,不禁凄然。正应了那句"日有所思,夜有所梦",入夜以后,苏轼梦到了自己返还故乡,梦到了故乡中的妻子在小窗之下梳妆,一副岁月静好的样子。妻子情态容貌依稀当年,而自己经历了人间冷暖、世态炎凉却已是"尘满面,鬓如霜"。所以相见之时没有欣喜、亲昵,只剩下了"相顾无言"与"泪千行"。这正是东坡笔力奇崛之处,妙绝千古。正唯"无言",方显沉痛,胜过了万语千言。而紧接着一句"明月夜,短松冈",一瞬间拉回了现实,原

---

① (清)蘅塘退士选编. 中国文化文学经典文丛:唐诗三百首[M]. 长春:吉林文史出版社,2017:114.
② (清)谢章铤. 赌棋山庄词话校注[M]. 刘荣平,校注. 厦门:厦门大学出版社,2013:563.
③ 邱世友. 词论史论稿[M]. 北京:人民文学出版社,2002:242.
④ (宋)苏轼. 苏东坡全集(中)[M]. 邓立勋,编校. 合肥:黄山书社,1997:329.

来这"相顾"都是一场梦,一种奢念,写出了一种刺入心肺的痛彻之感。没有什么比这似乎得到却又悄然逝去,有了希望却又无情破灭更令人捶胸顿足、郁郁难安的了,而这相怀一梦却恰恰将这种感情渲染到了极致。正如唐圭璋先生在《唐宋词简释》中评:

> 此首为公悼亡之作。真情郁勃,句句沉痛,而音响凄厉,诚后山(陈师道)所谓"有声当彻天,有泪当彻泉"也。起言死别之久。"千里"两句,言相隔之远。"纵使"二句,设想相逢不识之状。下片,忽折到梦境,轩窗梳妆,犹是十年以前景象。"相顾"两句,写相逢之悲,与起句"生死两茫茫"相应。"料得"两句,结出"肠断"之意。"明月"、"松冈",即"千里孤坟"之所在也。①

"爱而不得"悲悲戚戚,而"故国难复"更是痛彻心扉。若说历史上最悲惨的君王,当数南唐后主李煜和宋徽宗赵佶了,两人皆是擅长于吟诗作赋的才情君王,都是无心于皇位的文艺种子,同样都经历了亡国被俘的悲惨命运,也一同成了词学史上著名的君王词人。相较于遗民黎离之词,李煜等君王之词中亡国之情更加痛彻心扉,那不单单是对气节人格上的侮辱的表达,更是在丧失自由、国破家亡后的泣血悲鸣。有人说李煜在位时犬马声色,心中半点没有天下家国,被俘后的种种词作,怕只是怀念当皇帝吟诗踏月的闲情日子罢了。笔者认为,虽然李煜作为君王无能于朝政,他的故国之思也许并不值得同情,但是作为一个情感敏锐的词人,李煜的遭遇和亡国对他的打击却令人动容。据《默记》载,李煜入宋后,宋太宗曾派徐铉拜见李煜,李煜对亡国颇有恨意,以至"相持大哭、坐默不言"②,太宗闻言不悦。太平兴国三年(978)七夕节,后主42岁生日,"在赐第命故妓作乐,声闻于外。太宗闻之,大怒。又传'小楼昨夜又东风'及'一江春水向东流'之句并坐之,遂被祸云"③。李煜有他的气节与坚持,只可惜他前半生在皇宫被保护得太好了,以至于如孩子一般单纯善良的他不晓得半点人间世事的残忍。再加上李煜热爱诗书礼乐,继承大统勉为其难,终究会酿下亡国的悲剧。所以,在李煜后期的词作中,常常能听到他的悲鸣,以及那人生无望、故土难及的无可奈何。

李煜在他的送命之作《虞美人》中有言:"春花秋月何时了?往事知多少。小楼昨夜又东风,故国不堪回首月明中。雕栏玉砌应犹在,只是朱颜改。问君能有几多愁?恰似一江春水向东流。"词中连用两个"东"字,可见重光(李煜)对故国思念之切。只可惜"故国不堪回首月明中",即便思念再切,南唐也已然为宋所灭。李煜身为亡国之君自然也逃不过沦为阶下囚的命运,今生今世伴辱而活,难再踏上故国之土,纸醉金迷的生活也一去不返,说什么"雕栏玉砌应犹在,只是朱颜改",不过都是白日做梦,想想罢了。雕栏玉砌自国破后便应荒废许久,宫中朱颜也因失去主人而尽数遣散,即便是曾经万人之上的皇帝,如今亡国之恨、故国之思,也只有随着一江春水才能漂到故土之上,不知此时,后

---

① 唐圭璋选释. 唐宋词简释 [M]. 北京:人民文学出版社,2010:72—73.
② (宋)王铚. 默记 [M]. 北京:中华书局,1981:27.
③ (宋)王铚. 默记 [M]. 北京:中华书局,1981:28.

主是否会有恍如隔世之感。一句"故国不堪回首月明中",相较于"旧日东陵侯""青门种瓜人",凄凉之情有过之而无不及。

若说李煜的词作中,最能凸显人生一梦、故国难复之情的,便是《浪淘沙令·帘外雨潺潺》:

> 帘外雨潺潺,春意阑珊。罗衾不耐五更寒。梦里不知身是客,一晌贪欢。独自莫凭栏,无限江山,别时容易见时难。流水落花春去也,天上人间。

此词是李煜去世前不久所作。胡仔《苕溪渔隐丛话》前集卷二十九《西清诗话》载:"南唐李后主归朝后,每怀江国,且念嫔妾散落,郁郁不自聊,尝作长短句云'帘外雨潺潺……'含思凄惋,未几下世。"① 此词基调低沉悲怆,以清澈自然、明白如话的语句透露出李煜绵绵不尽的故土之思,可以说是一首婉转凄苦的哀歌。其中"梦里不知身是客,一晌贪欢"最戳人心,或许后主是梦到"归时休放烛花红,待踏马蹄清夜月"的场景,观舞、嗅香、听乐、闻歌,只可惜曾经的美好再引人神往也终究是黄粱一梦,如雨中泡沫不及一触便破碎了。待到醒来之时只剩下"罗衾不耐五更寒",两相对比,一片凄凉,梦中有多美好,现实就有多么残酷。最后一句"流水落花春去也,天上人间",道出了李煜的无奈和失望,一切的荣华美好都随着流水落花而去,一朝入梦万事欣然,今朝梦醒一片凄然,这便是亡国之君的悲剧命运,这便是李煜切肤的亡国之痛,痛彻的囚徒之悲。《草堂诗余正集》有言:"梦觉语妙,那知半生富贵,醒亦是梦耶?末句,可言不可言,伤哉。"② "天道春秋分而气易,犹人一寤寐而魂交,魂交成梦,百感纷纭。"③ 梦是词人内在世界的曲折反映,而自孔老夫子开始的"逝者如斯夫,不舍昼夜"尤得古今文人的共鸣。于词而言,对于人生如梦、光阴难驻的感叹便成了文人伤春悲秋的普遍情感抒发。将人生如梦书写得淋漓尽致的词作,当数苏轼的《念奴娇·赤壁怀古》:

> 大江东去,浪淘尽,千古风流人物。故垒西边,人道是,三国周郎赤壁。乱石穿空,惊涛拍岸,卷起千堆雪。江山如画,一时多少豪杰。遥想公瑾当年,小乔初嫁了,雄姿英发。羽扇纶巾,谈笑间,樯橹灰飞烟灭。故国神游,多情应笑我,早生华发。人生如梦,一樽还酹江月。

在本词中,苏轼用一种通古今而观之的气度将浩荡江流与悠远人事并收笔底,进而切入怀古主题,由景物过渡到人事,将周瑜的年轻有为与自己的一事无成相对比,暗暗自嘲。但是仔细想来,周瑜功高志伟、才华盖世,可如今英雄又在何处,还不是随着滚滚江水消逝在岁月的长河中,只剩下了只言片语的故事留待后人感叹。若是上升到整个人类发展的宏观视角,自己的一事无成与周瑜的年轻有为似乎也并无太大差别,终究都逃不过岁

---

① 唐圭璋,等. 唐宋词鉴赏辞典 [M]. 唐·五代·北宋卷. 上海:上海辞书出版社,1988:147—148.
② (明) 沈际飞. 草堂诗余正集 [M]. 卷一. 钱允治,编. 洪武元年(1368)万贤楼刻本.
③ (明) 王夫之. 张子正蒙注 [M]. 北京:中华书局,1975:23.

月的浸濯和历史的淘洗。但是此时的苏轼谪居黄州，政治上的失意沉重打击着他的兴国之心和报国之情，因而当他从"故国神游"中苏醒过来，又看到了现实的种种，那种宏观的开脱之词也难以掩盖内心的失落，所以以一句"人生如梦，一樽还酹江月"来作结，虽言作结却余韵绵长，"人生如梦"其短、其幻，如蜻蜓点水，一晃无迹，既然人生短暂，政治失意，强求又有何用，倒不如一樽清酒祭江月，活得潇洒自在最是要紧。此言一出表达出了作者的感情跌宕，更突出了苏轼在道家思想影响下的挥洒旷达。

自古失意文人十之八九，有像苏轼一般感叹"人生如梦"的，自然也有像辛弃疾一般困于故土难收、壮志难酬的。前期稼轩词执着于怀才不遇的症结，而到了后期，耿直如稼轩也有了归隐的心思。可见，梦总有醒的时候，当大梦已醒，认清现实，便是怎样残酷的结果也都能接受了。1178年辛弃疾作《满江红·过眼溪山》：

> 过眼溪山，怪都似、旧时曾识。是梦里、寻常行遍，江南江北。佳处径须携杖去，能消几两平生屐。笑尘埃、三十九年非，长为客。吴楚地，东南坼。英雄事，曹刘敌。被西风吹尽，了无陈迹。楼观才成人已去，旌旗未卷头先白。叹人间、哀乐转相寻，今犹昔。

辛弃疾作此词时39岁，已经南归了17年，可是有着北人身份的他却饱受朝廷的猜忌，加之他"主战"的思想有逆于偏安的南宋小朝廷，所以自南归起便一直被赋闲，不得重用。在这首《满江红》中，稼轩回忆了自己"壮岁旌旗拥万夫，锦襜突骑渡江初"的峥嵘岁月，那时的他年少有为，充满希冀。他趁着金主完颜亮大举南侵之时，参加了由耿京领导的一支声势浩大的起义军，并担任掌书记，奉命南下与南宋朝廷联络。当听到耿京为叛徒张安国所杀、义军溃散的消息时，亲率五十多人袭击几万人的敌营，把叛徒擒拿带回建康，交给南宋朝廷处决，大快人心。这是稼轩一生中最辉煌、最传奇的时刻，然而他的传奇至此却被南宋的偏安一隅生生截断了。自归南宋入朝为官，南宋的主和派便频频往稼轩的一腔热血上泼冷水，还不惜反复弹劾罢免，压制稼轩的复国计划。以至于稼轩忆及此事感叹"楼观才成人已去，旌旗未卷头先白"，大抵也是不甘心将那"万字平戎策"，换作了"东家种树书"。

经历了南宋朝廷的猜忌和官员的弹劾后，稼轩的复国之梦已经破灭殆尽，渐渐生出归隐之心，如其十年后写成的《水龙吟·断崖千丈孤松》：

> 断崖千丈孤松，挂冠更在松高处。平生袖手，故应休矣，功名良苦。笑指儿曹，人间醉梦，莫嗔惊妆。问黄金余几，旁人欲说，田园计、君推去。叹息苕林旧隐，对先生、竹窗松户。一花一草，一觞一咏，风流杖屦。野马尘埃，扶摇下视，苍然如许。恨当年、九老图中，忘却画、盘园路。

词的上阕全盘否定了儒家倡导的功名富贵思想，下阕流露的是对归隐生活的由衷向往。可见，已近知天命之年的辛弃疾已经无奈、被迫放弃了"修身、齐家、治国、平天下"的儒家思想，接纳了道家的主张。稼轩曾做过恢复故土还于旧都的大梦，只可惜梦醒之后却发现一切都是"痴人说梦",朝廷不会给他机会与金人抗衡,而南宋也是天命将尽、强弩之末罢了。

"春梦随云散,飞花逐水流。"① 正如人生而向死,做梦也终会有梦醒之时。梦于词人就像是毒品饮鸩止渴,明知不可为而为之,明知是虚假的欢乐却偏偏要贪恋那一晌,最后却换来了梦醒后的无尽凄凉。这是梦的魅力,也是词的魅力,真正能触人心弦的词作,便是亲手摧毁了美好,将入梦的甜蜜和梦醒后血淋淋的现实都和盘托出,留与人看,在读者的心中留下难以磨灭的冲击和难以忘怀的伤痛。

三、记忆与梦境的联系是词产生共鸣的基础

弗洛伊德在其著作《论创造力与无意识》中写道:

> 诗人和富于创造性的作家能描绘出男子和妇女的"恋爱条件",也能找到使幻想与现实协调起来的途径。作家确实具有完成这些任务的品质。具体说来,他们观察敏锐,能觉察别人藏在心里的感情;他们也很有勇气,说出自己的无意识的思想。但是从认识的观点来看,某种情况削弱了他们的作品的价值,也就是说,作家受到了某些条件的限制。因为,他们不仅必须唤起理智的和审美的快感,还必须影响人们的感情。②

在这里弗洛伊德提出了"共情"的概念,也就是说真正好的诗不仅要充分表达诗人的情感,还要能让读者接收到这一感情,并且感同身受,产生共鸣。叶嘉莹先生在《迦陵讲演集》中也提出了"感动理论",《诗品》序文中有言:"气之动物,物之感人,故摇荡性情,形诸舞咏。"叶先生认为词的创作来源于自然和人事对于词人的刺激,内化成内心的感发,最终宣泄于词作之中。而读者观赏词作,接受词中的自然人事的刺激,进而身临其境,发起内心的波澜,达到与词人共情的结果。③ 其实在这一过程中,于词人而言,自然和人事皆出自记忆,而词人的作用便是用已有的记忆来重塑梦境;于读者而言,自然和人事皆在词作之中,读者读之如游历词人的梦境,通过梦境牵动自身相似的记忆以及直接或间接的情感经历达到共情的效果。诠释这一过程最好的词类便是咏物词,真正做到了"羚羊挂角,无迹可寻"。如王沂孙所作《天香·龙涎香》:

> 孤峤蟠烟,层涛蜕月,骊宫夜采铅水。汛远槎风,梦深薇露,化作断魂心字。红瓷候火,还乍识、冰环玉指。一缕萦帘翠影,依稀海天云气。
>
> 几回殢娇半醉。剪春灯、夜寒花碎。更好故溪飞雪、小窗深闭。荀令如今顿老,

---

① (清)曹雪芹. 红楼梦 [M]. 北京:北京出版社,2006:21.
② [奥]弗洛伊德. 论创造力与无意识 [M]. 孙恺祥,译. 北京:中国展望出版社,1986:163.
③ 叶嘉莹. 迦陵讲演集 [M]. 北京:北京大学出版社,2007:423.

总忘却、尊前旧风味。漫惜余熏，空篝素被。①

  王沂孙此词以龙涎香的采集、制作、焚烧的经历作比，表达南宋遗民忠于旧朝的气节和黎离之情。上阕中交代了龙涎香采香的地点在"孤峤蟠烟"，时间是"夜采铅水"，香采回来要做成"心"字状以备烘烤，而"断魂"二字却悄然赋予了龙涎香品格和情感。自古以君王为龙，那么龙涎便寓意南宋子民，南宋虽亡，然遗民却有忠心傲骨，此处以香怀骊宫代人怀故国，看似不经意间的表述，却可唤起读者的代入感。接着写龙涎被"红瓷候火"的工艺制作烘烤，尽管最后它已经被烧成一匹烟雾，却还是"一缕萦帘翠影，依稀海天云气"，不忘本来颜色，盘结不散犹如南宋遗民忠心不改。下阕由香过渡到人，写自己从前焚香的情景，到如今只剩"漫惜余熏，空篝素被"，今昔对比，一片怅然。

  顾随先生曾评韦应物"落叶满空山，何处寻行迹"为"不说心，心即在其中，无哀乐而哀乐在其中。何者为我，何者为物？有我无我，皆不能成立，只可以万物与我为一解之"②。在韦应物此句中，没有言我之哀，而是绘哀眼所见之景，让读者透过其笔下之景来体会作者之哀。虽然从文字表面来看是作者描写的哀景，然其实际非景哀而是人哀。王沂孙此词正是如此，虽然在词中作者并没有明确说出自身的黎离之情，却通过咏物完整细致地表达了出来。众所周知，梦境和记忆都是影像化的，甚至是碎片化的，王沂孙等词人在词中描绘一种若隐若现、若晦若明的"影像"更容易触发读者大脑的联想，使读者联想到自己经历的事情，或者是曾经直接或间接产生的情感。即便是没有经历过国破家亡的人，也可以通过联想回忆自己看过的影视作品、文学作品，或是听闻他人口述的故事，体会作者的情感，达到共情的效果。

  再者，隐晦地表述也可以有更多的机会触发读者的"脑补"功能。大脑是可以自行联想的，大脑可以记忆大量的数据资料也是联想的结果。美国麻省理工学院的一项研究发现，老鼠做梦时脑活跃的区域和白天学习奔跑时活跃的区域相同，这意味着梦是有意义的，并且是人们经历的映射。诗词的映射与梦境的映射如出一辙，词人隐晦地绘景或者讲故事，其中包含的"信息点"显然比直接诉说自己的感情更多，那么越是隐晦含蓄的语言，越是可以囊括更多经历，也就可以引发更为广阔的共鸣。词作越是朦胧，它所要表达的情感就越是扑朔迷离，后人读之除体悟作者之情之外还会产生更多的连锁效应，进而词作触发读者联想的机会也就更多。读者在读词的时候，甚至可以根据自己的经历"脑补"出许多词作中本不包含的内容，从而达到自发性地扩充词作思想内涵的效果。这便是谭献所说的"作者之用心未必然，读者之用心何必不然"③的道理。所以在一定程度上，隐晦地表述比开门见山更容易引发读者的共鸣，叙写虚无缥缈的梦境联想比直接抒发现实感情

---

① （宋）王沂孙，周密，王锡笋，等.乐府补题［M］.北京：中华书局，1985：1.
② 顾随.顾随：论学精要［M］.天津：天津人民出版社，2007：265.文章所引顾随先生观点材料，均见于《顾随：论学精要》，非特殊情况下文不再注出。
③ （清）谭献撰.复堂词录［M］.杭州：浙江古籍出版社，2016：1.

更容易为读者所接受。

参考文献

1. （后蜀）赵崇祚辑．花间集评注［M］．李冰若，评注．成都：四川人民出版社，2019.
2. （明）沈际飞．草堂诗余正集［M］．钱允治，编．洪武元年（1368）万贤楼刻本。
3. （明）王夫之．张子正蒙注［M］．北京：中华书局，1975.
4. （南唐）李煜．李煜词集［M］．上海：上海古籍出版社，2016.
5. （清）曹雪芹．红楼梦［M］．北京：北京出版社，2006.
6. （清）谭献撰．复堂词录［M］．杭州：浙江古籍出版社，2016.
7. （清）谢章铤．赌棋山庄词话校注［M］．刘荣平，校注．厦门：厦门大学出版社，2013.
8. （宋）苏轼．苏东坡词今释［M］．薛玉峰，释．北京：中国文联出版社，2012.
9. （宋）苏轼．苏东坡全集（中）［M］．邓立勋，编校．合肥：黄山书社，1997.
10. （宋）王沂孙，等．乐府补题［M］．北京：中华书局，1985.
11. （宋）王铚．默记［M］．北京：中华书局，1981.
12. （宋）辛弃疾．稼轩词编年笺注［M］．邓广铭，笺注．上海：上海古籍出版社，2018.
13. ［奥］弗洛伊德．论创造力与无意识［M］．孙恺祥，译．北京：中国展望出版社，1986.
14. ［瑞士］维蕾娜·卡斯特．梦：潜意识的神秘语言［M］．王青燕，俞丹，译．北京：国际文化出版公司，2008.
15. 顾随讲，叶嘉莹笔记．顾随诗词讲记［M］．顾之京，整理．北京：中国人民大学出版社，2010.
16. 缪钺．缪钺说词［M］．上海：上海古籍出版社，1999.
17. 南生桥．中国梦学20年［J］．西北大学学报（哲学社会科学版），2001（2）.
18. 邱世友．词论史论稿［M］．北京：人民文学出版社，2002.
19. 唐圭璋，等．唐宋词鉴赏辞典［M］．唐·五代·北宋卷．上海：上海辞书出版社，1988.
20. 唐圭璋．词话丛编［M］．北京：中华书局，1986.
21. 唐圭璋选释．唐宋词简释［M］．北京：人民文学出版社，2010.
22. 叶嘉莹．迦陵讲演集［M］．北京：北京大学出版社，2007.
23. 郑军．心灵简札［M］．上海：华东师范大学出版社，2007.

（果昊　学习单位：首都师范大学2019级硕士生　工作单位：首都师范大学外国语学院　指导教师：赵雪沛）

·中国古典文献学·

从文字因素看《治邦之道》《治政之道》的时代和性质

黄一村

摘　要：本文通过对清华简《治邦之道》《治政之道》文字因素的分析，认为其文字面貌应为战国中晚期所流行的俗体，与清华简中的其他篇目有所区别。结合形制、内容等方面的证据来看，本文认为这两篇简文的成篇时代应当与抄写时代相隔很近，很有可能属于初抄的草稿。

关键词：《治邦之道》；《治政之道》；俗体；初抄

清华简第八辑的《治邦之道》和第九辑的《治政之道》是两篇十分特别的文献，这两篇简文篇幅较大，《治邦之道》有27简，《治政之道》更长达43简。贾连翔先生曾将二者进行编联，认为二者"是由不同书手抄成的一篇文献，两组竹简原或编联为一卷，共70支，现存3165字（合文、重文以1字计）"①，其篇幅之可观在清华简乃至我们目前所看到的战国竹书中都是十分罕见的。

清华简中有不少篇目由于受到底本或书手的影响，在文字因素上带有明显的与战国中晚期的典型楚文字材料不相符合的特征。② 在既往的研究中已有不少学者注意到这一点，并针对《系年》《封许之命》《厚父》《子产》等篇做了有价值的研究，其结论多能与简文的内容相契合，可见这种研究方法是可行的。③ 在本文中，笔者试图利用这种方法，对《治邦之道》《治政之道》简文的文字形体、用字习惯、假借现象等文字因素进行考察，并在此基础上尝试对其时代和性质进行讨论。

---

①　贾连翔. 从清华简《治邦之道》《治政之道》看战国竹书"同篇异制"现象 [J]. 清华大学学报（哲学社会科学版），2020（1）：43—47.
②　关于"典型楚文字"的有关讨论，参见李守奎，白显凤. 楚文字的历史发展与地域文字系统的形成 [J]. 吉林大学社会科学学报，2017（1）：158—174.
③　对于这方面的相关研究，宋亚文已做了很好的整理。参见宋亚文. 清华简中的非典型楚文字因素研究 [D]. 复旦大学，2016：15—129.

一、字形

（一）简文中的讹字

在《治邦之道》《治政之道》简文中存在十分突出的字形讹变现象，在这些讹字中有一些有进一步说明的必要，以下选取其中几例作进一步讨论。

1. 观

清华简中"观"字一般作 A 形，而《治邦之道》中"观"字作 B 形。这一形体中"雚"上部所从的二"口"讹变为二"目"或二"角"，目前仅见于本篇。"观"字从"瞿"，无义可说，故其与楚简中的"瞿"很可能为同形字关系。上博简《武王践阼》有如下辞例：

王如欲观之，则斋矣！（武王2）

其中的"观"字形体如表1。仔细观察字形，一般的"雚"在所从的二"口"形上面有时有横笔，这是由早期文字形体中"隹羽"之形演变而来的。这一横笔与"口"结合，其形与"目"十分接近，导致所从的"见"与"雚"上部相糅合，而形成了《武王践阼》的那种形体。推论其演变过程，应当是由一般写法的 A 讹变形成 C，"见"省为"目"而形成 B1，"目"进一步讹变为"角"而形成 B2，几种字形之间的逐步变化是线性的，而《治邦之道》的写法处于最后。

表1 "观"字的有关形体

A	B	C
越公8	治邦17　治邦18	武王2

2. 失

清华简中记录{失}的"達"一般作 A 形，而《治邦之道》则作 B 形。B 所在的辞例为：

故昔之明者得之，愚者 B 之。（邦4）

B 所记录的词与{得}相对，很显然应当是{失}。比较各字形不难发现，B 应当是由 A 错误地简省上部的"癶"而来的。清华简中还有一个从"辵"从"羊"的字，所在辞例为：

伍鸡 C 吴人以围州来，为长壑而□之，以败楚师。（系年81—82）

这个字被整理者释为"将"，可从。这个字应当是从一般记录"将领"之{将}的"□"简省"癶"形而来的，B、C 应当是讹省之后偶然同形的关系。

表 2 "将"字的有关形体

A	B	C
命训 11	治邦 4	系年 81

3. 兴

两篇简文中计有十一例"兴"字，除《治邦之道》简 17 两例作" "" "之外，其余如表 3B 栏之形。两篇简文中的这些"兴"字与楚简中一般的"兴"，除了下部增从"止"之外，上部也有明显的差异。古文字中"兴"上部本从"臼"，作二手相向之形，但在简文中则讹为二手相背之形。比较两篇简文"兴"的上部，可以明显看出不同书手在书写上的差异，而这种产生讹变的形体与两篇从"门"之字（见 C 栏）又可严格对应，可见在这两篇简文中"兴"字上部已经完全讹变为形近的"门"了。这种形体目前仅见于这两篇简文中。

表 3 "兴"字的有关形体

A	B	C
系年 13　皇门 6	治政 4　治政 7　治政 11　治政 14　治政 30　治政 33　治政 33　治邦 2　治邦 5	治政 6　治政 16　治邦 1　治邦 20

4. 疫

《治邦之道》简 24 有如下一段简文：

彼上之所戚，邦有疠殳、水旱不时、兵甲骤起、盗贼不弥、仁圣不出、谗人在侧而弗知。

这段简文中的"殳"值得注意，整理者将此字读为"疫"。"疠疫"之为语在出土文献与传世文献中都很常见，如：

当是时也，疠疫不至，妖祥不行，祸灾去亡，禽兽肥大，草木晋长。（上博二《容成氏》16）

今岁有疠疫，万民多有勤苦冻馁，转死沟壑中者，既已众矣。（《墨子·兼爱下》）

故将此字释为"殳"、读为"疫"应当都没有问题。此字形体作 A 之形，比较 B 栏清华简中确定无疑的"疫"和"役"，可以发现二字存在明显差异。此字原简作 C 形，仔细比较笔画可见，所谓"殳"上部的一竖笔不很清晰。刘钊先生曾系统讨论过"役"字，关于"役"中的" "形部件后来与"殳"混同的现象，先生认为字中的上下两横笔为饰笔，而饰笔省去之后就很容易与"殳"相讹混。① 如果整理者对 A 字形体的处理无误，那么 A 就恰好可以作为"役"字发生讹混的中间阶段，也能够作为这两篇简文字形晚出的很好例证。

表 4 "役"字的有关形体

A	B	C
![A]	![B1] 系年 101 ![B2] 耆夜 10	![C]

5. 敬

《治邦之道》简 9 有如下一段简文：

安□，事必自知之，而百官敬。

简文虽然略有残泐，但其意思是很清楚的。其中整理者释为"敬"的那个字，字形作 A，在文义的理解上是很合适的。此字形体可分析为从"羊"从"口"从"攴"，其构形与清华简中一般的"敬"存在明显差别。"敬"本不从"羊"，A 上部的"羊"形是讹变而来的。简文的这种写法，实际上是书写者将一般的"敬"字进行解散，拆分为常见的部件而形成的。

表 5 "敬"字的有关形体

A	B
![A]	![B] 芮良夫 2

除了上面所举例子之外，简文中还存在为数不少的讹字。在这里将简文中的其余讹字做统计（详见表 6），并列出清华简中一般的写法以资对比。

表 6 《治邦之道》《治政之道》中的讹书

字	简文形体	一般形体	字	简文形体	一般形体
达	![]治政 36	![]命一 7	龟	![]治政 43	![]祷辞 6
粤	![]政 20 ![]政 39	![]系年 18	为	![]治邦 1	![]天下 2
曰	![]治政 24	![]成人 14	败	![]治邦 26 ![]治邦 27	![]尹诰 1

---

① 刘钊. 释甲骨文中的"役"字 [G]//复旦大学出土文献与古文字研究中心编. 出土文献与古文字研究：第六辑. 上海：上海古籍出版社，2015：50—51.

续表

字	简文形体	一般形体	字	简文形体	一般形体
罚	▨治政17	▨成人23	厚	▨治邦9 ▨治邦21 ▨治邦21	▨厚父13 背
敗	▨治政17 ▨治政33	▨虞夏1	贵	▨治邦2	▨命训14
猷	▨治政38	▨成人4	或	▨治邦3	▨处位4
懂	▨治政17	▨命二13	涵	▨治邦10	▨子犯11
弼	▨治邦19	▨琴舞11	專	▨治政15	▨成人20
辞	▨治邦17	▨治邦17	忧	▨治邦20	▨邦政9
飤	▨治邦4	▨越公31	犇	▨治邦11	▨祭公12

在单篇简文中出现这么多的讹书，在抄写严谨规范的清华简中是仅见的。在这些讹书中，既有不恰当地增加、减少笔画的，如"达""粤""訇""罚""或""專""辞""飤"等，也有将部件或部件一部分笔画误写成形体相似的无关部件的，如"龟""败""为""厚""懂""役""犇""敬""忧"等。从这些字形中可以明显看到，书写者有意将使用频率较低或书写较复杂的部件进一步记号化，分解成几个较常见的、书写较简单的部件的倾向，其记号化的程度较清华简其他篇目为高。这意味着《治邦之道》《治政之道》的抄写者所使用的文字应当是一种在战国中后期实际使用的，在字形演变、类化方面比较激进的俗体文字风格。

（二）替换声符或意符

除了讹字之外，在简文中还能发现一些字形，虽然不是讹字，但在构件、构件组合或写法上与清华简中的一般形体存在明显的差别。

例如，清华简中"海"皆作"海"形，而《治政之道》中则作"海"形。后代从"每"得声的"海""晦""诲""梅"等字，在楚简中绝大多数写作从"母"，仅有极少数写作从"每"。再如，清华简中用来记录{屏}的"粤"一般作"啰"形，而在《治政之道》中则作"邌"形。"啰"之增从"辵"仅见于本篇。简33"迩鉴于齐、晋、宋、郑、鲁之君"之"迩"作"邌"、简34"妨民之务"之"务"作"逺"、简42"疲敝军徒"之"疲"作"逡"，都是在清华简中一般字形的基础上增加"辵"旁，与之情况类似。此外，清华简中的"夏"一般作 A 形，在部分篇目中作 C 形。此外还有从"又"的形体，属于受晋系文字影响所致。《治政之道》中有两例"夏"字，其中简17"夏"字的形体与 C 为同一种，而简33将下部的"虫"替换成了"它"。"夏"之从"它"在楚文字中相当罕见，除本篇外，仅见于上博二《民之父母》篇。虫、蛇在古人心目中有一定的相似性，故作表意偏旁的时候确有相互替换的可能，但从文字的发展演变来说，C 类形体所从的"虫"形为西周春秋文字中的"夒"的足部脱落讹变而成，在"夏"中并不起表意作用。故简 33 的形体应当理解为一种错误的改造，是误认意符所导致的。

表7 "夏"字的有关形体

A	B	C
夒 尹至 4	夒 治政 17　夒 治政 33	夒 汤丘 12

（三）组合结构或整字的差异

简文中有一些字整体的写法与清华简中的一般形体存在差异，如清华简中的"至"皆作 A 形，而在《治邦之道》中则作 B 形。A 形是楚文字中的典型写法，而 B 形又见于郭店简《语丛》与上博简《缁衣》等，过去冯胜君先生曾将这种"没有省去本来像箭干部分的竖笔"的形体视为郭店简、上博简中受到齐系文字影响的证据之一①。

表8 "至"字的有关形体

A	B
至 越公 68	至 邦 1　至 邦 14

简文中还有一些字的组合结构与清华简中的一般形体存在差异。在清华简中，相对来说字形的组合结构往往有比较稳定的习惯，但在《治邦之道》《治政之道》简文中却能见到不少与常见的组合结构存在差异的字形，如"相"一般作左"木"右"目"的结构，而《治政之道》简 9 "君臣之相事"、简 14 "上下相安"之"相"则写成左"目"右"木"的结构；清华简中的"封"皆写作左"土"右"丰"的结构，而《治政之道》简 41 "启壁（辟）封疆"之"封"则写作左"丰"右"土"的结构；清华简中的"政"一般写作左"正"右"攴"的结构，而《治政之道》简 16 "以众政寡"之"政"则写作上"正"下"攴"的结构；等等。这些特殊的组合结构在楚文字材料中十分罕见。

（四）字形错出

一般来说，在由同一位抄写者所抄写的同一篇文献中，同一个字的字形会倾向于相同，这是由抄写者自身书写习惯的一致性和追求简文阅读便利所造成的。然而在《治邦之道》《治政之道》中，同篇中的字形或字形所从的部件相错出的现象却普遍存在。在以下所举出的例子中，两种形体都能在其他楚文字材料中见到，但两种形体在同一篇中错出则仅见于这两篇简文中（详见表9）。

---

① 冯胜君. 郭店简与上博简对比研究 [M]. 北京：线装书局，2007：272—273.

表9 《治邦之道》《治政之道》中同一字形体错出的现象

字形 A	字形 B	字形 A	字形 B
▨ 治政 4	▨ 治政 22	▨ 治政 2	▨ 治政 2
▨ 治政 27	▨ 治政 43	▨ 治政 20	▨ 治政 41
▨ 治政 7	▨ 治政 31	▨ 治政 24	▨ 治政 32
▨ 治政 34	▨ 治政 37	▨ 治政 6	▨ 治政 12
▨ 治政 36	▨ 治政 19	▨ 治政 7	▨ 治政 9
▨ 治邦 2	▨ 治邦 10	▨ 治邦 25	▨ 治邦 25
▨ 治邦 11	▨ 治邦 10	▨ 治邦 7	▨ 治邦 8
▨ 治邦 10	▨ 治邦 15	▨ 治邦 16	▨ 治邦 24
▨ 治邦 13	▨ 治邦 13	▨ 治邦 19	▨ 治邦 14
▨ 治邦 22	▨ 治邦 4	▨ 治邦 11	▨ 治邦 27

二、用字

分化即通过在原有的字上增加意符，达到使文字记录更为精确的词义的现象。在战国出土文献的用字中，可以见到广泛存在的分化现象。在《治邦之道》《治政之道》中，我们可以发现不少在清华简中仅见的分化字。增加表意偏旁的分化字一般要晚于本字，这两篇简文中分化字的大量使用，说明其内容形成的时代较晚。同时，简文中分化字的使用并不严格，常见相互通用。以下结合一些例子对这些情况进行讨论。

（一）分化字

1. {辟}①

简文中有如下文句：

> 不图中正之不治、邦家之多病、万民之不宁，则又欲大启壁（辟）其疆以立名于天下，攫地改封以绝诸侯之好。（治政 40—41）

西周金文中一般用"□□"记录开辟之{辟}，如大盂鼎（集成2837）"在武王嗣文

---

① "{ }"表示文字所记录的词，下同。

作邦，□□厥匿"、泉伯□□簋（集成4302）"右□□四方"等。此字在战国时代晋系文字中沿用，如中山王鼎"□□启封疆"，而在清华简中则一般用"辟"来记录，如：

> 大夫假事便嬖，知官事长，野里零落，草木不辟。（管仲9）

简文这种形体在清华简中 {辟} 常见的写词方法 "辟" 的基础上增加了表意偏旁 "土"，应为记录开疆辟土之 {辟} 的专字。

2. {祖}

简文中有如下文句：

> ……山川、丘社、后稷，以及吾先祖、皇示、庶神。（治政43）

清华简中一般以 "且" 记录 {祖}，如：

> 唯时余经念乃先且（祖）克宪皇天之政功。（厚父7—8）
> 惠皇上帝命周文王据受殷命，烈且（祖）武王大戡厥敌。（四告17）

以 "且" 记录 {祖} 的习惯始于商周，清华简以 "且" 记录 {祖} 系继承早期文字而来。简文中在 "且" 的基础上增加表意偏旁 "示"，这是由于在古人的观念中，祖先常与神祇相关，故将祖先与神祇一起作为祭祀的对象。"祖" 应为后起的分化字。虽然 "祖" 字产生的时间很早，在春秋时的一些铜器铭文中已能见到，但在清华简中以 "且" 来记录 {祖} 则仅此一见。

3. {扰}

简文有：

> 故万民兼病，其粟米六□□（扰）败竭。（治邦26）

表示牲畜之 {扰} 在其他简文中作：

> 是故六腬不瘠，五种时熟，民人不夭。（管仲13—14）
> 西方高，三方下，其中不寿，宜人民、六腬。（九店46）

"六腬" 即传世文献中常见的 "六扰"，如：

> 河南曰豫州，其山镇曰华山，其泽薮曰圃田，其川荥雒，其浸颍湛，其利林漆丝枲，其民二男三女，其畜宜六扰，其谷宜五种。（《逸周书·职方解》）

"扰" 为驯服、驯养之义，"六扰" 为中国古代常驯养的马、牛、羊、豕、犬、鸡六种动物，"腬" 为楚简中 {扰} 一般的记录方法。简文中记录 {扰} 的 "□□" 字较 "腬" 增加了 "犬" 旁，犬即为 "六扰" 之一，故简文中 "腬" 之增从 "犬" 有可能属于表意。《成人》简7有 "牝牡" 一词，其中 "牝" 从 "鸟"、"牡" 从 "牛"，与此属于类似的情况。

（二）分化字之间的假借

1. ｛贼｝

简文中有四例｛贼｝：

> 上不施教，则亦无责于民，今又审刑以罚之，是谓□□下。（治政 2）
>
> 故天下之贤民皆兴，而盗□无所。（治政 7）
>
> 百姓之不和，四封之不实，盗□之不弥，金革之不敝，此则侯王君公之恤。（治政 18）
>
> 盗□不弥，仁圣不出，谗人在侧而弗知。（治邦 24）

上博简中有：

> 多务者多忧，□者自□□也。（彭祖 7）

"□者自□□也"应为"想要谋害别人却最终伤害自己"之意，可见｛贼｝字依具体含义而有"谋害"与"伤害"两种意思，前者是内心所谋，后者则是实际产生伤害，引申而有盗贼之义，二者分别对应"□"和"□□"两字，在绝大部分简文中其使用是严格不相混淆的。在《治邦之道》《治政之道》中，"是谓贼下"之"贼"应为"谋害"之义，本应用"□"；简7、简24的"盗贼"分别对应"贤民""仁圣"，应表示贼人之义，与"伤害"之"贼"名动相因，本应用"□□"，而简文中的用法却正与之相反，可见应为二者之间的相互假借。

2. ｛广｝

简文中有如下文句：

> 诸侯之邦，軠（广）者冀千里、冀千乘，敛者冀百里、冀百乘。（治政 27）

此句中的"軠"与"敛"相对，整理者读为｛广｝，正确无误。"軠"从"车"，其义应与车马有关，而被假借来记录｛广｝。此字数见于曾侯乙墓竹简，辞例有"乘广""少广""行广"等，整理者认为"似是指旆、殿等兵车"，应可从。"广车"之名又见于传世文献：

> 晋献公将欲袭虞，遗之以璧马；知伯将袭仇由，遗之以广车。（《韩非子·喻老》）
>
> 二子在幄坐，射犬于外，既食而后食之，使御广车而行。（《左传·襄公二十四年》）

"軠"从"车""止"表意，应当就是"广车"之｛广｝的专字，在简文中被借来记录广狭之｛广｝。这不仅与"广车"之义不同，也与清华简中一般的用字习惯不合。

3. ｛器｝

简文中有三处｛器｝：

> 春秋之时，以其马女、金玉、币帛、名囗囗（器），聘眺不懈。（治政20）
>
> 夫有国必有其囗囗（器），小大守之，则必长以无害。殆无守之囗囗（器），岂其可争于守乎？（治政24—25）

这三处"囗囗"所记录的词显然都应当是{器}，但这种"囗囗"则仅见于本篇中。按照文字孳乳演变的一般规律，"囗囗"应当是"器"的分化字，所记录的是{器}的一个分化类别，而其所从的"土"应为意符。由此推论，"囗囗"所记录的很可能是"土器"。上博简有：

> 昔尧之相舜也，饭于土簋，欲＜饮＞于土型，而抚有天下，此不贫于美而富于德欤？（曹沫2—3）

"土簋""土型"之类的记载又见于传世文献：

> 古者尧治天下，南抚交阯北降幽都，东西至日所出入，莫不宾服。逮至其厚爱，黍稷不二，羹胾不重，饭于土塯，啜于土形，斗以酌。俯仰周旋威仪之礼，圣王弗为。（《墨子·节用中》）
>
> 堂高三尺，土阶三等，茅茨不剪，采椽不刮。食土簋，啜土刑，粝粱之食，藜霍之羹。夏日葛衣，冬日鹿裘。（《史记·太史公自序》）

由文意可以知道"土簋""土型"是用来形容食器之简陋的。这些"土"故多训为"瓦"，《说文》"瓦，土器已烧之总名"，可见所谓的"土簋""土型"等"土器"，应当就是战国时代常见的陶器。由此出发推论，"囗囗"应当就是"陶器"的分化专字。简文中的这三处"囗囗"所记录的应为一般的器物而非陶器，故应当是以分化字"囗囗"假借记录器物之{器}。

4. {仪}

简文中有如下文句：

> 夫以兼抚诸侯，以为天下堲（仪）式，是以不刑杀而修中治、诸侯服。（治政14）

根据上下辞例，简文中的"堲"所记录的词应当是{仪}。清华简中绝大多数{仪}用"义"来记录，"堲"仅此一见。《礼记·缁衣》引《诗经·大雅·文王》"仪刑文王，万邦作孚"之"仪"，上博简《缁衣》亦作"堲"，参考"义"之作"䠑""仪"之作"囗"等类似情况，"堲"应当也是一个分化字，但此字不见于字书，在出土文献中的用例也仅此两例，此字究竟是为记录哪一个词而分化的还不清楚。略作推论，与"仪"意义有联系的"刑""式"在战国文字中皆有加"土"旁的形体存在，或许"堲"的情况与之类似。

（三）简文中所见的用字错出

如同字形错出一样，简文中也能找到不少同篇之间用字错出的例子（详见表10）。

表10 《治邦之道》《治政之道》中用字错出的现象

{务}	{一}	{万}	{教}	{及}	{信}
治政21	治政4	治政20①	治政26②	治邦7	治邦24
治政34	治政21	治政37	治政2	治邦27	治邦4

清华简的其他篇目中虽然也能见到用字错出的现象，但是都属于个别现象，总体来看用字是十分规整的。《治邦之道》《治政之道》简文中这些用字错出的情况，帮助抄写者在用字的选择方面也相对随意，并没有有意识地进行统一。

三、对简文时代和性质的一些思考

从上文对有关字形的分析来看，《治邦之道》《治政之道》两篇简文中所见的与其他简文存在差异的文字形体，不论是否产生讹变，有相当一部分在文字演变序列中顺序都处于较后的位置。从用字情况来看，这两篇简文中也使用了不少当时新产生不久的分化字。同时，简文中也能找到不少同一字的异体、同一词的不同用字之间的差异。

从简文内容来看，简文所体现出来的思想特征，如认为君臣若"市贾之交易"等，无疑是较为激进的，与以往我们看到的政论类文献有明显差异。简文中所提及的现象，如连年征战、税负繁重、失礼厚葬等，也是战国中期以后列国争霸白热化的现实社会情况的反映。这样看来，在《治邦之道》《治政之道》简文中所看到的与清华简其他篇目存在明显差异的字词，很可能就是在战国中晚期所广泛流行的俗体。裘锡圭先生在讨论战国时代的俗体字时指出："东方各国俗体的字形跟传统的正体的差别往往很大，而且由于俗体使用得非常广泛，传统的正体几乎已经被冲击得溃不成军了。"③ 这两篇简文中广泛存在的种种字词讹变、分化和错出的现象，正是正体字"溃不成军"的具体体现。由此来看，这两篇简文抄写的时间与内容形成的时间应当相距很近。

如果上文对这两篇简文形成时代的分析无误，那么便可以进一步讨论简文的性质。在目前所见的几批书籍类楚简中，清华简简文的书写最为工整美观，字词的使用也最为规范，偶有一些字词的差异，大多也可以找到传抄底本的蛛丝马迹，唯独在这两篇简文中，不仅如上文所说存在大量讹误和错出现象，同时书写潦草，字距疏密不一，连简文前后的形制都不一样，读起来满目荆棘，很难想象是写定的、供阅读的书籍。

贾连翔先生根据《治邦之道》《治政之道》两篇简文在形制与抄写书手的明显差异，

---

① 此字疑下从"土"而略有残勒，类似形体如《命训》简11"以牧万民"之"万"作 。
② 《治邦之道》简12另有 。
③ 裘锡圭. 文字学概要（修订本）[M]. 北京：商务印书馆，2013：58.

以及《治邦之道》简 27 的补入、《治政之道》简 43（贾先生编为"X 号简"）文字较其他简密集等现象推论，《治邦之道》《治政之道》"可能并非抄本而是原作底本"①，其说是富有启示性的。结合本文的讨论来看，这两篇简文似乎仍处在有待进一步整理规范的草稿阶段，甚至有可能属于初抄的文献，这与清华简中其他根据底本抄写、经过精心整理的传抄篇目不同。

我们今天所见的出土战国古书基本都是根据底本传抄而来的，我们只能根据简文的文字形体与写词面貌尝试复原其传抄的过程，这是相当艰难的工作。如果这两篇简文确为初抄或稿本，则这两篇简文我们或许借此可以窥见战国古书在经历整理传抄之前的原始面貌之一斑。

参考文献

1. 冯胜君. 郭店简与上博简对比研究［M］. 北京：线装书局，2007.
2. 贾连翔. 从清华简《治邦之道》《治政之道》看战国竹书"同篇异制"现象［J］. 清华大学学报（哲学社会科学版），2020（1）.
3. 李守奎，白显凤. 楚文字的历史发展与地域文字系统的形成［J］. 吉林大学社会科学学报，2017（1）.
4. 刘钊. 释甲骨文中的"役"字［G］∥复旦大学出土文献与古文字研究中心编. 出土文献与古文字研究第六辑. 上海：上海古籍出版社，2015.
5. 裘锡圭. 文字学概要（修订本）［M］. 北京：商务印书馆，2013.
6. 宋亚文. 清华简中的非典型楚文字因素研究［D］. 复旦大学，2016.

黄一村　清华大学 2018 级博士生　工作单位：兰州大学　指导教师：李守奎）

---

① 贾连翔. 从《治邦之道》《治政之道》看战国竹书"同篇异制"现象［J］. 清华大学学报（哲学社会科学版），2020（01）：43—47.

· 中国现当代文学 ·

伦理觉悟的启蒙——论《雷雨》第三幕中蘩漪的关窗行为

李照晖

摘　要：曹禺的剧作《雷雨》在现代文学史上具有举足轻重的地位，但自发表以来有关其原创性的争议始终存在。以往研究中未注意到曹禺在三一律的越轨之处（出现第二个场景）并安排"雷雨"性格的蘩漪出现，本文认为这样的细节安排表明了曹禺在面对世界戏剧经典之作的经验也会有选择地思考与运用，并且通过设计这一幕中蘩漪关窗的动作，表现曹禺创作戏剧过程中融合世界性与民族性的思考与尝试。

关键词：曹禺；《雷雨》；三一律；蘩漪；伦理觉悟

一、《雷雨》原创性的存疑讨论

曹禺的《雷雨》一向是被作为中国现代戏剧成熟的代表作。但自发表以来，就有不断的质疑声，认为《雷雨》套用了西方戏剧的情节结构，因而不具有原创性。其中最有代表性的观点是 20 世纪 70 年代刘绍铭所作的《曹禺论》，针对国内对于曹禺评价过高的倾向，他认为"曹禺的问题，不在'偷了大师们的金线'，而是未能好好的利用这些'金线'"，并借林以亮的观点指称曹禺的"作品浅薄得不能入流派"。[①]这一观点并非仅仅是刘绍铭的偏激之吾，还有胡适、钱钟书、刘西渭等人也在《雷雨》过于受西方影响而丧失了原创性的问题上，进行了诸多的讨论。

胡适在其日记（1937 年 2 月 10 日）中说："《雷雨》显系受了 Ibsen、O'Neil 诸人的影响，其中人物皆是外国人物，没有一个是真的中国人，其实亦不是中国事。"[②]胡适敏锐地抓住了易卜生、奥尼尔的影响，但"没有一个是真的中国人，其实亦不是中国事"的断语却是值得再探讨与分析的。有关奥尼尔影响的指摘，已有识者认为："《雷雨》……如

---

① 刘绍铭.《曹禺论》自序 [A] // 曹禺研究专集（下）. 王兴平，等，编　福州：海峡文艺出版社，1985：393.
② 胡适. 胡适日记 [M]. 沈卫威，编. 太原：山西教育出版社，1998：238.

同美国剧作家奥尼尔《榆树下的欲望》一样，有父子反目、情人成仇、潜意识的欲望和无法释怀的情结，揭示了欲望的主题和伦理悖论的主题，他的悲剧是在情理与意识的双重困惑中才得以实现的。"① 但与其说曹禺受奥尼尔影响，不如说奥尼尔的剧作对于曹禺来说是一种触动，正是这种学习与吸收的态度，使得曹禺将中国文化里一向模糊的"爱恨情仇"情感转化为细节精确的表达。正如维柯所言："人类只能理解人类创造的历史"，在"人性"这个层面上，奥尼尔的剧作如同显微镜，被曹禺拿来烛照中国人的情感纠葛。从《雷雨》整部剧的矛盾冲突而言，曹禺虽然探讨情人成仇这样古老的命题，但他也写出了父子反目到子懦弱尊父的过程，以及与此相伴随产生繁漪被弃由爱成仇的行为发生。因此，曹禺始终是立足在中国的传统与历史上进行的创作，胡适所言"亦不是中国事"，显示了一定的偏颇。正如朱栋霖所言："就戏剧来说，曹禺的戏剧确实有民族性，他写的人物的心理和情感是中国式的，从《雷雨》到《北京人》都是。"② 就易卜生的影响而言，胡适应该是根据易卜生创作戏剧的方法可以在《雷雨》中找到相似的情节而说的。"易卜生创作戏剧的回顾方法是以过去的戏剧来推动现在的戏剧，换句话说，一天之内所表现在舞台画面中的戏剧动作，不过是将近二十年前所发生的事件的结果。在《群鬼》中，等到阿尔文太太说明她丈夫生前的许多荒唐行为并且指出正要结婚的欧士华和吕嘉纳原来是同父异母的兄妹之后，悲剧也就立刻发生了。"③ 如果按照戏剧结构的相似性，那么确实可以说明受易卜生的影响，因为《雷雨》中第四幕周朴园说出了周萍和鲁侍萍的母女关系后，周萍自杀而亡，一系列的悲剧也就此发生，这一点和《群鬼》之中的结构十分相像，所以胡适的说法可以理解。但若不求结构情节上的相似，细读文本，从人物行为的逻辑进行分析的话，可以看到曹禺在受其影响之后的创新与创造，这一创造集中体现在繁漪尾随周萍的推窗行为，关于这一点会在稍后的讨论中详细提及。

另外，对《雷雨》原创性产生质疑的问题，是创作题材的来源。刘西渭指出"作者隐隐中有没有受到两出戏的暗示？一个是希腊尤瑞彼得司 Euripides 的 Hippolytus，一个是法国辣辛 Racine 的 Phédre，二者用的全是同一的故事：后母爱上前妻的儿子"④。同时，据周骥良回忆："曹禺《雷雨》的故事来源，有两个人比较清楚：一个是蒋恩钿（曹禺同班同学）。她曾经说《雷雨》的故事是从希腊、法国两个剧本中套过来的……一个是钱钟书，他也是这样说。"⑤ 这两位批评者都将质疑的矛头指向了《雷雨》故事来源的不正当性。文学作品取材于同一种内容是完全不稀奇的事，其中的分别与辨识度就在于从形式而言，作者如何去安排这样的情节发生、发展。正如海登·怀特所言："任何特定的一系列

---

① 耿发起，田本相，宋宝珍编.《雷雨》八十年 [M]. 天津：天津古籍出版社，2015：431.
② 沈国明，金福林主编. 当代中国学人访谈录（文学卷）[M]. 上海：上海人民出版社，2014：228.
③ 陈瘦竹，沈蔚德. 论《雷雨》和《日出》的结构艺术 [A]// 曹禺研究专集（下）. 王兴平，等，编. 福州：海峡文艺出版社，1985：578.
④ 刘西渭. 雷雨（1936年4月）[A]// 曹禺研究专集（下）. 王兴平，等，编. 福州：海峡文艺出版社，1985：541.
⑤ 曹树钧. 回忆曹禺与《雷雨》——访周骥良 [J]. 新文学史料，2020（2）：79—80.

真实事件都不会原本就是悲剧的、戏剧的、闹剧的，等等，而只能通过在事件之上施加一种特定故事结构的方式被构建成这样。因此，赋予事件以意义的是选择故事类型并把这种故事施加给事件这两种行为。这种编织情节的效果可以被视为一种解释。"① 所以，身为批评家的刘西渭并未停留在对曹禺戏剧来源的印象判断，而是在阅读了文本之后，再次谨慎地分析道："我仅说隐隐中，因为实际在《雷雨》里匠，儿子和后母相爱，发生逆伦关系，而那两出戏，写的是后母遭前妻儿子拒绝，恼羞成怒。《雷雨》写的却是后母遭前妻儿子捐弃，妒火中烧。"② 因此，周骥良的定论，可以暂时搁置。

显然，《雷雨》正如曹禺自己所辩驳的那样："在过去的十几年，固然也读过几本戏，演过几次戏，但尽管我用了力量来思索，我追忆不出哪一点是在故意模拟谁。"③ 顺着这个思路，曹禺对于模仿这件事并不承认，这种不承认实际上是可以在他对三一律的遵守与越轨之处探讨其原创性，曹禺不仅吸收了世界性经典戏剧成功的形式——三一律④，还创造性地发展了关于地点的灵活运用，在传递伦理觉悟的思想表达和人物动作的理解上做足了功夫。这一努力不仅为其作品确立起鲜明的个人风格，同时也结合自己的理解与创造，通过蘩漪推窗的动作将中国人的生命体验与伦理冲突表达出来，达到伦理觉悟启蒙的目的。

二、曹禺对三一律的核心把握

对于戏剧而言，舞台的限制无疑是戏剧家必须要考虑的问题。如何借鉴西方经典之作使之更好地传达中国故事，是曹禺思考的问题。最早有关三一律的戏剧理论是从三一律的简单介绍开始的。20 世纪 30 年代侧重于对三一律的知识性介绍，比如："三一律（Three Unity）——'三一'就是：（一）一个地方，（二）一段时间，（三）一桩事实。在西洋希腊戏剧，绝对须遵守此律，不得违背；违了就算破格。但自莎氏以后，已不如前严守了。"⑤ 在《民国日报》里有关于三一律对答式的知识普及："问：'三一律'，在近代剧中适用否？答：在欧洲，'三一律'是很流行而且奉为圭臬的。但在易卜生以前，曾有一时不得通行。不过到了易卜生时代，它便盛行起来了，一直到现在。在近代剧中，'三一律'是关很重要的了。"⑥ 就三一律开始戏剧性探讨的戏剧家是熊佛西，他说："中国民族，因为受了几千年礼教的熏染，行为近似古典，然而戏剧中很少见到三一律。这也许因为三一律根本就是西洋的产物。但是学问不分中外，艺术不限畛域，只要近情近理，自然

---

① ［美］海登·怀特. 形式的内容：叙事话语与历史再现［M］. 董立河，译. 北京：文津出版社，2005：61.
② 刘西渭. 雷雨（1936 年 4 月）［A］//曹禺研究专集（下）. 王兴平，等，编. 福州：海峡文艺出版社，1985：541.
③ 四川大学中文系编. 中国当代文学研究资料：曹禺专集（上）［M］. 成都：四川大学出版社，1979：8.
④ 文洁若. 曹禺所受的西方文学的影响［J］. 新文学史料，1979（2）：293—294.
⑤ 佚名. 文学小辞典（十八）［N］. 民国日报·觉悟，1922－01－17（2）.
⑥ 郑聂. 常识顾问［N］. 民国日报，1924－04－06.

有人遵行。没有道理的规律就是强人遵行，规律仍是规律，于艺术本身终无裨益。三一律究竟有无道理，甚希戏剧作家自己考虑。"①

到了20世纪40年代，对三一律的探讨重点变成如何将三一律融入中国戏剧的创作之中。"中国的一般剧作家，他们在创作剧本时，是无所谓讲求'三一律'的。而我认为这却是好现象。因为'三一律'只是写剧原理上的一种剧作方式，在我们精密的分析它以后，会觉得它的不能成立，我们不必遵守。"②文治平是从戏剧本质来探讨戏剧的凝练集中，认为不必严格遵守三一律，所以此时对于三一律的接受本身就已经带着属于中国的思考了。到了1946年，陈瘦竹认为"自从浪漫运动以来，三一律已失去其在剧坛上的支配力。剧作家不再据此作剧，而批评家亦不再以此为批评的准则。除动作之统一以外，关于时间与地点，可说已毫无限制。然就戏剧的本质而论，关于时间与地点的自由，到底应至若何程度，实在值得研究"③。这时，三一律没有其支配力属于共识，但陈瘦竹进一步提出了时间与地点的自由应到何种程度这一问题，而剧作家如何处理这一问题，则显示了剧作家本人的思考与创造。

曹禺是从戏剧本身的发展上去把握三一律的，他认为："戏剧被'舞台''演员''观众'这三个条件所肯定。戏剧原则、戏剧形式与演出方法均因为这三个条件的不同而各有歧异。譬如：古希腊演剧，由于舞台的简单，没有布景来表明时间地点，所以剧本的编制自始至终多半限于一个地点，以后，生吞活剥的学者，读了希腊的剧本，就勉强臆定那些剧本的作家是遵守'时间''地点''动作'统一的三一律，实际上他们所遵守的还是实际舞台上的限制。"④曹禺把握到舞台对于戏剧的制约作用，并重新审视了三一律的出现原因，反对三一律的教条应用，"一些聪明人把《哈姆雷特》《李尔王》《罗密欧与朱丽叶》都改成为大团圆的戏剧；为了要体现三一律，竟让奥瑟罗在一天的时间里向苔丝德蒙娜求婚、结婚并杀了她。莎士比亚成了一些无知者的装饰品"⑤。同时他也不否认三一律的作用，并相应地用在了《雷雨》之中："'三一律'不是完全没有道理。《雷雨》发生在不到二十四小时之内；时间和地点的统一，可以写得集中。同时进行一个动作，动作在统一的结构里头，可以显得清楚，这是'三一律'的好处。"⑥

在《雷雨》的场幕安排上，很明显可以看到三一律的形式规范。从时间上，"由第一幕至第四幕为时仅一天"；从行为上，人物之间的动作始终是连贯统一，一气呵成。但是，从地点的安排上发生了稍许变化，不再是一个地点：序幕，第一、二、四幕都标注是同一个地点，为周公馆的客厅，只有在第三幕中出现了第二个地点"鲁家套间"。因此，在遵

---

① 熊佛西.三一律[J].戏剧与文艺,1929,1(3):7—11.
② 文治平.戏剧艺术的"三一律"[J].江汉思潮,1936,4(5—6):57—75.
③ 陈瘦竹.三一律研究（论著续完）[J].文讯,1946,6(2):48—66.
④ 曹禺.编剧术[C]//战时戏剧讲座.重庆：中正书局,1940:50.
⑤ 曹禺.莎士比亚属于我们——首届中国莎士比亚戏剧节闭幕词[J].戏剧报,1986(6):5—7.
⑥ 王育生.曹禺谈《雷雨》[J].人民戏剧,1979(3):40—47.

守与改造三一律之间，曹禺很明显有着自己的考量。曹禺一方面遵循三一律的规范使得戏剧的情节更为紧凑，有利于戏剧表达主题；另一方面也通过灵活改造使得三一律中国化，在第三幕中设计蘩漪推窗的动作，表现中国传统思想与现代思想中的伦理冲突问题。

  回顾《雷雨》创作，曹禺直言："回想起来，我最先写的是第三幕周萍和四凤推窗户的一段戏。"① 这一先写就已经意味着在第三幕需要有另外一个地点的安排，所以对于三一律的运用是按照曹禺自己创作的意思进行了变动，显示出曹禺创作的原创性。从周家公馆到鲁大海家，两个环境的转换之中，可以发现周萍形象的转变，即周萍转变了他在周家公馆唯唯诺诺、躲避蘩漪的周家大少爷形象，变成了大胆戏四凤偷情的风流浪荡子。正如钱钟书的《窗》对跳窗偷情情节安排的揶揄，写道："从前门进来的，只是形式上的女婿，虽然经丈人看中，还待博取小姐自己的欢心；要是从后窗进来的，才是女郎们把灵魂肉体完全交托的真正情人。"② 也因之，周萍和四凤的爱情在第三幕里得到印证，可在鲁大海家地点的另一个空间——窗外，还有尾随周萍而来的这名"情妇不是情妇、母亲不是母亲"的蘩漪在场。

  这样的安排是如此让人诧异，按照《雷雨》前几幕中蘩漪的形象可说在观众那里还博得许多的同情，她被周萍引诱后抛弃，被周朴园逼着喝药，和自己的儿子周冲交谈时的端庄淡雅，这些都是前几幕曹禺一步步铺陈出来的形象。所以当我们关注到这一幕中蘩漪的尾随动作的发生，就能看到蘩漪身上的另一面。正如刘西渭所感受到的："说实话，别瞧作者创造了那样一个真实的人物，作者的心力大半压在情节上，或者换一句话，用亚里士多德的术语，情节就是动作的动作上。在这一点，作者全然得到他企望的效果。"③ 蘩漪有着旧家庭里大家闺秀应有的修养，同时，透过推窗的动作我们可以发现，蘩漪毕竟是一个女人，有着女人最基本的情热与情绪。假如以此为缺口，进一步分析下去，就会发现曹禺在蘩漪身上所放置的不仅仅是"最雷雨"的性格，还有"以小见大"的同情与对社会伦理和人性欲望发生冲突之后怎么办的追问。

  蘩漪淋着雨，站在窗外，看着周萍与四凤之间情人般的语词呢喃，此刻她的身子是冷的，但心是热的，她怒而关窗，情绪也爆发到了极点，试图让四凤的哥哥发现之后，杀了这个她得不到的男人。得不到就要毁灭，没有祝福，没有虚伪的笑容，人性的丑，在这一动作的发出之中，暴露无遗。可这丑，站在真伪的角度上来说又是那么的真，这是一个女人诱而被弃后真实的情绪流露。

  如果说尾随的行为显示出蘩漪身上具有的神经质的非人一面，那么关窗的行为又将蘩漪拉回人之为人的性格与情绪的原点。将这两个动作放到全剧来分析的话，尾随动作可以证明蘩漪确实存在精神方面的疾病，同时也让周朴园的形象由严苛专横滑向了关爱妻子稍

---

① 王育生. 曹禺谈《雷雨》[J]. 人民戏剧，1979（3）：40—47.
② 钱钟书. 写在人生边上 [M]. 上海：开明书店，1941：12—13.
③ 刘西渭. 雷雨（1936年4月）[A] // 曹禺研究专集（下）. 王兴平，等，编. 福州：海峡文艺出版社，1985：543.

显同情的形象，也为此后周朴园忏悔行为埋下伏笔；而关窗的动作则标志着远离了周公馆来到鲁大海家的蘩漪已经摆脱了那个沉甸甸的周家夫人的社会角色，表现出只是作为一个女人的蘩漪形象。因此，正是曹禺对三一律的越轨，另设地点——鲁大海家，使得观众对周朴园真诚忏悔的行为得以理解，同时也开掘了蘩漪身上作为女人的情感与欲望的宣泄表达，并且一瞬间的动作——关窗，凝练出蘩漪作为女人身上所承载的中国式伦理困境，达到对观众伦理觉悟的启蒙目的。

三、伦理觉悟的启蒙

"伦理革命"实属中国近代伦理思想史用语①，始出于梁启超《新民说·论公德》："苟不及今急急斟酌古今中外，发明一种新道德者而提倡之，吾恐今后智育愈盛，则德育愈衰……呜呼！道德革命之论，吾知必为聚国之所诟病，顾吾特恨吾才之不逮耳，若类与一世之流俗人挑战决斗，吾所不惧，吾所不辞。"戊戌变法失败之后，梁启超发挥严复"鼓民力，开民智，新民德"的思想，提出"道德救国"论，强调以"利群""为群"之公德代替中国旧的"家族伦理"，开伦理革命之先河。五四前夕，陈独秀为反击当时尊孔读经的思潮，总结辛亥革命夭折、共和政体名存实亡的教训，认为欧洲自文艺复兴以来，政治、宗教、伦理道德"莫不因革命而新兴而进化"，然反观吾国，"政治界虽经三次革命，而黑暗未尝稍减"，其因"则为盘踞吾人精神根深蒂固之伦理道德、文学艺术诸端，莫不黑幕层张，垢污深积"②，且"伦理思想，影响于政治，各国皆然，吾华尤甚"，所以"欲望政治根本解决问题，必有待于吾人最后之觉悟"③。陈独秀可以说是发现了伦理道德觉悟为"吾人最后之觉悟"，而曹禺在反思《雷雨》写作时，也直言"我感觉这个旧社会要动，要变，再不变不得了。至于变成什么，我说不出来"④。曹禺的不知之言不能仅仅当作自谦之词，因为不可忽视的一点是，"1919年以来社会经济繁复变化中活生生的经验，带给了很多中国知识分子对传统和西方两种文化模式冲突和协调时所持的'既爱又恨说恨还爱'的情意结"⑤。所以，曹禺虽然说不出来，可是他身上所具有的时代烙印般的"情意结"是不能忽视的，从这个角度出发，我们可以了解到曹禺是借蘩漪来传达他所观察到的两种文化模式冲突与协调时所迸发的伦理冲突的悲剧意蕴。

蘩漪生活在旧式的大家庭之中，大家庭是作为社会的组织构造中的伦理本位。按照梁漱溟所指"东方文明的精神所在"就是"依据家庭伦理关系的推广，消融了团体与个人两端，唯儒家安排伦理名分以组织社会，避免了西洋社会的人与人相对之势和社会秩序的动

---

① 朱贻庭主编. 伦理学大辞典 [M]. 上海：上海辞书出版社，2011：373.
② 陈独秀. 文学革命论 [J]. 新青年，1917，2 (6)：1—5.
③ 陈独秀. 吾人最后之觉悟 [J]. 新青年，1916，1 (6)：1—2.
④ 王育生. 曹禺谈《雷雨》[J]. 人民戏剧，1979 (3)：40—47.
⑤ 王晓明主编. 二十世纪中国文学史论（第1卷）[M]. 上海：东方出版中心，1997：22.

荡，使人生关系是至美至好的"①。可在蘩漪身上，我们发现了那种人性欲望与伦理本位发生冲突之后所产生的动作与悲剧，使得梁漱溟有关"人生关系是至美至好"的论断在"麒麟皮下露出了马脚"。蘩漪身上的病态与神经质性的尾随，都表明她身上所肩负的伦理重压。这病态可与鲁迅评陀思妥耶夫斯基的病态交互理解："即使他是神经病者，也是俄国专制时代的神经病者，倘若谁身受了和他类似的重压，那么，愈身受，也就愈懂得他那夹着夸张的真实，热到发冷的热情，快要破裂的忍从，于是爱他起来的罢。"② 因此，蘩漪的身上本身就拥有着两种文化模式的矛盾与伦理观念上的对立冲突。

曹禺将蘩漪的病态与阴鸷、热与冷的交织凝聚在"关窗"这一行为之中，用戏剧的形式，象征着他在五四革命的年代里所观察到的刺激着中国社会的那些矛盾。在晚清至五四时期，社会的分工、科举制的废除，已产生了一大批相对独立的文化与观念的生产者。他们似乎创造了一个光辉灿烂、生气勃勃"新青年"现代文化。然而，民主、自由，其中丰富的内涵与伦理层面的交错，仍不为外在的世界所了解，许多深刻的思想命题是悬浮在人们所处的实际生活状态之上的。因此，曹禺实际上参与并帮助创造了一种文化，这种文化远远超过了辛亥和五四的眼界，使人看到了一种前所未见的蘩漪式的人类困境。在《雷雨》中，蘩漪既是一个被伦理本位的社会形式包裹而停滞不前的封闭社会中的一员，又是作为在旧有的社会生活中生气勃勃的人性的承担者，曹禺通过"关窗"行为，"不仅暴露了中国社会组织结构和伦理体系对'人'的严重戕害，而且深刻地说明中国社会变革将不是以皇权或宗教权威的消灭为标志，因为中国的专制主义是渗透在社会的基本细胞家庭及其伦理形态之中，它并不会伴随专制君主的灭亡而灭亡"③。当蘩漪认识到自己所处的实际处境时，发现不得不在内心生活与外部生活两者之间的矛盾中抉择。

蘩漪有如《浮士德》里的葛丽卿④，充满着智慧，来应付自己所经历的感情上的大变动。她建立并维持一种双重的生活，以应付家庭、仆人的监视，应付周家公馆所有令人窒息的压力。当她的新感情与旧社会角色发生冲突时，她相信自己的需要是合理和重要的，并感到了一种新的自尊。可需要明确的是，她的新自尊是不稳固的，因为它得不到社会的支持，除了从年轻的周萍那里之外得不到任何同情或肯定。

最初蘩漪的悲伤与痛苦被周萍看到，独特的旧式阴郁气质深深吸引着年轻的周萍，但不久蘩漪变了，变得歇斯底里。这样的变化不能仅仅用古老的命运观去解释——这种解释会堕入神秘主义的泥沼，用模糊的观念来取代对行为的精密分析——而是要从两人的社会行动范围去理解，就可以明白蘩漪的变化与被弃的必然性。因为周萍爱蘩漪的同时，他还

---

① 梁漱溟讲演，李渊庭笔记. 中国之地方自治问题 [M]. 滨州：山东乡村建设研究院出版股，1935.
② 鲁迅. 且介亭杂文二集·陀思妥夫斯基的事 [M]. 上海：上海三闲书屋 1937：244.
③ 汪晖 中国现代历史中的"五四"启蒙运动 [A]//许纪霖编. 二十世纪中国思想史论（上卷）. 上海：东方出版中心，2000：34—35.
④ [美] 马歇尔·伯曼. 一切坚固的东西都烟消云散了——现代性体验 [M]. 徐大建，张辑，译. 北京：商务印书馆，2003：68—69.

有父亲的产业以及探索广阔世界的雄心，可蘩漪对周萍的爱却没有任何可以活动的背景，只是在周家公馆里当一名太太，这种爱构成了她对生活的唯一指望。所以，随着周萍渐渐成熟，他无法面对蘩漪不顾一切的"被人爱"的需要，越来越觉得她的需要和恐惧是个累赘，甚至在乱伦的伦理观念之下惶惶不安，终日饮酒度过，最终选择离开周家公馆，离开蘩漪，投向四凤。

可是蘩漪并不知道这新感情的悲剧早在开始就已写明，她只知道因这段感情而滋生的新的自尊是合理的，这样的个性解放、妇女解放是值得肯定的，只是自得知周萍抛弃她后，这肯定变成了蘩漪一个人的肯定、一个人的战争，而个性解放观念虽然有《新青年》在不断地宣传，但个人伦理本位的缺失，与家庭伦理本位的牢固，使得蘩漪——一个以家庭生活为业的女人根本没有运动的可能。同时，通过蘩漪的推窗行为，我们也是彻底明白了伦理觉悟、个性解放所具有的历史意义。蘩漪必然会发现自己完全处于男人的支配之下，而这些男人是不会怜悯那些不知道自己身处何位的女人的，在她封闭的世界里，她发现不得不去的地方只有疯狂和死亡。

"戏剧感动人的，不是'话'，而是'剧'。剧的重要成分是动作，所以爱好戏剧的人跑进剧场，决不是听一幕一幕的话，而是欣赏一幕一幕的动作。"① 所以，蘩漪关窗的动作蕴含着在现代性的追求过程之中，个性解放所代表的个人伦理本位在遇到以家庭伦理为核心的专制时，作为女人身上所遇到的两种思想观念的冲撞，通过蘩漪发疯的悲剧设定，显示出曹禺对观众进步伦理觉悟的启蒙意义。

结　语

蘩漪的形象历久而弥新，不仅是因为在戏剧创作的艺术逻辑之中糅合了曹禺的思考与逻辑的考量，同时也与蘩漪身上所包含的巨大艺术容量密不可分。蘩漪身上所承载的不仅是作为女人的基本欲望与人性，还有伦理本位社会形式之下一个人的战争与突围。诚如刘西渭所言："什么使这出戏有生命的？正是那位周太太，一个'母亲不是母亲，情妇不是情妇'的女性。"② 通过对蘩漪推窗行为的分析可以发现，《雷雨》绝不可能仅仅只是希腊、法国剧本的套用，正如雷蒙德·威廉斯所言："艺术的制造行为本身绝不只是过去时态的，它总是一种在特定的现时在场（显现）中进行的构形过程。"③ 从三一律的越轨到蘩漪的尾随、关窗动作的发出，都显示了曹禺作为一名戏剧创作家的成熟与艺术魅力。

《雷雨》的原创性正是体现在讲好蘩漪故事的同时，抓住三一律的核心要素，从动作出发，直接呈现伦理冲突之下蘩漪悲剧的必然性，借助三一律的戏剧创作形式，别出心裁

---

① 曹禺. 编剧术［C］//战时戏剧讲座. 重庆：中正书局，1940：50.
② 刘西渭. 雷雨（1936年4月）［A］//曹禺研究专集（下）. 王兴平，等，编. 福州：海峡文艺出版社，1985：541.
③ ［英］雷蒙德·威廉斯. 马克思主义与文学［M］. 王尔勃，周莉，译. 开封：河南大学出版社，2008：137.

地设计出关窗的动作，细致刻画个性解放对于女人所具有的历史意义，暗含着对观众伦理觉悟的启蒙，这以小见大的设计与用心之处，为我们进一步探索民族形式的原创和当下的戏剧创作提供了可资借鉴的宝贵经验。

参考文献

1. ［美］海登·怀特. 形式的内容：叙事话语与历史再现［M］. 董立河，译. 北京：文津出版社，2005.
2. ［美］马歇尔·伯曼. 一切坚固的东西都烟消云散了——现代性体验［M］. 徐大建，张辑，译. 北京：商务印书馆，2003.
3. ［英］雷蒙德·威廉斯. 马克思主义与文学［M］. 王尔勃，周莉，译. 开封：河南大学出版社，2008.
4. 曹树钧. 回忆曹禺与《雷雨》——访周骕良［J］. 新文学史料，2020（2）.
5. 曹禺. 编剧术［C］//战时戏剧讲座. 重庆：中正书局，1940.
6. 曹禺. 莎士比亚属于我们——首届中国莎士比亚戏剧节闭幕词［J］. 戏剧报，1986（6）.
7. 陈独秀. 文学革命论［J］. 新青年，1917，2（6）.
8. 陈独秀. 吾人最后之觉悟［J］. 新青年，1916，1（6）.
9. 陈瘦竹，沈蔚德. 论《雷雨》和《日出》的结构艺术［A］//曹禺研究专集（下）. 王兴平，等，编. 福州：海峡文艺出版社，1985.
10. 陈瘦竹. 三一律研究（论著续完）［J］. 文讯，1946，6（2）.
11. 耿发起，田本相，宋宝珍编. 《雷雨》八十年［M］. 天津：天津古籍出版社，2015.
12. 胡适. 胡适日记［M］. 沈卫威，编. 太原：山西教育出版社，1998.
13. 梁漱溟讲演，李渊庭笔记. 中国之地方自治问题［M］. 滨州：山东乡村建设研究院出版股，1935.
14. 刘绍铭.《曹禺论》自序［A］//曹禺研究专集（下）. 王兴平，等，编. 福州：海峡文艺出版社，1985.
15. 刘西渭. 雷雨（1936年4月）［A］//曹禺研究专集（下）. 王兴平，等，编. 福州：海峡文艺出版社，1985.
16. 钱钟书. 写在人生边上［M］. 上海：开明书店，1941.
17. 沈国明，金福林主编. 当代中国学人访谈录（文学卷）［M］. 上海：上海人民出版社，2014.
18. 汪晖. 中国现代历史中的"五四"启蒙运动［A］//许纪霖编. 二十世纪中国思想史论（上卷）. 上海：东方出版中心，2000.
19. 王晓明主编. 二十世纪中国文学史论（第1卷）［M］. 上海：东方出版中心，1997.
20. 王育生. 曹禺谈《雷雨》［J］. 人民戏剧，1979（3）.
21. 文洁若. 曹禺所受的西方文学的影响［J］. 新文学史料，1979（2）.
22. 文治平. 戏剧艺术的"三一律"［J］. 江汉思潮，1936，4（5—6）.
23. 熊佛西. 三一律［J］. 戏剧与文艺，1929，1（3）.
24. 朱贻庭主编. 伦理学大辞典［M］. 上海：上海辞书出版社，2011.

（李照晖　南开大学2019级硕士生　指导教师：林晨）

诗语淬镜——读路东诗集《睡眠花》

张媛媛

摘　要：《睡眠花》是诗人路东创作生涯四十年来的首部个人诗集。路东沉浸于对汉语一以贯之的反思与探索中，他的诗歌内蕴无限地变化，呈现出其诗歌写作的执着追求：注视诗的开端，克制比喻冲动；重返汉语语境，打磨诗语之镜。以镜喻诗是中外共通的诗学传统，借由语言之镜，不仅可以透视路东诗歌的"元诗"属性，更能探索汉语新诗语言的可能性。

关键词：路东；《睡眠花》；元诗；开端；"诗镜"

《睡眠花》是诗人路东创作生涯四十年来的首部个人诗集。批评家张桃洲称赞路东为当代诗坛的"隐者"和"异类"[①]。此话不假，作为朦胧诗人的同代人，路东克制以诗歌练习抒情的冲动，按捺以形容置换表意的欲望，并且拒斥卷入更迭不息的诗潮，无暇跻身纷争不休的流派，只身沉浸于对汉语一以贯之的反思与探索中，反复书写归全反真的"元诗"。这一论断并非意味路东的诗风一成不变，恰恰相反，他的诗歌内蕴无限地变化，仿若缓慢生长的种子，不断累积破坏的力量，在相对单调有限的题材内，"从容转动文字魔方，极尽变化之能事"[②]。在一首题为《简介》的诗中，路东以富于思辨且不乏幽默的语言如此自陈：

> 我从二十四小时向生活滑落
> 睡眠花越开越黑
> 纸叠的摇篮中，我梦见鬼
> 一天的曙光，从鬼故事里产生
> 空穴中的风，开始吹我
> 我一路摇晃，滑入教科书中

[①] 张桃洲. 路东的方法——读诗集《睡眠花》[J]. 星星，2020（26）：57.
[②] 张宗刚. 路东诗歌的审美维度[J].《扬子江》诗刊，2019（3）：44.

一片低矮的树林，这些树
在比喻中成长，它们五行缺水
每棵树，还欠缺独立的高度
我写出乌云饱满的句子
挂在天空，它们变成大雨
可能是多年后才突发的事件
……
也许，幽暗，更具滋养力
时间的圆形滑梯，灵晕闪动
它不断扩大，直至虚无
从一堆旧句子里逃逸出来
这次，我只想滑入乌有之乡
一大群影子从钟表跑出来
它们追赶我，这可能由于我
以虚构方式冒犯了生活
一天所剩无几，彻底虚度前
我的简介大致如此

（路东：《简介》①）

在环环相扣的词语矩阵中，一个当代"游魂"的形象浮出地表。诗人从时间中螺旋滑落，在虚构的一日光景中重构诗的梦境；从无效的语词与濒死的旧句子中逃离，重建语言与世界的新秩序。在他笔下，汉字和语词成为飘浮于空中的尘埃，不断凝结诗意的水汽，在自然的循环中，偶然且缓慢地生成"乌云饱满的句子"②——尽管"它们变成大雨/可能是多年后才突发的事件"——如原初语言绽放"黑白不明"③ 的睡眠花，"把路过的光线聚集在内/又保持庇护它自身的一些黑暗"④。这本精心编排的诗集《睡眠花》，呈现出路东诗歌写作的执着追求：注视诗的开端，克制比喻冲动；重返汉语语境，打磨诗语之镜。

一、诗与开端同义反复

在诗集《睡眠花》的开端，路东毫不犹豫地写下他所发明的诗歌真谛——"诗与开

---

① 路东. 睡眠花 [M]. 上海：上海教育出版社，2020：10—12.
② 路东谈及自身创作时坦言："写作，时常有所惊讶。写作者和事物的关系不是在写作之前已被确定的，它是正在生成中的关系，也是未完成的关系，诗的文本更是如此。"路东. 睡眠花 [M]. 上海：上海教育出版社，2020：88—89.
③ "黑白不明"语出《种田》一诗："我在黑白不明的睡眠花中/说农业的梦话。"路东. 睡眠花 [M]. 上海：上海教育出版社，2020：204.
④ 路东. 睡眠花 [M]. 上海：上海教育出版社，2020：71.

端，这两个词几乎是孪生"①。形式层面的"以诗论诗"与内容层面的"以开端谈论开端"绝非偶然的同义反复，它映射着诗人强烈的意图。② 收录于此书的诗歌，几乎都是"回归语言开端"这一母题的延伸。在海德格尔（Martin Heidegger）看来，"语言是诗，不是因为语言是原始诗歌；不如说，诗歌在语言中发生，因为语言保存这诗的原始本质"③。路东所书写的"元诗"，无不包蕴对语言哲学的审视与反思，而"在语言中，关于开端的书写或思考，与书写或思考一个开端相连"④。正是在这个意义上，"诗之书写，相契于一切开端性"⑤。

美国文学理论家艾布拉姆斯（Meyer Howard Abrams）认为："开端以某种方式发起一个主要行动，以此能使我们期待更多的行动。"⑥ 在路东笔下，作为开端的诗歌打开语言，如同拆解无数纠缠不清的线团，这其中既容纳着被庸常之物遮蔽的词语隐义，又不乏超越拟物象形的汉字字义。在被命名为"诗之书写"的冗杂活计中，诗人需要剥离词语涩滞的外壳，返还语词原初的本义，——识认时间挚乳的隐喻，直至实现"一种无对象的敬意中的沉潜式书写"⑦，方能接近真正的诗歌形态。这样的诗歌创造带有强烈试验性，它抽离语言游戏的戏谑性、杜绝深陷历史的平庸性——"让那些被规训已久的字与词，在陌异的句子里脱胎换骨"⑧。这无疑为当代汉语新诗的写作划定了一个更高的标准和要求，好在，路东愿意清晰地将写诗的过程呈现于诗行之间。不妨看看这首《诗的写法之一》：

> 没什么事比写诗更难
> 比如，我写出了一个冒失的句子
> 写第二句时，觉得第一句不当
> 删掉后，第二句就变成了第一句
> 开端就隐匿了事件
> ……
> 每个句子，都可以节外生枝
> 这涉及作品生长的秘密
> 据说，好诗大都有费解的面相

---

① 路东. 睡眠花［M］. 上海：上海教育出版社，2020：1.
② 如萨义德（Edward Wadie Said）所说："指定一个开端，通常也就包含了指定一个继之而起的意图。"［美］爱德华·W. 萨义德. 开端：意图与方法［M］. 章乐天，译. 北京：生活·读书·新知三联书店，2014：21.
③ ［德］马丁·海德格尔. 林中路［M］. 孙周兴，译. 上海：上海世纪出版集团，2008：54.
④ ［美］爱德华·W. 萨义德. 开端：意图与方法［M］. 章乐天，译. 北京：生活·读书·新知三联书店，2014：14.
⑤ 路东. 睡眠花［M］. 上海：上海教育出版社，2020：8.
⑥ ［美］M. H. Abrams. 文学术语汇编（第7版）［M］. 北京：外语教学与研究出版社，2004：226.
⑦ 路东. 睡眠花［M］. 上海：上海教育出版社，2020：8.
⑧ 路东. 睡眠花［M］. 上海：上海教育出版社，2020：9.

与经典无关，我这种写法

　　让众多汉字，不止于拟物象形

　　也不止于限定的字意

　　它们，离开旧句式，转蛹成蝶

　　在意念中移步换影

　　这不只是成行排列的游戏

　　汉字，仍怀才未遇

　　……

　　对我来说，写诗如吁请

　　有隐者在，向来在，近在身旁

　　至今，我尚无致敬之礼物

　　每想及这些，我就隐痛在身

　　没什么事比写诗更难

（路东：《诗的写法之一》①）

　　这是一首显而易见的"元诗"。书写过程的紧张、犹疑、徘徊、反复、焦虑、欣喜乃至隐痛，都被压缩于顺从呼吸的诗行中，思绪的繁复同语言的朴拙构成高度张力。此处，借用胡戈·弗里德里希（Hugo Friedrich）对马拉美（Stephane Mallarme）诗歌的溢美之词来形容路东的语言安安合适——"所有过于喧闹、有修辞艺术之嫌的语言腔调都消失了。陈词滥调让位于具有特异价值的词语。长段句子被转化为鱼子般的多个短句，以便让尽可能不受句法限制的词语以其自身放射光芒。原本在一首诗的开端所陈述的实物被移置到了稍晚的地方，以便让诗的开端得到自由，成为远离实物的表述"②。路东的诗歌警惕于修辞术的操控，抵抗惯性构词法的引诱，避免以词生词，在喻营不休的"熟词"③圈套里打转。在这样的尝试下，一个冒失的长句剥落失效的形容词、剔除失真的比喻句、拆解赘余冗厌的标点符号、隐匿节外生枝的是是非非，成了凝练精准的诗句。至于诗人尚未揭露的"作品生长的秘密"，也早早将谜底隐藏于开端——"文本的开端，就其普泛性和含糊不明的设想而言是一种虚构的结构，但从开端开始，更精确的意义就在写作过程中渐渐地成形"④。在反反复复、删删改改的书写中，诗人与语言展开博弈，加入虚构的故事或者看清混淆的事实，翻译杜撰的分行或者悬置命名的游戏，继而获得一方开始确定新的词语、

---

①　路东. 睡眠花[M]. 上海：上海教育出版社，2020：13—14.
②　[德] 胡戈·弗里德里希. 现代诗歌的结构：19世纪中期至20世纪中期的抒情诗[M]. 李双志，译. 南京：译林出版社，2010：95—96.
③　钟鸣. 秋天的戏剧[M]. 上海：学林出版社，2002：45. 同时参见敬文东. 从唯一之词到任意一词（下篇）——欧阳江河与新诗的词语问题[J]. 东吴学术，2018（4）：28—48.
④　[美] 爱德华·W. 萨义德. 开端：意图与方法[M]. 章乐天，译. 北京：生活·读书·新知三联书店，2014：105.

新的句式，开始寻觅未命名者的隐匿之光，使诗意从中生成。

德国哲学家马尔库塞（Herbert Marcuse）指出："诗歌语言是借助一种能够表现不在场者的手段来创造和发展的，它是一种认知语言——但那是一种推翻肯定性的东西的认知。在诗歌的认知功能中，诗歌执行着伟大的思想任务——'努力使不存在的东西存在于我们之中'。为'不在场事物'命名，就是破坏事物的现存名称，进而言之，就是一种不同的事物秩序对既定事物秩序的渗入——是一个世界的开端。"① 而作为命名者的诗人路东，对于"物之名"格外谨慎而敬重，他深知"命名的游戏将会重新开始/人与物只有权宜的身份"②，并对未命名者充满期待，站在词语表达的边界线，他再次重申了诗与开端的同义反复："以词语相赠，老子的耳语，至今我守口如瓶。我们也谈数与词，我们说出了数字一，它藏着开端的隐私，词，止步于喻示。"③

二、克制比喻的冲动

波兰诗人切斯瓦夫·米沃什（Czesław Miłosz）在哈佛大学的讲座中一针见血地指出："如同诗人们的意见常常与见诸他们笔端的东西不一样，修辞术也常常被当成诗歌且成为诗歌暂时的替代物。"④ 在诗人自我与诗歌自我的较量中，语言的自我繁殖力占据上风，诗人臣服语言的引领，诗歌堕落成修辞游戏。而比喻无疑是修辞术最常用的手段。西班牙文学评论家奥尔特加·伊·加塞特（José Ortega y Gasset）发现："在新诗歌创作中，比喻不再是装饰，它成了诗歌的精髓所在……比喻成为诗歌的精髓之后，它也就几乎决定着诗歌的成败。"⑤这意味着，比喻不再是传统诗学意义上对现实的修饰映射，而日益成为诗歌的实际核心。诗人路东同样敏锐地发现了当代诗歌创作的这一趋向，在他的诗歌中，充盈着对过度比喻或无效比喻的反思：

> 不安于旧句式的人
> 从比喻中逃逸，才发现
> 比喻是一种囚笼
> 历史是一部比喻史
> 打开它，天才的比喻
> 它散尽虚构的光芒

---

① [美]赫伯特·马尔库塞：单向度的人：发达工业社会意识形态研究[M]. 刘继，译. 重庆：重庆出版社，2016：59.
② 路东. 睡眠花[M]. 上海：上海教育出版社，2020：67.
③ 路东. 睡眠花[M]. 上海：上海教育出版社，2020：42.
④ [波兰]切斯瓦夫·米沃什. 诗的见证：哈佛大学查尔斯·艾略特·诺顿讲座，1981—1982[M]. 黄灿然，译. 桂林：广西师范大学出版社，2016：29.
⑤ [西班牙]奥尔特加·伊·加塞特. 艺术的去人性化[M]. 莫娅妮，译. 南京：译林出版社，2010：33—35.

仍是一种囚笼

（路东：《比喻》①）

我们，命定于词
像是从身体裂隙中
跑出的几个影子
在比喻的风声中
爱，并且移情

（路东：《我们》②）

一切名，居于词，一些仍含苞待放
我与你，在镜花水月中追赶的人
居于比喻

（路东：《居所》③）

  作为修辞的"比喻"成为路东的言说对象，在他克制的书写中，"比喻"被比喻，成为匡住词语的囚笼，成为穿越本体的风声，成为映照喻体的居所。这种颇具反讽性的表达方式，像极了一个刚睡醒的"近视眼"四下寻找他的眼镜：耳朵与鼻梁已经习惯眼镜轻微的压力，以至于未能及时意识到它的存在，恰如我们的语言已经习惯比喻的压强；另外，眼镜也使寻找者的视野变得清晰（尽管思维尚不清醒），恰如比喻使表达者的语句变得清楚，但其意欲表达的思想极有可能被语言自身的声音淹没。路东对比喻的关注，首先建基于他对于"词与物"这一现代诗歌关键命题的处理。不同于欧阳江河脱离物的"物性"而确立词语的方式④，路东选择直面"物"的物性及生存样态，"思虑语词表达的可能与限度"⑤。尽管在语言起源之时，几乎每一个字都是一个比喻，每个短语都是一个隐喻⑥，但对肩负命名重任的诗人而言，必须警惕对比喻的过度依赖："过于经常使用的比喻的两

---

① 路东. 睡眠花 [M]. 上海：上海教育出版社，2020：198.
② 路东. 睡眠花 [M]. 上海：上海教育出版社，2020：135.
③ 路东. 睡眠花 [M]. 上海：上海教育出版社，2020：151.
④ 敬文东对欧阳江河所处理的"词与物"有如此见解："新诗现代性严格要求的唯一之词，还有唯一之词自身的唯一性，终于要'欧阳牌'咏物诗替换为任意一词。就这样，欧阳江河从词语的一次性原则出发，反讽性地走向了欧阳江河诗学之问的反面。紧接着导致的结果必然是，也只可能是：因为顶多只能无心地、下意识地呼唤所咏之物，没有影子只有声音的词语必将仅仅以其音声，整体性侵占所咏之物应该占据的位置，实体生质的词——物一跃而为假词——物，亦即只有词，没有物。这意味着，'欧阳牌'咏物诗因假词—物最终只有词，没有物；只有纯种的、自惭式的词语化。"敬文东. 从唯一之词到任意一词（下篇）——欧阳江河与新诗的词语问题 [J]. 东吴学术，2018（4）：46.
⑤ 张桃洲. 路东的方法——读诗集《睡眠花》[J]. 星星，2020（26）：62.
⑥ 孔多塞（Condorcet）语，参见陈嘉映. 语言哲学 [M]. 北京：北京大学出版社，2006：323—324.

造压入同一个语境,它们就死亡,成为意义固定的词。"① 这正是路东压抑比喻欲望的初衷。当然,克制并不意味杜绝,"每一个诗人都有他自己的一套比喻方式"②,路东也不例外。他的比喻术生成于审慎的思虑而非抒情的快感。路东倾向建立诗歌的榫卯结构,而不是借助于"好像""如同""仿佛"等黏着剂般的比喻词,他直言:"除了反击式应用外,我也尽量不说出好像、如同、仿佛之类的词,这些词有致幻的力量,它们是由此及彼的非创造性的类比,往往只满足于对欲抵达事实的虚拟,这些词潜藏着自慰的倾向。"③ 比如《好像》《譬如》《后遗症》等诗,就在"反击式"应用中将比喻词一一解构,让词语部落内部相互阐释,彼此拆解:

> 我正在写一些不讲道理的句子
> 好像和尚骑一匹白马
> 追赶雨夜的钟声
>
> 如同和尚骑一匹白马
> 追赶雨夜的钟声
>
> 仿佛和尚骑一匹白马
> 追赶雨夜的钟声
>
> 这世上,最好的比喻
> 已拖泥带水
> 靠比喻安慰短暂日子的人
> 至多理解好像如同仿佛
> 或仿佛好像如同

(路东:《好像》④)

> 我在教科书上找到譬如这个词之后
> 就看见了许多汉语的空蛋壳
>
> 又一批小鸟从纸糊的窗口飞出去了
> 它们追赶在一根羽毛的后面

(路东:《譬如》⑤)

---

① 布鲁克斯(Cleanth Brooks)语,参见赵毅衡. 重访新批评 [M]. 天津:百花文艺出版社,2009:126.
② 王逢振. 文学的原型 [M]// [英] 戴维·洛奇. 二十世纪文学评论(下册). 葛林,等,译. 上海:上海译文出版社,1993:105.
③ 路东. 睡眠花 [M]. 上海:上海教育出版社,2020:5.
④ 路东. 睡眠花 [M]. 上海:上海教育出版社,2020:52.
⑤ 路东. 睡眠花 [M]. 上海:上海教育出版社,2020:192.

> 一旦我们说出了如同
> 并发的后遗症就从如同而出
> "好像"如同"仿佛"

（路东：《后遗症》①）

路东在这些指涉修辞本身的"元诗"中，呈现出当代汉语的诗歌语境中言之无物的困境，同时也暗含了诗人自身对于语言的焦虑。意大利哲学家吉奥乔·阿甘本（Giorgio Agamben）认为："拥有语言的人越多，其所背负的无法言说的压力就越强大，以至于诗人用最繁复的言辞进行言说：指涉和符号的制造已经枯竭殆尽，苦涩的后果随之而来——那便是对言语施暴。"② 汉语新诗自诞生以来，这种暴力便如影随形，而有良知的新诗创作者，应当明白自身的使命并非玩转顺应话语秩序的修辞术，而是从"整个世界对诗的挑衅'③中将汉语救赎：

> 可能不发生的事，也可能发生
> 一切可能的句子，都出自语言的隐私
> 坐在风声里的诗人，必先冷静下来
> 克制比喻的冲动

（路东：《发生学》④）

三、诗语淬镜：重返汉语新诗语境

犹如一切生物赖以存活的空气，语境（context）是探讨任何文本都不可或缺的重要因素。小到一个汉字、一个词语或一首诗，大到一个诗人所有的创作乃至一个时代全部的文学，都无法脱离语境的包围，在绝对的真空中存活。正如巴赫金（M. M. Bakhtin）所说："词汇的生命——在于从一张嘴到另一张嘴、从一个语境到另一个语境、从一个社会群体到另一个社会群体，从一代人到另一代人的转换。因此，词汇不能迷失自己的方向，归根结底不能摆脱它所处具体语境的制约。"⑤ 所谓语境，即是语言的环境，一个文本最直接的语境便是它的前言后语。语言学家莱昂斯（J. Lyons）认为语境是"从具体的情景中抽象出来的、对语言活动者产生影响的一些因素，这些因素系统地决定话语的形式、话语的合适性以及话语的意义"⑥；"新批评"理论家瑞恰慈（Ivor Armstrong Richards）则把"语

---

① 路东. 睡眠花 [M]. 上海：上海教育出版社，2020：47.
② [意] 吉奥乔·阿甘本. 科默雷尔，或姿态论. 邱瑾，译 [C] // 汪民安主编. 生产·第二辑. 桂林：广西师范大学出版社，2005：280.
③ 路东. 睡眠花 [M]. 上海：上海教育出版社，2020：7.
④ 路东. 睡眠花 [M]. 上海：上海教育出版社，2020：232.
⑤ [俄] 米哈伊尔·巴赫金. 陀思妥耶夫斯基诗学问题 [M]. 刘虎，译. 北京：中央编译出版社，2010：221.
⑥ [英] 莱昂斯. 语义学 [M] 转引自王冬竹. 语境与话语. 哈尔滨：黑龙江人民出版社，2004：54.

境"的范围从传统的"上下文"意义扩展到最大限度,不仅是共时性的"与我们诠释某个词有关的某个时期中的一切事情",而且是历时性的"一组同时复现的事件"①。依笔者之见,语境也可被看作"语言之镜"。文本透过这面澄澈的镜子,映照外在的世界,也映照诗人的内心——"人在这面镜子中假想了自身"②。

以镜喻诗的诗学传统可追溯至古希腊时期。在《理想国》中,柏拉图(Plato)借苏格拉底(Socrates)之口,将诗人(或模仿者)比作制造影子的匠人——"如果你愿意拿一面镜子到处照的话,你就能最快地做到这一点。你就能很快地制作出太阳和天空中的一切,很快地制作出大地和你自己,以及别的动物、用具、植物和所有我们刚才谈到的那些东西"③。美国文学理论家艾布拉姆斯从柏拉图援引的例子中发现:"他利用这些事物来说明宇宙万物间的内在联系:自然事物或人为事物与其原型或理式的关系;事物的摹本,包括艺术的摹本,与其在观念世界中的原型关系。"④ 中国诗学中也常常出现"镜子"的譬喻,但与西方诗学不同,传统的中国诗学通常不是以镜子来比喻诗歌,而是比喻诗人。南宋诗人严羽品评盛唐诗歌时说:"盛唐诸人惟在兴趣,羚羊挂角,无迹可求,故其妙处透彻玲珑,不可凑泊,如空中之音,相中之色,水中之月,镜中之象,言有尽而意无穷。"⑤ "镜花水月"的诗歌譬喻在明人胡应麟的《诗薮》中得到了进一步阐明,在他看来,作诗大要在于"体格声调"与"兴象风神"——"体格声调,水与镜也;兴象风神,月与花也"⑥,只有水澄镜朗,才见花月宛然。谢榛的《四溟诗话》则用镜子来比喻诗人之心的"静"与"真":"夫万景七情,合于登眺,若面前列群镜,无应不真,忧喜无两色,偏正惟一心,偏则得其半,正则得其全。镜犹心,光犹神也,思入杳冥,则无我无物,诗之造,玄矣哉!"⑦ 诗如镜象,既空幻虚静,也映射着诗人本真之心,这一点与乔治·斯坦纳(George Steiner)的想法异曲同工:"我们对人的本性和内心的知识,大多还是来自诗人之镜。"⑧

有鉴于诗与镜之间千丝万缕的联系,我们不妨将一些关于镜的诗歌看作"元诗"。"'元诗'意味着对诗本身的定义或凝视"⑨,如同镜中之镜,无限扩展着虚幻的空间,将

---

① 参见 [英] I. A. 瑞恰慈. 论述的目的和语境的种类. 赵毅衡编选. 章祖德,译 [C] // "新批评"文集. 天津:百花文艺出版社, 2001:324、333、336.
② 路东. 睡眠花 [M]. 上海:上海教育出版社, 2020:78.
③ [古希腊] 柏拉图. 理想国 [M]. 张竹明,译. 南京:译林出版社, 2015:293.
④ [美] M. H. 艾布拉姆斯. 镜与灯:浪漫主义文论及批评传统 [M]. 郦稚牛,等,译. 北京:北京大学出版社, 2015:32.
⑤ (宋) 严羽. 沧浪诗话 [M]. 北京:中华书局, 1985:6—7.
⑥ (明) 胡应麟. 诗薮 [M]. 北京:中华书局, 1962:100.
⑦ (明) 谢榛. 四溟诗话 [M]. 北京:中华书局, 1985:42.
⑧ [美] 乔治·斯坦纳. 语言与沉默:论语言、文学与非人道 [M]. 李小均,译. 上海:上海人民出版社, 2013:13.
⑨ 敬文东. 词语:百年新诗的基本问题——以欧阳江河为中心 [J]. 中国现代文学研究丛刊, 2017 (10):14.

凝眸的视线聚焦在漫无边际的最深处，而作为镜中人，"我们正是通过镜子隐喻地观看……"① 比如诗人张枣脍炙人口的名作《镜中》："一面镜子永远等候她/让她坐到镜中常坐的地方"②——"她"和"镜子"的关系对应着"诗人"与"诗歌"的关系——诗歌等候着或引诱着诗人映照自身。与张枣不同，在路东笔下，镜中空无一物：

  在事物名称暗下去的地方
  无言中安顿今世的身心
  一个人梦见了空镜子
  一个人将空镜子越擦越亮
  空镜子照耀空镜子
  像某种道理明明白白

（路东：《空镜子》③）

  镜子意象以其折射的光线构造了一个更为广阔的空间④，这些镜子被安置"在事物名称暗下去的地方"，空镜与梦境相互映射、空镜与空镜彼此照耀，从诗歌中打开的镜像空间永恒、明亮，具有无限的繁殖力。诗人的声音在这片空旷的场域中回荡："去镜子里开荒种地"⑤ "去镜子中入睡"⑥ "在我梦见的镜子中生长"⑦……而在路东描摹的诸多面镜子中，最契合他诗歌观念的便是这首《古铜镜》：

  这镜子中，甲骨文影子仍在飘移
  我准备将这些影子，馈赠给中国历史学
  这古镜，我决定，将它与公民之镜
  悬挂在广场，或明暗不定之地
  他们，会以镜子的方式，成为当代生活
  重要的部分

（路东：《古铜镜》⑧）

  诗人不断擦亮古铜镜，试图从中捕捉来自商周年代的影子。同"以史为鉴"的传统相似或相反，诗人以镜为史，从这面"出土的灵物"中，映照隐秘的历史——"在汉语，

---

 ① [英] R. G. 柯林伍德. 精神镜像：或知识地图 [M]. 赵志义，朱宁嘉，译. 桂林：广西师范大学出版社，2006：扉页.
 ② 张枣. 张枣的诗 [M]. 北京：人民文学出版社，2010：43.
 ③ 路东. 睡眠花 [M]. 上海：上海教育出版社，2020：70.
 ④ 据巴什拉（Gaston Bachelard）观察："在波德莱尔看来，人类作诗的使命就是成为广阔性的镜子，或者更准确地说，广阔它在人心中获得自身的意识。"[法] 加斯东·巴什拉. 空间的诗学 [M]. 张逸婧，译. 上海：上海译文出版社，2013：252.
 ⑤ 路东. 睡眠花 [M]. 上海：上海教育出版社，2020：19.
 ⑥ 路东. 睡眠花 [M]. 上海：上海教育出版社，2020：62.
 ⑦ 路东. 睡眠花 [M]. 上海：上海教育出版社，2020：119.
 ⑧ 路东. 睡眠花 [M]. 上海：上海教育出版社，2020：218.

历史或许早已成为影子史"①。在人类文明的开端，铜镜映照相似的传说："为斩断美杜莎首级而又不被化为石头，柏修斯依凭了万物中最轻者，即风和云，目光盯紧间接映像所示，即铜镜中的形象。"②卡尔维诺（Italo Calvino）把这篇神话看作对诗人与世界的关系的一个比喻，将轻逸作为诗歌的品质。路东的诗句也浮现出某种轻盈的特质，他不愿让历史巨轮一般倾轧于语言，因而历史的亡灵与语言的精魂都成了铜镜中的影子。路东的写作始终置身于汉语语境，在他看来："汉字大地性过重，它是一种阴性丰富的文字，如此这般，汉语的句子，向来若明若暗，它存在的姿态从不明亮，且气息晦涩，它以大地性庇护自身，又在这庇护中，衍生出众多自我遮蔽的事件，汉字，与具象事物关系暧昧，它欠缺丰富的抽象维度，我们以汉字写出的诗句，会受到类似基因力量的左右。"③ 在笔耕不辍地创作中，他不断重返诗意开端，从汉字源流中汲取养分，为打破旧句式、建立新话语做出许多尝试；他克制比喻的欲望，挣脱修辞术的枷锁，竭力发掘汉语的本意，以非修辞的方式重新提炼语言。镜以淬而日明，诗人打磨语言便是在打磨镜子。在不断淬炼的语言中，"语镜"日益明亮并且反作用于黯然失色的"语境"：

> 去镜子中入睡
> 让花朵重开的镜子
> 一直明亮
>
> （路东：《学习睡眠》④）

参考文献

1. （明）胡应麟. 诗薮［M］. 北京：中华书局，1962.
2. （明）谢榛. 四溟诗话［M］. 北京：中华书局，1985.
3. （宋）严羽. 沧浪诗话［M］. 北京：中华书局，1985.
4. ［波兰］切斯瓦夫·米沃什. 诗的见证：哈佛大学查尔斯·艾略特·诺顿讲座，1981—1982［M］. 黄灿然，译. 桂林：广西师范大学出版社，2016.
5. ［德］胡戈·弗里德里希. 现代诗歌的结构：19世纪中期至20世纪中期的抒情诗［M］. 李双志，译，南京：译林出版社，2010.
6. ［德］马丁·海德格尔. 林中路［M］. 孙周兴，译. 上海：上海世纪出版集团，2008.
7. ［俄］米哈伊尔·巴赫金. 陀思妥耶夫斯基诗学问题［M］. 刘虎，译. 北京：中央编译出版社，2010.
8. ［法］加斯东·巴什拉. 空间的诗学［M］. 张逸婧，译. 上海：上海译文出版社，2013.
9. ［古希腊］柏拉图. 理想国［M］. 张竹明，译. 南京：译林出版社，2015.
10. ［美］M. H. Abrams. 文学术语汇编（第7版）［M］. 北京：外语教学与研究出版社，2004.
11. ［美］爱德华·W. 萨义德. 开端：意图与方法［M］. 章乐天，译. 北京：生活·读书·新知三联书

---

① 路东. 睡眠花［M］. 上海：上海教育出版社，2020：217.
② ［意］卡尔维诺. 未来千年文学备忘录［M］. 杨德友，译. 沈阳：辽宁教育出版社，1997：2.
③ 路东. 睡眠花［M］. 上海：上海教育出版社，2020：3.
④ 路东. 睡眠花［M］. 上海：上海教育出版社，2020：62.

店,2014.

12. [美]赫伯特·马尔库塞.单向度的人:发达工业社会意识形态研究[M].刘继,译.上海:上海译文出版社,2016.
13. [美]乔治·斯坦纳.语言与沉默:论语言、文学与非人道[M].李小均,译.上海:上海人民出版社,2013.
14. [西班牙]奥尔特加·伊·加塞特.艺术的去人性化[M].莫娅妮,译.南京:译林出版社,2010.
15. [意]卡尔维诺.未来千年文学备忘录[M].杨德友,译.沈阳:辽宁教育出版社,1997.
16. [英]R.G.柯林伍德.精神镜像:或知识地图[M].赵志义,朱宁嘉,译.桂林:广西师范大学出版社,2006.
17. [英]戴维·洛奇.二十世纪文学评论(下册)[M].葛林 等,译,上海:上海译文出版社,1993.
18. 陈嘉映.语言哲学[M].北京:北京大学出版社,2006.
19. 路东.睡眠花[M].上海:上海教育出版社,2020.
20. 汪民安主编.生产·第二辑[M].桂林:广西师范大学出版社,2005.
21. 王冬竹.语境与话语[M].哈尔滨:黑龙江人民出版社,2004.
22. 张桃洲.路东的方法——读诗集《睡眠花》[J].星星,2020(25).
23. 张枣.张枣的诗[M].北京:人民文学出版社,2010.
24. 张宗刚.路东诗歌的审美维度[J].《扬子江》诗刊,2019(3).
25. 赵毅衡.重访新批评[M].天津:百花文艺出版社,2009.
26. 赵毅衡编选."新批评"文集[M].天津:百花文艺出版社,2001.
27. 钟鸣.秋天的戏剧[M].上海:学林出版社,2002.

(张媛媛　中央民族大学文学院2020级博士生　指导教师:敬文东)

· 比较文学与世界文学 ·

引商刻羽：论荷尔德林哀歌《面包与酒》中的对位与转换

周安馨

摘　要：哀歌是一种源远流长的诗歌体裁，德国诗人荷尔德林的哀歌《面包与酒》，为研究哀歌发展的历史时代、文学语境提供了独特而有意味的横截面。通过探寻《面包与酒》中的多组二元关系，借助"对位"理论、"转换"概念，可挖掘该诗自表征至深层、立体构成的对位结构与转换特征。正是这些特质助荷尔德林的哀歌达至旷达融通之境界。在工业革命以后的"祛魅"旋流中，日益高涨的科学风潮、理性威势遮蔽了人的存在意义；而荷尔德林以哀歌中的对位与转换式沉思，网罗近现代西方人性的遗佚与神性的缺席。他以充满感性批判和理性思辨之统一的哀歌创作，传达了对精神返乡的呼唤、对时代纰漏的反思。《面包与酒》中，具有转换、对位特质的表现物融会为庞杂丰赡的形象体系。荷尔德林以张力求和谐，探寻生死对一同、自我对话、人神对反等复杂对位问题，最终探索了绝对隐喻、本真人性之畛域。

关键词：荷尔德林；《面包与酒》；哀歌；张力；对位与转换

荷尔德林（Friedrich Hölderlin，1770—1843），德国诗人，19世纪初曾有徒步回乡之举，由此可见他在诗歌中反复书写的"返乡"情结有着现实的渊源。后来，他精神错乱、陷入疯狂、憾然离世。荷尔德林在世之时，虽与席勒等有所交游、通信①，年老之际却几近被人遗忘于历史的残垣断壁；他去世之后，也有逾百年被湮没于史册，其诗也无人问津。正如茨威格所言："荷尔德林精神的肖像在遗忘的瓦砾中埋藏了好几年、数十年。"② 直至20世纪，他的诗歌才重新捕获了读者与文学批评家的目光，直至被冠上"诗哲"等名。其人景星麟凤，其生平与创作复杂多维；其作意境融彻，既有书信体小说《许佩里翁，或希腊的隐士》（*Hyperion oder Der Eremit in Griechenland*），又有未完成的悲剧《恩培

---

① 荷尔德林与席勒的部分来往书信中译文可参见［德］荷尔德林. 烟雨故园路：荷尔德林书信选［M］. 张红艳，译. 北京：经济日报出版社，2012：81—84, 119—121, 129—131, 141—145, 151—152, 206—208.
② ［奥地利］斯蒂芬·茨威格. 与魔搏斗的人：荷尔德林、克莱斯特、尼采［M］. 潘璐，何世平，郭颖，译. 合肥：安徽文艺出版社，2012：6.

多克勒之死》(Der Tod des Empedokles)。自1797年创作首篇哀歌《漫游者》("Der Wanderer")之后，他开始热情地投入哀歌创作，继而有《返乡》("Heimkunft")等诗作。他于多首诗歌中展现出其思想内部逻辑架构中的对位观念，使其诗中的对位结构与转换特征呈辉映态势。

约1800年写就长达162行的哀歌《面包与酒：致海因策》("Brod und Wein: an Heinze")[①]之时，荷尔德林已感受到时代诗歌氛围的下坠与黯淡。1884年，当这首诗印刷出版之时，荷尔德林已去世约41年。《面包与酒》原题为"酒神"（Der Weingott）；后来，荷尔德林对此诗进行修订，由于其第一阕主题为"夜"，便将其命名为《夜》("Die Nacht")，或译《夜颂》。作为荷尔德林后期的诗歌创作，《面包与酒》能清晰地勾勒出他越发成熟的诗歌艺术。对照《面包与酒》的前后二稿，可借之透视哀歌诗体的特质。哀歌，由古希腊挽歌发展而来，积厚流光，多为音律婉转、韵调和谐的挽歌诗体；德国有着源远流长的哀歌传统。荷尔德林以多组二元关系（如喜乐与哀愁、黑夜与白昼、往昔与今日等）作为支撑《面包与酒》这首哀歌的中轴，但他又并未使各类对立义素彻底决裂，而是保留一线希冀，使这些相对概念相辅相成，以朱弦玉磬般的音乐性，熔铸神性光芒与人性光辉，从而使其诗充满感性批判和理性思辨之意识，呈现出对位结构与转换特质。

"对位"，是复调音乐以音对音、纵横交错、横向对比、纵向调和的音乐概念。批评家如玛·布尔顿等将对位引入英语诗律及其拗变的分析之中[②]。萨义德将对位思维引入阅读场域，寻找对位阅读的良方，同时面向文本内容与被排除内容[③]，以在矛盾张力中求得统一、平衡之境界。对位关涉的是异质而矛盾的问题。在《面包与酒》中，对位结构呈现为音节对照、纵横协调的音乐特质，展现为二元对立、两极对照的意象与象征体系，隐含于诗歌深层的哲学思维对位中。"转换"，则来自荷尔德林本人的文学理论。在《论语调转换》("Wechsel der Töne")等文中，荷尔德林借"转换"来分析叙事的、悲剧的、抒情的等不同文学的区别，认为三者分别"止于其开端的对立面""止于其灾难的音调""止于自身，以致抒情的结尾"[④]。沿此思路，可领略《面包与酒》中对立观念、对位结构的

[①] 《面包与酒》(Brod und Wein) 副标题为"致海因策"（an Heinze），因为此诗是献给荷尔德林好友、作家海因策（Johann Jakob Wilhelm Heinze，1746—1803）的；后文将省略副标题，将其简称为《面包与酒》，或译为《饼与葡萄酒》《面包与葡萄酒》《面包与美酒》。后来也将"Brod"写为"Brot"，因为后者是现代德语的常用词。此诗约在1800年写成，原题为《酒神》("Der Weingott")；后经修订、更名为《夜》("Die Nacht")。全诗最早于1884年印刷出版。后文将对照未修订版的《面包与酒》及修订版的《夜》展开分析：如二者内容一致，则以《面包与酒》为主要引用对象，不再单独强调；如二者内容不同，则将单独注明各自出处。关于版本的详细勘读，参见［德］荷尔德林. 荷尔德林后期诗歌（评注 卷上）[M]. 刘皓明，译. 上海：华东师范大学出版社，2009：252—254. 后文所引德文原诗及中文译诗主要参见①［德］荷尔德林. 荷尔德林后期诗歌（文本卷 德汉对照）[M]. 刘皓明，译. 上海：华东师范大学出版社，2009：52—79；②［德］弗·荷尔德林. 荷尔德林诗选［M］. 顾正祥，译注. 北京：北京大学出版社，1994：139—147. 并将在此两种译本基础上，对译文做出一定程度的调整，以便讨论。

[②] ［英］玛·布尔顿. 诗歌解剖［M］. 傅浩，译. 北京：生活·读书·新知三联书店，1992：29—49.

[③] Said, Edward W. Culture and Imperialism [M]. New York: Vintage Books, 1993: 91—92.

[④] ［德］荷尔德林. 荷尔德林文集［M］. 戴晖，译. 北京：商务印书馆，1999：247.

融通转换、"和谐同在"（Zugleichsein）[①]；可网罗视域转换、现象更迭，透视荷尔德林如何拓展诗艺的边界，展现近现代西方人性的遗佚、神性的缺席，以及紧随而来的对渺茫希望的不断追寻、对无尽哀伤的渐次铺展，从而在对位结构之中生成对位的哲思。

一、言语似参商：《面包与酒》的立体对位与转换

形式之处理、语言之韵律、叙事之节奏，均为阐释荷尔德林之诗时的重要因素，亦为其如恒星般运转的千禧主义灵知情怀，搭建起语言星轨、跨越语言樊篱。因此，品读其勾连句式、厘清词项之法，可了悟荷尔德林如何将语词作为具有"飞腾力"的"赋予感性的媒介"[②]，使言辞"倒转"、思绪"循环"、精神"富有弹性"[③]，从而承载其哀歌文体的对位结构与诗歌的语调转换，进而借助对语词的分析来挖掘其中隐含的生死观念。

（一）《面包与酒》之哀歌文体的对位结构

荷尔德林也可谓将"音乐中一个调转入另一个调的变调规律，十分精辟地移用到文学布局上来"[④]，这直接体现为诗中反复出现的"对位"结构：二元义素两相呼和，在互相轩邈之中幻化出多维和声的诗性境界。《面包与酒》是为哀歌之佳作，而德国哀歌体裁的发展肇始于歌德及席勒的变形与重构。席勒、歌德的哀歌革新，是荷尔德林哀歌创作的活水之源。以席勒为例，他曾作《论素朴的文学和感伤的文学》（"Über naive und sentimentalische Dichtung"，1794—1796）一文[⑤]，借西方古今文学实例[⑥]为分析对象，从具体文学创作转向抽象逻辑思辨，提出三大核心问题——"素朴文学、感伤文学与自然的关系""对美学评论之评论""现实主义者及理想主义者"[⑦]。席勒言及，若将缺憾不断的现实与最高真实之理想两相对照，将"自然与艺术、理想与真实"（die Natur der Kunst und das I-

---

[①] [德] 荷尔德林. 荷尔德林文集 [M]. 戴晖, 译. 北京：商务印书馆, 1999：219.
[②] [奥地利] 斯蒂芬·茨威格. 与魔搏斗的人：荷尔德林、克莱斯特、尼采 [M]. 潘璐, 等, 译. 合肥：安徽文艺出版社, 2012：58.
[③] [德] 荷尔德林. 荷尔德林文集 [M]. 戴晖, 译. 北京：商务印书馆 1999：209.
[④] [苏] 巴赫金. 巴赫金全集 [M]. 钱中文, 等, 编译. 石家庄：河北教育出版社, 1998：359.
[⑤] [德] 席勒. 席勒文集（第6册）[M]. 张玉书, 等, 译. 北京：人民文学出版社, 2016：78. 《论素朴的文学和感伤的文学》，或译为《论天真的诗和感伤的诗》，发表于《时序女神》杂志1795年第11、12期及1796年第1期。席勒终在1793年开始思考这一问题。歌德认为此文为现代美学奠定了基础。关于"文学"（Dichtung）一词的翻译，参见方维规. 似"诗"而非谈"文学"——误译背后的概念史问题 [J]. 北京大学学报（哲学社会科学版），2022（3）：144.
[⑥] 席勒的《论素朴的文学和感伤的文学》议叙结合、生动形象，对比了素朴（天真）作家荷马与感伤作家阿里奥斯托，列举自琉善到伏尔泰的讽刺文学代表、奥维德到歌德的哀歌文学代表，以及感伤文学中最美的田园文学代表弥尔顿。
[⑦] [德] 席勒. 席勒文集（第6册）[M]. 张玉书, 等, 译. 北京：人民文学出版社, 2016：101, 104, 106, 137, 155. 为便于论述，译文略有调整。

deal der Wirklichkeit）① 如是对比，使理想之音临于高地，是为哀歌体（elegisch）之作②。直至"巴洛克式的激情渲染，席勒漫步般感伤情调，歌德怀古式的凄美艳情，传承古风的偶行体格律"③，不再适应现代西方的历史语境与人类生命体验。荷尔德林便沿循席勒、歌德的方向，建构理路。他关注"性格为自然的""朴素的"④文学作者，谈论"理想者"如何成为文学创作的"主观依据"⑤。荷尔德林还讨论文学的类别，将其分为抒情的、叙事的、悲剧的，讨论三者与理想、英雄、天真的联系⑥。

据此，荷尔德林进行了许多哀歌创作实践。在《面包与酒》中，他便以九阕为诗，三三合一，使黑夜与白日交织谱写出喜乐与哀愁的对位之情，使现实中的孤独俗世与想象中的幻美神境互相融合。⑦正是理想占据上风、宇宙生命之灵的多维贯通、播撒流射的神性灵感、显现人性的状态，使其成为哀歌之典范。由此可见，荷尔德林热衷于"把'一'变形为各种各样的形象"⑧，在诗歌形式上，这体现为诗体前后转换的百川归海之势。

（二）哀歌《面包与酒》中词句之"语调转换"

荷尔德林以"语调（或译为音调）转换"（Wechsel der Töne）⑨为诗章语言博弈之基石。席勒对作品语调的论述，助荷尔德林找寻到诗歌格律音调转换之路径，使诗歌表情达意更为复杂充盈。荷尔德林采用韵律化的挽歌诗体，并继承席勒思路，以席勒文学观念中的素朴（天真）、理想、英雄为笔墨，以叙事色彩、抒情色彩、悲剧色彩为底色，构筑语调（音调）之对位样态：

> Traum von ihnen ist drauf das Leben. Aber das Irrsaal
> 于是生命即是对他们（诸神）的梦想。可是那迷误
> Hilft, wie Schlummer und stark machet die Noth und die Nacht,
> 如睡眠般推波助澜，使危难愈加深重，使长夜漫漫，
> Biß daß Helden genug in der ehernen Wiege gewachsen,
> 直至英雄们在那钢铁摇篮里成长得足够强大，
> Herzen an Kraft, wie sonst, ähnlich den Himmlischen sind.

---

① [德] 席勒. 席勒文集（第6册）[M]. 张玉书，等，译. 北京：人民文学出版社，2016：113.
② [德] 席勒. 席勒文集（第6册）[M]. 张玉书，等，译. 北京：人民文学出版社，2016：116.
③ 胡继华. 哀歌迎神 宗教和解：略论荷尔德林的《面包与葡萄酒》[J]. 中国文化，2014（2）：163.
④ [德] 荷尔德林. 荷尔德林文集 [M]. 戴晖，译. 北京：商务印书馆，1999：205.
⑤ [德] 荷尔德林. 荷尔德林文集 [M]. 戴晖，译. 北京：商务印书馆，1999：223.
⑥ [德] 荷尔德林. 荷尔德林文集 [M]. 戴晖，译. 北京：商务印书馆，1999：240.
⑦ Schmidt, Jochen. *Hölderlins Elegie Brod und Wein, Die Entwicklung des hymnischen Stils in der elegischen Dichtung* [M]. Berlin: De Gruyter, 1968: 724.
⑧ [德] 汉斯·昆，瓦尔特·延斯. 诗与宗教 [M]. 李永平，译. 北京：生活·读书·新知三联书店，2005：140.
⑨ 荷尔德林在《论语调转换》等篇章中曾作出如是论述，参见 Friedrich, Hölderlin. *Gesammelte Werke* [M]. Frankfurt am Main: Fischer Taschenbuch Verlag, 1990: 639—645.

心灵一如既往，充盈着天神般的力量。①

仅未修订的《面包与酒》第七阕中的短短四行，便可见其哲思冥想，消解了生命黄粱一梦般脆弱的外壳。荷尔德林以参差句式勾勒语言形态，既有素朴（天真）之文学对真理的抽象描摹，又有理想之文学点燃的熊熊火焰，更有英雄之文学淋漓尽致的豪情挥洒。他正是"爱上了这些英雄，如同飞蛾扑火"②。但在修订后的《夜》中，荷尔德林将其改写为：

Nimmer von ihnen ist grün und die süßen Pfade der Heimath
不再因他们葱绿，而家园甜美的小径
Regeln; Gebäuden gleich stehen die Bäum und Gebüsch
规整；乔木灌木如同楼宇般矗立
Nimmer, und goldnes Obst, und eingerichtet die Wälder,
不再，金色的果实，安置着那森林
Nur zu Zeiten erträgt eigenen Schatten der Mensch.
只在某些时刻，人才能忍受自己的影像。③

可见，前后两版不同的诗行，显示出荷尔德林诙谐转换的深厚能量。他将英雄叙事文学式的呼喊，转化为返回家园的精神暗喻；借助语调、语词的转换，荷尔德林使高昂的力量转化为哀伤的沉吟，使"理想的肇始之音向对立面转化"④，从而在自然的心怀中消解了英雄的苦难。为"英雄"与诗人等多种复合观念做注脚的音韵与节奏，自然而然地具有了复杂多维的性质。再如，荷尔德林有意以"寂然响起"⑤这样的对位组合为诗添彩，从而显现出不断转换、增强的语调节奏。

（三）哀歌《面包与酒》语词中生死观念之交契

荷尔德林并不全然以格律为创造诗歌之圭臬，他于一词一句反复斟酌。如《面包与

---

① 德文版参见 [德] 荷尔德林. 荷尔德林后期诗歌（文本卷 德汉对照）[M]. 刘皓明，译. 上海：华东师范大学出版社，2009：62. 中文版参见 [德] 荷尔德林. 荷尔德林后期诗歌（文本卷 德汉对照）[M]. 刘皓明，译. 上海：华东师范大学出版社，2009：63；[德] 弗·荷尔德林. 荷尔德林诗选 [M]. 顾正祥，译注. 北京：北京大学出版社，1994：145；[德] 海德格尔. 荷尔德林诗的阐释 [M]. 孙周兴，译. 北京：商务印书馆，2014：53.
② [英] 伊莉莎·玛丽安·巴特勒. 希腊对德意志的暴政：论希腊艺术与诗歌对德意志伟大作家的影响 [M]. 林国荣，译. 北京：社会科学文献出版社，2017：295.
③ 德文版参见 [德] 荷尔德林. 荷尔德林后期诗歌（文本卷 德汉对照）[M]. 刘皓明，译. 上海：华东师范大学出版社，2009：62. 中文版参见 [德] 荷尔德林. 荷尔德林后期诗歌（文本卷 德汉对照）[M]. 刘皓明，译. 上海：华东师范大学出版社，2009：63；[德] 弗·荷尔德林. 荷尔德林诗选 [M]. 顾正祥，译注. 北京：北京大学出版社，1994：145；[德] 海德格尔. 荷尔德林诗的阐释 [M]. 孙周兴，译. 北京：商务印书馆，2014：53.
④ [德] 荷尔德林. 荷尔德林文集 [M]. 戴晖，译. 北京：商务印书馆，1999：247.
⑤ [德] 荷尔德林. 荷尔德林后期诗歌（文本卷 德汉对照）[M]. 刘皓明，译. 上海：华东师范大学出版社，2009：52—53，66—67.

酒》中的"看哪！我们地球的那个影像（Schattenbild），月亮"① 一句，将月球视为地球的剪影、幻影；后来，将《面包与酒》的诗稿修订为《夜》时，荷尔德林将"影像"改为"拟像"（Ebenbild）。"Schattenbild"着眼光影与物体的联系，"Ebenbild"则更为强调人与人之相似性关联，词尾音韵并未改换，但"地球"因此被赋予人性，打破人类世界的规约，化宇宙为观念世界。且修订之后，针对"以使我们寻找自己的，无论多么遥远"② 一句，荷尔德林则将此句中的"自己的"（Eigenes）改为"活着的"（Lebendiges），也即改为："以使我们寻找活着的"。③ 至此，在深沉的思索之中，诗人引入了生与死的界限，以"Lebendiges"一词沟通了彼岸与此岸的边缘，双向重建生死观念。由此，体现出荷尔德林如何用哀歌形式，表现对现代人性的沉静思索，恢复个人生命的自由"灵知"：黑暗之中还有希望，悲哀之中也有温柔，现代人的存在根基在生死之中被反复质询。只有体验了终极的渊薮，生命才能具有更广阔的可能性空间。在个体无所遁形的同质化社会，在难以逃脱的标准化生活中，单调乏味成为人生体验的代名词；而荷尔德林正在不断雕琢打磨炫目的词句，致力于将那现代人性丧失的感受与共鸣倾注于置辞之中。他将诗歌形式视为表达"诗意精神与诗性生命"④ 的助力。自文本形式和诗性结构可见，《面包与酒》歌咏遥隔时空的对位往复之音，荷尔德林涌动的心绪与意识，随之绵延于诗意转换之中。

二、复现与重构：《面包与酒》的深层对位与转换

荷尔德林之诗所涉甚广，意蕴深厚。其间各类再现物构成庞杂丰赡的形象体系，指涉"天理、人情、物象"等多样畛域；展现不同对位义素，如白昼与黑夜、赞美与讥诮、远去与回归。而荷尔德林笔下的陌生化意象则寸铁杀人，将现代性的庸碌一应爆破打碎，于废墟之上重建神性灵感之妙。

（一）哀歌《面包与酒》中事义之对位与转换

事义，即意象或典故。在复现《面包与酒》中的自然与人世之时，荷尔德林将宇宙与世界、人类与自然、无穷及有限、伟大和渺小等对位结构熔铸其间。此诗中形成了美妙对比，以张力求和谐，乃至达成绝对隐喻之畛域，"怀着无限爱意迎向无穷"⑤。这主要体现于自然意象之上，展现出自然"祛魅"与自然"复魅"的双向转换。如以"葡萄"为核

---

① [德] 荷尔德林. 荷尔德林后期诗歌（文本卷 德汉对照）[M]. 刘皓明，译. 上海：华东师范大学出版社，2009：52—53.

② [德] 荷尔德林. 荷尔德林后期诗歌（文本卷 德汉对照）[M]. 刘皓明，译. 上海：华东师范大学出版社，2009：56—57. [德] 弗·荷尔德林. 荷尔德林诗选 [M]. 顾正祥，译注. 北京：北京大学出版社，1994：141.

③ [德] 荷尔德林. 荷尔德林后期诗歌（文本卷 德汉对照）[M]. 刘皓明，译. 上海：华东师范大学出版社，2009：70—71.

④ Bertaux, Pierre. *Le lyrisme mythique de Hölderlin* [M]. Paris: Librairie Hachette, 1936: 57.

⑤ [奥地利] 斯蒂芬·茨威格. 与魔搏斗的人：荷尔德林、克莱斯特、尼采 [M]. 潘璐，等，译. 合肥：安徽文艺出版社，2012：18.

心的自然意象，沿叙述脉络铺展：葡萄藤缠绕，葡萄结果，久酿的葡萄酒盛满酒神之精神后，终将显现于人前。全诗前文几乎没有直接提及"面包"与"酒"，在长久酝酿之后，直至如下诗行才得以显现：

> 修订前：Brod ist der Erde Frucht, doch ists vom Lichte geseegnet,
> 面包是大地之果实，然而它受光明的赐福，
> Und vom donnernden Gott kommet die Freude des Weins.
> 而葡萄酒之欢愉却来自那雷霆之神。
> 修订后：Brod ist der Erde Frucht, doch ists auch Gaabe des Lichtes,
> 面包是大地之果实，然而也是光明的恩赐（礼物），
> Und vom donnernden Gott kommet die Freude des Weins.
> 而葡萄酒之欢愉却来自那雷霆之神。①

此处，诗人虽未直呼酒神狄奥尼索斯（Dionysus）之名，却已然借盛满欢愉喜乐的葡萄酒，将承载着狂欢气息的古典风光送至人眼前。更有具体自然意象与抽象情愫的转换与对位。如"花卉"（Blumen）是诗人言辞之喻象②，"泉水"（Brunnen）是时间流逝的具象表征③，"星斗"（Sternen）似乎是俯瞰人间的漠然神祇④；群山之巅，羁旅者望见"哀愁"（traurig）与"辉煌"（prächtig）⑤，更是将对位情绪推升至现代性自我伸张的高峰，铭刻浪漫之名。且对位情绪还不尽于此。"容器"（Gefäße）一词在诗中共出现过两次。以第一处为例，在未修订的《面包与酒》中为："何在？那神殿，和那容器"（Wo? die

---

① ［德］荷尔德林. 荷尔德林后期诗歌（文本卷 德汉对照）[M]. 刘皓明，译. 上海：华东师范大学出版社，2009：62—63，78—79. ［德］弗·荷尔德林. 荷尔德林诗选 [M]. 顾正祥，译注. 北京：北京大学出版社，1994：146.

② 参见修订前的《面包与酒》，"如今，如今，必得说出如花卉般绚烂的言辞"（Nun, nun müssen dafür Worte, wie Blumen, entstehn）。或可参见其他相关表达，如"我们的花卉和我们森林的荫翳，令那"（Unsre Blumen erfreun und die Schatten unserer Wälder）. ［德］荷尔德林. 荷尔德林后期诗歌（文本卷 德汉对照）[M]. 刘皓明，译. 上海：华东师范大学出版社，2009：58—59，78—79. ［德］弗·荷尔德林. 荷尔德林诗选 [M]. 顾正祥，译注. 北京：北京大学出版社，1994：144.

③ 参见"而泉水/泪汩不息，清新潺潺地流淌过在馥郁花圃"（und die Brunnen/Immerquillend und frisch rauschen an duftendem Beet）. ［德］荷尔德林. 荷尔德林后期诗歌（文本卷 德汉对照）[M]. 刘皓明，译. 上海：华东师范大学出版社，2009：52—53. ［德］弗·荷尔德林. 荷尔德林诗选 [M]. 顾正祥，译注. 北京：北京大学出版社，1994：139.

④ 参见"满空星斗，似乎对我们不甚关怀"（Voll mit Sternen und wohl wenig bekümmert um uns）. ［德］荷尔德林. 荷尔德林后期诗歌（文本卷 德汉对照）[M]. 刘皓明，译. 上海：华东师范大学出版社，2009：52—53. ［德］弗·荷尔德林. 荷尔德林诗选 [M]. 顾正祥，译注. 北京：北京大学出版社，1994：139.

⑤ 参见"那人群中的异乡人/哀愁而辉煌，登上群山之巅"（die Fremdlingin unter den Menschen/Über Gebirgeshöhn traurig und prächtig herauf）. ［德］荷尔德林. 荷尔德林后期诗歌（文本卷 德汉对照）[M]. 刘皓明，译. 上海：华东师范大学出版社，2009：52—53. ［德］弗·荷尔德林. 荷尔德林诗选 [M]. 顾正祥，译注. 北京：北京大学出版社，1994：140.

Tempel, und wo die Gefäße)①；修订后的《夜》则将此句写为："何在？地上的律法，和那些脚步"（wo? Geseze der Erd´, und Schritte)②。"容器"指沟通、承载神秘灵知的人，"地上的律法"也是与"宇宙之律法"相对应的人之存在，前后两版均是暗喻现代语境中"人"的迷失。由此可见，荷尔德林此诗中，天地对位，天人对望，"喜乐"（Freuden）③与"哀愁"并举，"福禧"④与"孤独"⑤同在，"恩宠"⑥同"思念"⑦互文，熔铸于人无法承载神恩和诗歌灵感的肉身"容器"，化为思绪远去中的"灵魂"⑧之音。

（二）哀歌《面包与酒》中时空之对位与转换

《面包与酒》既有奇伟新颖之转换，又有雅正真挚之对位。诗人以整体的生命形象铺设出"平中见奇、奇归于平"的意境，着眼于时空、人神、喜悲等丰赡对位元素，展示情感基调的喜悲起伏、精神氛围的动静更替、整体意境的今昔转换。

如时空之对位与转换，基于诗人对时间建构和空间拓展的敏感：伴随着暗沉无光的黑夜，携带着辉耀的灯火，诗人穿行于"以往"⑨与"如今"⑩的界限。"黄昏"成为黑夜与白昼融合的基点，危难深重、"长夜漫漫"⑪，"更夫"的"报时"⑫正如棒喝沉睡之人的高声怒语，日常生活在奇正间转圜。猝然之间，万古长夜、千年长日中的诗人灵魂达到永恒年轻的境界。昼夜主题成为隐喻，使"神"之时间与非神日月成对位之势，白日作古

---

① ［德］荷尔德林. 荷尔德林后期诗歌（文本卷 德汉对照）[M]. 刘皓明，译. 上海：华东师范大学出版社，2009：56—57.
② ［德］荷尔德林. 荷尔德林后期诗歌（文本卷 德汉对照）[M]. 刘皓明，译. 上海：华东师范大学出版社，2009：70—71.
③ 类似用词较多，如喜爱、乐意、欢喜、神圣、恩赐、福禧、明快、赞美、慰安、满足、清新、恩宠等，篇幅所限，此处不再对照德文一一赘述。
④ 诗中多次出现"福"（Glük）或"福禧"（Glüks）一词，其中两处例子可参见［德］荷尔德林. 荷尔德林后期诗歌（文本卷 德汉对照）[M]. 刘皓明，译. 上海：华东师范大学出版社，2009：56，58，70，72.
⑤ "孤独"（einsamer）一句，参见［德］荷尔德林. 荷尔德林后期诗歌（文本卷 德汉对照）[M]. 刘皓明，译. 上海：华东师范大学出版社，2009：52，66.
⑥ "恩宠"（Gunst）一句，参见［德］荷尔德林. 荷尔德林后期诗歌（文本卷 德汉对照）[M]. 刘皓明，译. 上海：华东师范大学出版社，2009：54，68.
⑦ "思念"或"忆起"，即"gedenkt"，参见［德］荷尔德林. 荷尔德林后期诗歌（文本卷 德汉对照）[M]. 刘皓明，译. 上海：华东师范大学出版社，2009：52，66.
⑧ "灵魂"（Seele）之例，可参见［德］荷尔德林. 荷尔德林后期诗歌（文本卷 德汉对照）[M]. 刘皓明，译. 上海：华东师范大学出版社，2009：64，78.
⑨ 参见："何以一位神，不再像以往，刺文于人的前额/也不像以往，给所遇见者盖上印记？"（Warum zeichnet, wie sonst, die Stirne des Mannes ein Gott nicht/Drükt den Stempel, wie sonst, nicht dem Getroffenen auf?）［德］荷尔德林. 荷尔德林后期诗歌（文本卷 德汉对照）[M]. 刘皓明，译. 上海：华东师范大学出版社，2009：60—61.
⑩ 前文已提及，［德］荷尔德林. 荷尔德林后期诗歌（文本卷 德汉对照）[M]. 刘皓明，译. 上海：华东师范大学出版社，2009：58—59.
⑪ 参考前文引述，德文版参见［德］荷尔德林. 荷尔德林后期诗歌（文本卷 德汉对照）[M]. 刘皓明，译. 上海：华东师范大学出版社，2009：62.
⑫ ［德］荷尔德林. 荷尔德林后期诗歌（文本卷 德汉对照）[M]. 刘皓明，译. 上海：华东师范大学出版社，2009：52—53，66—67.

希腊的冠冕，黑夜成时代的枷锁①，"分裂的时代"（reissende Zeit）②成为与对位结构间罅隙相互呼应的历史语境。

建立在时空转换分裂的基石之上，人世与神界、个人与众神之间的对位与转换，同样成为诗中闪光，体现于自由与尺度之对位中：

> Fest bleibt Eins; es sei um Mittag oder es gehe
> "一"肖然留驻；无论在正午，还是行走
> Bis in die Mitternacht, immer bestehet ein Maas③,
> 直至子夜，这一尺度永存，
> Allen gemein, doch jeglichem auch ist eignes beschieden,
> 众人共有皆同，但于每人却各自裁定，
> Dahin gehet und kommt jeder, wohin er es kann.
> 每人去与来，于他能力所及之处纵横往返。④

"尺度"和古希腊的命运或律法存在隐秘而密切的关联。尺度分寸体现出永恒不朽的神，与终将面临死亡的、脆弱的人之间的对位性。⑤ 人神对反，永恒的神性和短暂的人生构成张力，神之尺度照应大地，辉映人之尺度。个人成为命运的裁定者，诗人获得浪漫的灵知气息与神圣永恒性，进行否定之中的探寻与救赎，从而建构起诗人的神话。《在柔媚的湛蓝中》（"In lieblicher Bläue blühet"），荷尔德林也曾讨论尺度问题，就神（创造之灵感）和人之间的关联进行了对位与重建⑥。海德格尔（Martin Heidegger）在借阐释荷尔德林诗歌来探索诗艺时，多次引用、提及《面包与酒》，认为诗人获得了"真理"（Wahrheit），探索了精神源流、生死对位、历史存在、人神关系等议题。⑦海德格尔也分析了荷尔德林诗中的语言与言说（Sprache und spricht）、困境与尺矩、酒神与常春藤、上升与下降等关键对位⑧。

海德格尔还多次论及《在柔媚的湛蓝中》一诗，认为荷尔德林是在"诗意"地探索

---

① Schmidt, Jochen. *Hölderlins Elegie Brod und Wein, Die Entwicklung des hymnischen Stils in der elegischen Dichtung* [M]. Berlin: De Gruyter, 1968: 723—724.
② 胡继华. 哀歌迎神 宗教和解：略论荷尔德林的《面包与葡萄酒》[J]. 中国文化. 2014（2）：168.
③ 现一般写作"Maß"，意为"尺度"。此处采用《荷尔德林后期诗歌》中的词语写法。
④ [德] 荷尔德林. 荷尔德林后期诗歌（文本卷 德汉对照）[M]. 刘皓明，译. 上海：华东师范大学出版社，2009：56，70. [德] 荷尔德林 荷尔德林后期诗歌（文本卷 德汉对照）[M]. 刘皓明，译注. 上海：华东师范大学出版社，2009：57，71. [德] 弗·荷尔德林. 荷尔德林诗选 [M]. 顾正祥，译注. 北京：北京大学出版社，1994：141.
⑤ 胡继华. 浪漫的灵知 [M]. 北京：北京大学出版社，2016：259.
⑥《在柔媚的湛蓝中》德文原诗可参见 Heidegger, Martin. *Gesamtausgabe: Hölderlins Hymnen: Germanien und Der Rhein* [M]. Frankfurt am Main: Vittorio Klostermann, 1998：37—40.
⑦ 参见 Heidegger, Martin. *Gesamtausgabe: Erläuterungen zu Hölderlins Dichtung* [M]. Frankfurt am Main: Vittorio Klostermann, 1996：48，90，150，165，183，190.
⑧ 参见 Heidegger, Martin. *Gesamtausgabe: Hölderlins Hymnen: Germanien und Der Rhein* [M]. Frankfurt am Main: Vittorio Klostermann, 1998：42，147，188，191，193.

自我内在,预见"历史存在之时间"①,探索人类如何存在于黑暗时间,"诗意地栖居于世上"。②海德格尔还借此诗提及荷尔德林的精神错乱,以及荷尔德林如何探寻极限的诗思③。至此,荷尔德林踏入了诗人那"英雄式的毁灭"之路途④,尝尽世间苦难,追寻诗艺真谛。但一旦他走入诗之畛域,就会"在燃烧中……付出了耗尽自己的代价"⑤。为构筑双重诗歌张力,他用绚丽优美的笔调描写神殿之光明与圆满,用沉闷忧郁的笔调复刻现世的沉沦与破损。当神殿与人间两相对照,人的短暂人生、苦难命运就使得整个基调变得更加的沉闷,情绪基调也更近于漂泊了。这同时也是梦中幻想和现实处境之间的对照,再度呼应了席勒哀歌之要旨。

(三) 哀歌《面包与酒》中人物之对位与转换

荷尔德林重视"对立面转化"与"和谐地对峙"⑥在文学中的作用。《面包与酒》中除自然意象、典故以及时空的对位与转换外,另有人物形象之对位与转换。起初,诗人"就像酒神的神圣祭司"⑦。随后,诗人追随着"英雄"⑧的灵魂与脚步,又如"歌手"⑨一般,歌咏不灭的酒神狄奥尼索斯。诗人还是漂泊羁旅的"异乡人"⑩,而"智者"⑪带领现代诗人回归古希腊的梦寐之乡。孤独的诗人怀念"少年"⑫时光,为全人类寻找希望之灯盏。至此,看似背离的人物形象交回遇合,诗人在英雄、歌手、异客、智者、少年等不

---

① 详细论述可参见 Heidegger, Martin. *Gesamtausgabe*：*Erläuterungen zu Hölderlins Dichtung* [M]. Frankfurt am Main：Vittorio Klostermann, 1996：44, 47, 88, 165.
② Heidegger, Martin. *Gesamtausgabe*：*Hölderlins Hymnen*：*Germanien und Der Rhein* [M]. Frankfurt am Main：Vittorio Klostermann, 1998：36, 70, 88, 183, 216, 266. 在这些书页中,海德格尔都讨论了相关问题或直接引述了该诗。
③ Heidegger, Martin. *Gesamtausgabe*：*Hölderlins Hymnen*：*Germanien und Der Rhein* [M]. Frankfurt am Main：Vittorio Klostermann, 1998：37, 65.
④ [奥地利] 斯蒂芬·茨威格. 与魔搏斗的人：荷尔德林、克莱斯特、尼采 [M]. 潘璐,等,译. 合肥：安徽文艺出版社, 2012：11.
⑤ [奥地利] 斯蒂芬·茨威格. 与魔搏斗的人：荷尔德林、克莱斯特、尼采 [M]. 潘璐,等,译. 合肥：安徽文艺出版社, 2012：74.
⑥ [德] 荷尔德林. 荷尔德林文集 [M]. 戴晖,译. 北京：商务印书馆, 1999：227.
⑦ 此句隶属未修订的《面包与酒》,在修订后的《夜》中,荷尔德林隐藏了此句中明显的酒神(Weingotts)一词。[德] 荷尔德林. 荷尔德林后期诗歌(文本卷 德汉对照) [M]. 刘皓明,译. 上海：华东师范大学出版社, 2009：62—63.
⑧ 参见前文引用 [德] 荷尔德林. 荷尔德林后期诗歌(文本卷 德汉对照) [M]. 刘皓明,译. 上海：华东师范大学出版社, 2009：62—63.
⑨ [德] 荷尔德林. 荷尔德林后期诗歌(文本卷 德汉对照) [M]. 刘皓明,译. 上海：华东师范大学出版社, 2009：56—57, 70—71.
⑩ 参见前文引用 [德] 荷尔德林. 荷尔德林后期诗歌(文本卷 德汉对照) [M]. 刘皓明,译. 上海：华东师范大学出版社, 2009：52—53.
⑪ [德] 荷尔德林. 荷尔德林后期诗歌(文本卷 德汉对照) [M]. 刘皓明,译. 上海：华东师范大学出版社, 2009：64—65, 78—79.
⑫ 参见"思念远方的朋友和少年时光"一句。[德] 荷尔德林. 荷尔德林后期诗歌(文本卷 德汉对照) [M]. 刘皓明,译. 上海：华东师范大学出版社, 2009：52—53, 66—67.

同身份间辗转不停，追寻着某种"自主的充足"①。

在荷尔德林笔下，诗歌（文学）成为克服现代性自身分裂的正道坦途。他人与诗人之间也构成他者与自我的关系。诗人对俗世生活有一种近乎天然的鄙薄和拒斥，他无时无刻地渴望着将自己献祭给真正的爱与美；他喜爱着"常青的云杉树叶"与"常青藤的枝冠"②；找寻灵感之恩典："以清明和人性/随之而转化"，在诗歌艺术世界中"勇敢地前行"③。他将其哲思、幸福与阳光连接，构筑闪亮的"灵魂"④，描摹"照亮自身也照亮黑夜"⑤的真理。他以光明与黑夜的对比、希望与绝望的张力，表现出其内心深处复杂的情致和追求。这不仅体现在《面包与酒》之中，其实也体现在"许佩里翁"和"恩培多克勒斯"的命运之中。通过不断的"否定—探寻—再否定—再探寻"之辗转，荷尔德林领悟人生命运，在自我否定之中展开自我救赎，体现出荷尔德林式智慧追求——向古希腊哲学家不断学习、祈求。

在《面包与酒》中，革新精神、哲学思考和自然情怀对位转换。荷尔德林以自然意象为纺车，编织出古希腊文明的绚烂锦帛；用交融的黑夜与白昼，构筑灵知之思与自由精神的织造空间。诗中喷薄而出的哲学力量与诗化的感悟经纬融合，且自始至终贯穿着对于个人命运、现代精神和历史叙事的深沉思索。但也正因如此，"他飞得太高了，最终则不免沦落伊卡路斯的命运"⑥，造成其人生及诗歌的绝对悲剧。

三、对位之影响："之间"的诗人

"之间"（Zwischen）⑦，是海德格尔论述荷尔德林诗歌时反复强调的重要概念。如上所述，荷尔德林可谓一位"之间"的诗人：在生死、人神、喜悲等对位元素之间，在遥隔时空的对话与跨越、自我与他者的互文之间。而前人之于荷尔德林的影响，荷尔德林及后人对《面包与酒》文本的书写与阐释，使其诗之形而上的韵味更晕渲于字里行间。因而，后世诗人对前世诗人的阐释、借鉴或发展，实则建立在思想对位与诗学对位的基础上，既相

---

① "缄默的胸中深处为自主的充足充满"（Tief die verschwiegene Brust mit freier Genüge gefüllet），参见［德］荷尔德林. 荷尔德林后期诗歌（文本卷 德汉对照）[M]. 刘皓明，译. 上海：华东师范大学出版社，2009：58—59，72—73.
② ［德］荷尔德林. 荷尔德林后期诗歌（文本卷 德汉对照）[M]. 刘皓明，译. 上海：华东师范大学出版社，2009：64—65，78—79.
③ 出自《恩培多克勒斯之死》，参见［德］荷尔德林. 荷尔德林文集[M]. 戴晖，译. 北京：商务印书馆，1999：318，324.
④ ［德］荷尔德林. 荷尔德林后期诗歌（文本卷 德汉对照）[M]. 刘皓明，译. 上海：华东师范大学出版社，2009：64—65，78—79.
⑤ ［德］荷尔德林. 荷尔德林文集[M]. 戴晖，译. 北京：商务印书馆，1999：210.
⑥ ［英］伊莉莎·玛丽安·巴特勒. 希腊对德意志的暴政：论希腊艺术与诗歌对德意志伟大作家的影响[M]. 林国荣，译. 北京：社会科学文献出版社，2017：280. 伊卡路斯（Icarus），或译为伊卡洛斯，乘蜡和羽毛所造的之翼逃离克里特岛时，因飞得太高，双翼上的蜡遭太阳照射融化，跌落水中丧生。
⑦ Heidegger, Martin. *Gesamtausgabe*: *Hölderlins Hymnen*: *Germanien und Der Rhein* [M]. Frankfurt am Main: Vittorio Klostermann, 1998: 47, 99.

互辉映，又各显神通。

（一）感性宗教与理性哲思的融合

有学者认为，荷尔德林的形而上学思想并非全然隶属于理性视域，而是将感性宗教与理性哲思两相融合①。而在读者阐释与"意义生产"之中，可不断发酵其深层意蕴。由此可见，前人之影响如何推动了荷尔德林对位与转换之诗学观念的发展：荷尔德林以"逆向追思"（Nachträglichkeit）②为思维寻踪之方，在"悲壮的还乡"之中回顾古希腊之遗风意蕴。

以席勒为例，"诗人总是被一个声音所困扰，他的一切诗句必须与这个声音协调"③。荷尔德林便是在席勒之叮嘱的伴随下，走入感性世界，开启对前人的创造性"校正"。即使相隔逾十岁的年龄差距，屡遭席勒冷待，荷尔德林仍将席勒视为自己的导师、挚友。席勒曾以"推想"④为剑戟、以"素朴（天真）"与"感伤"两大抽象概念为核心著书立说，这正与荷尔德林的对立观念和对位思维前后呼应。席勒还提出人世中的"心理对抗"，造就遥隔银河般的人际分裂；现代性异化的背后，是束手无策的诗人与徘徊踟蹰的哲人。如宗白华先生所言，席勒感到近代人生之分裂，试以美育为手段，恢复人性之完整协调："古希腊伟大人物之人格的统一性与完整性，乃为近代有心人追怀的幻影。"⑤但幻影之虚幻，在于生存根基的摇摇欲坠。而荷尔德林在探寻途中，将现代技术视为吞噬人性的深渊，正是他辩证反思社会现象、预测技术未来的诗性体现。如前所述，荷尔德林以极具新意的对立义素抒发灼灼之思，永恒徘徊在素朴的文学和感伤的文学之间。即使在1796年前后，荷尔德林已然开始挣脱席勒带来的"影响焦虑"，转而去弥合历史进程和自然发展之罅隙。但席勒的二元之思、对立观念已然融贯于荷尔德林诗行之间。即便当荷尔德林失去记忆，自称"斯卡达内利"（Scardanelli），他仍高呼着"荣耀的席勒！"⑥，可见席勒之于他的意义。

（二）承前启后且弥漫东西之影响

从荷尔德林之诗中，能够采撷其诗思之萤火，形成若合符契的情感认同。他一面言说

---

① Woezik, Cia van. *From the I's Absolute Ground in Hölderlin and Schelling to a Contemporary Model of a Personal God* [M]. Leiden: Koninklijke Brill NV, 2010: 258.
② 胡继华. 哀歌迎神　宗教和解：略论荷尔德林的《面包与葡萄酒》[J]. 中国文化, 2014（2）: 165.
③ [美] 哈罗德·布鲁姆. 影响的焦虑 [M]. 徐文博, 译. 北京：生活·读书·新知三联书店, 1989: 1.
④ [德] 歌德, 席勒. 歌德席勒文学书简 [M]. 张玉书, 张荣昌, 译. 合肥：安徽文艺出版社, 1991: 4. 席勒在致歌德（1794年8月23日）一信中分析了歌德思维方式与他自己的区别，便是指其思想的"推想"特征与歌德思维的"直觉"特点。
⑤ 宗白华. 美与人生 [M]. 北京：北京理工大学出版社, 2012: 107.
⑥ [英] 伊莉莎·玛丽安·巴特勒. 希腊对德意志的暴政：论希腊艺术与诗歌对德意志伟大作家的影响 [M]. 林国荣, 译. 北京：社会科学文献出版社, 2017: 326.

"我的苍穹越如铁幕,我就越是冷漠"①;一面又无法割舍自己对整体人类的深情厚谊。其示忱初心绵延百年,弥漫东西:海德格尔之哲思、里尔克之哀歌、三岛由纪夫之叙事、海子之沉吟,均可追溯至荷尔德林的对位观念与转换巧思。这种结构及思维方式,是如上一众诗人的共性。如里尔克称颂荷尔德林"穿行如明月"②,正如其美好希冀:"是的,春天也许需要你。"(Ja, die Frühlinge brauchten dich wohl)③ 里尔克还在《致荷尔德林》一诗中称荷尔德林为"荣耀者""召神者""漂泊的英才"④,由此可见荷尔德林在里尔克心中的崇高地位。荷尔德林为里尔克携来和畅惠风,里尔克也用相似的对立结构与转换方法加以回应。在《杜伊诺哀歌》之中,生与死的强烈冲突,最终却还归于"事死如事生"的洒脱沉静,上升至终极哲思。这与荷尔德林遥相呼应⑤:二者都肩负诗人之使命,以羸弱的肩膀支撑起复苏的大地和复生的神祇;在荷尔德林重建神性灵感的基础上,里尔克呼唤神性,以更为反叛的自我伸张姿态,寻觅现代性超越之可能。

而保罗·策兰(Paul Celan)则于《你也说》("Sprich auch du")一诗中言及"说影者吐真言"(Wahr spricht, wer Schatten spricht)⑥。保罗·策兰以其建立在沉默哲学之上的诗性言说,重述了奥斯维辛的黑暗历史;这正如前贤荷尔德林以诗歌道尽现代性自身分裂之悲哀的行举。荷尔德林以疯狂的诗意,作为人向神不断靠近的凭证;百余年后,策兰之诗如《从黑暗到黑暗》也在寻找摆渡的"船夫",《黑暗》则寻觅"血中的影像",⑦ 又可挖掘出策兰对荷尔德林的回应:他们同样逡巡在"阴影破隙中的路径"⑧之上。策兰之诗《死亡赋格》中也随处可见与荷尔德林相似的对位,如"正午"与夜晚,"死亡"与"甜蜜",等等⑨。而策兰进一步减损了神圣光辉的可能性,观照他者声音,表现"同情"(compassion)的"缺席"⑩;他试图借此唤起读者心中不可或缺的责任感。侵犯式"观照"

---

① 荷尔德林于1795年9月4日致席勒信中如是说,参见[德]荷尔德林. 烟雨故园路:荷尔德林书信选[M]. 张红艳,译. 北京:经济日报出版社,2012:131. 其他荷尔德林与席勒的通信也可参见 Hölderlin, Friedrich. *Friedrich Hölderlin Essays and Letters on Theory* [M]. Thomas Pfau (ed.), New York: State University of New York Press, 1987.
② "穿行如明月",参见[奥地利]里尔克. 杜伊诺哀歌[M]. 林克,译. 上海:同济大学出版社,2009:160.
③ Rilke, Rainer M.. *Duino Elegies: English and German Edition* [M]. James Blair Leishman, Stephen Spender (trans.), New York: W. W. Norton & Company, 1939:22. 中文版可参照[奥地利]里尔克. 杜伊诺哀歌[M]. 林克,译. 上海:同济大学出版社,2009:41.
④ [奥地利]里尔克. 杜伊诺哀歌[M]. 林克,译. 上海:同济大学出版社,2009:160.
⑤ 在《修士的生活》中,里尔克似乎也提出了人神关系的二元依赖和对神的某种质疑:"你该怎么办,……若我死去?我是你的水罐(若我破碎)?……失去我你就失去你(存在)的意义。"这与荷尔德林诗中的神之缺席、人的主体性伸张是一脉相承的。[奥地利]里尔克. 杜伊诺哀歌[M]. 林克,译. 上海:同济大学出版社,2009:2—3.
⑥ 有关荷尔德林及保罗·策兰的相关论述可参见尚冠文(Steven Shankman)的《战争与希腊壮美的认知文化——略论列维纳斯,欧里庇得斯,策兰》("War and the Hellenic Splendor of Knowing: Levinas, Euripides, Celan"),此处引文可参见胡继华. 比较文学经典导读[M]. 北京:北京师范大学出版社,2015:348.
⑦ [德]保罗·策兰. 保罗·策兰诗文选[M]. 王家新,芮虎,译. 石家庄:河北教育出版社,2002:96,110.
⑧ [德]保罗·策兰. 保罗·策兰诗文选[M]. 王家新,芮虎,译. 石家庄:河北教育出版社,2002:142.
⑨ [德]保罗·策兰. 保罗·策兰诗文选[M]. 王家新,芮虎,译. 石家庄:河北教育出版社,2002:13—14.
⑩ 这正与《面包与酒》中所展现的神之缺席相互映照;这也与策兰于纳粹阴影下成长、生活、写作的族群身份和生平经历紧密相关。胡继华. 比较文学经典导读[M]. 北京:北京师范大学出版社,2015:362.

和对话式转换在这系列文本中得以展现;不断的相互指涉中,"大写他者"形象①跃然纸上,策兰与荷尔德林之间的联系也得到诗性强化。

荷尔德林之诗无疑是艰涩的。于读者而言,沉溺于诗境的体验,对文学文本的未定性的挖掘,是使诗人之诗到读者之诗转换变化的途径和节点。这正是伊瑟尔"潜在读者"②观念的侧面表现:以不可言说的"空白"为情感留足空间。在荷尔德林的诗中,对立、对位要素之间并非泾渭分明,而是交融共生、不断转换。且能看到历时性原则和共时性视域的交融遇合:既有历时性循环——荷尔德林在时代更迭之间,创设诗之港湾,影响后世哲人、诗人;也有共时性视域下的审视——他以对位义素感物会心、格物畅神,终成"悦耳悦目""悦心悦意""悦神悦志"③之诗。

结语:迟回观望,诗人何为?

隐显有时,潜而不迷。荷尔德林不断拓展着自由且透彻的诗歌艺术,使诗思淤塞之处至于开阔境地,得见曙光,通过诗性语言"回忆"④有关存在与实在的知识。正如他自己所言:"我……越发重视那种自由的、没有成见的、透彻的艺术理解力,因为我把他看成是保护天才免于转瞬即逝的神圣的庇护。"⑤ 在荷尔德林之诗及其释读之中,各类对立义素不断发生内容置换或程度改变,呈现出不断生成的对位态势。哀歌文本可能性空间正由此诞生。哀歌诗本身对死亡、哀痛等彼岸世界的"观照",和欧洲大陆精神世界的分崩离析,成为荷尔德林诗歌中的对立与拗变的背景渊源,使其拥有不同于传统诗歌的对位特性。借自巴赫金的"对话"发展而来的对位理论,以及萨义德的对位阅读方式,可见对位与转换均在荷尔德林的哀歌文本中交织不断、前后呼应,使人与自然、人与自我、人与神之间的复杂关联,得到深层思想意义上的彻底重构。由此可见,荷尔德林的哀歌诗体从文体结构、韵调转换、生死观念等方面均呈现出对位特性,其间的事义、时空与人物都构成相对转换关系,其感性诗思与理性哲思也在历史上的哀歌类诗歌中传承发展。从而,自荷尔德林这一焦点出发,产生了承前启后、弥漫东西的深刻诗学影响,编织出复杂的诗歌渊源关系。因此,荷尔德林可谓"诗人的诗人"⑥。

要如何面对将死的恐惧?怎样得到灵魂的顿悟?迟回观望,诗人何为?荷尔德林用诗意来回应这些困难的问题,以诗歌创制神话、挑战命运。凭借其丰赡的创造与动人的思考,荷尔德林的诗中既有对人之异化状态的书写、对孤独的描摹,也有对人神关系的表

---

① 胡继华. 比较文学经典导读 [M]. 北京:北京师范大学出版社,2015:348.
② [德]沃·伊瑟尔. 阅读行为 [M]. 金惠敏,等,译. 长沙:湖南文艺出版社,1991:205.
③ 李泽厚. 美学四讲(插图珍藏本)[M]. 桂林:广西师范大学出版社,2001:167,174,177.
④ [德]荷尔德林. 荷尔德林文集 [M]. 戴晖,译. 北京:商务印书馆,1999:235.
⑤ [德]荷尔德林. 烟雨故园路:荷尔德林书信选 [M]. 张红艳,译. 北京:经济日报出版社,2012:196.
⑥ [德]海德格尔. 荷尔德林诗的阐释 [M]. 孙周兴,译. 北京:商务印书馆,2014:36.

现、对爱的歌咏等。其求索的精神、高亢的声音，始终徘徊，字字令人如坠梦中；诗中的人生梦境就像失去神庙的圣龛，单薄又孤独、奇妙又沉静、纯粹①又复杂，诗人借此思考终结之境地。而终结与分裂往往是轻易的，探求之路却是不易的，荷尔德林以诗歌为依凭，不断追寻灵魂上的醒悟和升腾，勇敢直面怀疑、难堪、恐惧、讨厌、折磨和疼痛。其诗中借助丰赡的对立义素与对位结构，以有限的生命和无限的死亡作比，就种种难题给出荷尔德林式的解答，推动读者走出迷惘界限。荷尔德林将"恩培多克勒式"精神注入凡俗肉体，试图建构"许佩里翁"所寻找的美好彼岸世界，达至哲思和诗意交织的诗境，从而使现代灵知气息弥漫开来。

简而言之，荷尔德林承担起了诗人的责任，融会新思、塑造对立义素、推动转换生成，在混沌的西方现代世界中淬炼灵魂与诗性的纯粹结晶，迈向千禧年主义灵知的回转之路："成为一个公正的人，在他的天性力所能及的每一时刻去思考和创造。"②

参考文献

1. ［奥地利］里尔克. 杜伊诺哀歌［M］. 林克，译. 上海：同济大学出版社，2009.
2. ［奥地利］斯蒂芬·茨威格. 与魔搏斗的人：荷尔德林、克莱斯特、尼采［M］. 潘璐，等，译. 合肥：安徽文艺出版社，2012.
3. ［德］保罗·策兰. 保罗·策兰诗文选［M］. 王家新，黄虎，译. 石家庄：河北教育出版社，2002.
4. ［德］弗·荷尔德林. 荷尔德林诗选［M］. 顾正祥，译注. 北京：北京大学出版社，1994.
5. ［德］歌德，席勒. 歌德席勒文学书简［M］. 张玉书，张荣昌，译. 合肥：安徽文艺出版社，1991.
6. ［德］海德格尔. 荷尔德林诗的阐释［M］. 孙周兴，译. 北京：商务印书馆，2014.
7. ［德］汉斯·昆，瓦尔特·延斯. 诗与宗教［M］. 李永平，译. 北京：生活·读书·新知三联书店，2005.
8. ［德］荷尔德林. 荷尔德林后期诗歌（评注 卷上）［M］. 刘皓明，译. 上海：华东师范大学出版社，2009.
9. ［德］荷尔德林. 荷尔德林后期诗歌（文本卷 德汉对照）［M］. 刘皓明，译. 上海：华东师范大学出版社，2009.
10. ［德］荷尔德林. 荷尔德林文集［M］. 戴晖，译. 北京：商务印书馆，1999.
11. ［德］荷尔德林. 烟雨故园路：荷尔德林书信选［M］. 张红艳，译. 北京：经济日报出版社，2012.
12. ［德］沃·伊瑟尔. 阅读行为［M］. 金惠敏，等，译. 长沙：湖南文艺出版社，1991.
13. ［德］席勒. 席勒文集（第6册）［M］. 张玉书，等，译. 北京：人民文学出版社，2016.
14. ［美］哈罗德·布鲁姆. 影响的焦虑［M］. 徐文博，译. 北京：生活·读书·新知三联书店，1989.
15. ［苏］巴赫金. 巴赫金全集［M］. 钱中文，等，编译. 石家庄：河北教育出版社，1998.
16. ［英］玛·布尔顿. 诗歌解剖［M］. 傅浩，译. 北京：生活·读书·新知三联书店，1992.
17. ［英］乔治·斯坦纳. 通天塔：文学翻译理论研究［M］. 庄绎传，编译. 北京：中国对外翻译出版社，1987.
18. ［英］伊莉莎·玛丽安·巴特勒. 希腊对德意志的暴政：论希腊艺术与诗歌对德意志伟大作家的影响［M］. 林国荣，译. 北京：社会科学文献出版社，2017.
19. Bertaux, Pierre. *Le lyrisme mythique de Hölderlin*［M］. Paris：Librairie Hachette, 1936

---

① 荷尔德林自己也论述过"纯粹"这一观念，可参见［德］荷尔德林. 荷尔德林文集［M］. 戴晖，译. 北京：商务印书馆，1999：223—224.

② ［德］荷尔德林. 烟雨故园路：荷尔德林书信选［M］. 张红艳，译. 北京：经济日报出版社，2012：44.

20. Heidegger, Martin. *Gesamtausgabe：Erläuterungen zu Hölderlins Dichtung*［M］. Frankfurt am Main：Vittorio Klostermann, 1996.

21. Heidegger, Martin. *Gesamtausgabe：Hölderlins Hymnen：Germanien und Der Rhein*［M］. Frankfurt am Main：Vittorio Klostermann, 1998.

22. Hölderlin, Friedrich. *Friedrich Hölderlin Essays and Letters on Theory*［M］. Thomas Pfau（ed.）, New York：State University of New York Press, 1987.

23. Hölderlin, Friedrich. *Gesammelte Werke*［M］. Frankfurt am Main：Fischer Taschenbuch Verlag, 1990.

24. Rilke, Rainer M.. *Duino Elegies：English and German Edition*［M］. James Blair Leishman, Stephen Spender（trans.）, New York：W. W. Norton & Company, 1939.

25. Said, Edward W.. *Culture and Imperialism*［M］. New York：Vintage Books, 1993.

26. Schmidt, Jochen. *Hölderlins Elegie Brod und Wein，Die Entwicklung des hymnischen Stils in der elegischen Dichtung*［M］. Berlin：De Gruyter, 1968.

27. Woezik, Cia van. *From the I's Absolute Ground in Hölderlin and Schelling to a Contemporary Model of a Personal God*［M］. Leiden：Koninklijke Brill NV, 2010.

28. 方维规. 似"诗"而非谈"文学"——误译背后的概念史问题［J］. 北京大学学报（哲学社会科学版），2022（3）.

29. 胡继华. 哀歌迎神　宗教和解：略论荷尔德林的《面包与葡萄酒》［J］. 中国文化，2014（2）.

30. 胡继华. 比较文学经典导读［M］. 北京：北京师范大学出版社，2015.

31. 胡继华. 浪漫的灵知［M］. 北京：北京大学出版社，2016.

32. 李泽厚. 美学四讲（插图珍藏本）［M］. 桂林：广西师范大学出版社，2001.

33. 宗白华. 美与人生［M］. 北京：北京理工大学出版社，2012.

（周安馨　北京师范大学 2022 级博士生　指导教师：刘燕）

论陀思妥耶夫斯基早期作品中作为叙述策略的"凝视"

王可欣

摘　要："凝视"理论诞生于文化研究领域，常被用于从权力规训的角度分析个体主体性的构建。小说中的"凝视"往往激发主人公自我意识的变化，决定主人公主体性的建构与瓦解，进而成为小说的主要叙事动力。考察陀思妥耶夫斯基早期小说中对"凝视"的拒绝、"他者凝视"、"小丑凝视"等不同的"凝视"形态，可以为解读陀思妥耶夫斯基的叙述方式和叙述策略提供一种新的角度。

关键词：陀思妥耶夫斯基；"凝视"；叙述策略；主体性；自我意识

自巴赫金创建了对话主义和复调理论后，文学作品中的话语叙述和思想对话都成了研究的重点。值得注意的是，对话和复调中的声音都是有声的思想，而目光是无声的思想，目光之间的交流，构成了"凝视"的不同形态。在陀思妥耶夫斯基（下文简称"陀氏"）的小说中，人物的目光交流在实现最基本的交际功能的同时，还渗透着通过体现自我意识的"凝视"来施加或接受权力影响的可能。在现代文化研究领域，"凝视"理论常被用于从权力规训的角度来分析个体主体性的构建，它可以追溯到文艺复兴时期，当时的绘画理论推崇真实的透视效果，这一理论在电影、小说叙事中具体表现为全知全能的叙事视角。到了20世纪，后现代理论以主体建构的维度为传统的凝视理论生发了新的阐释空间。① 法国哲学家萨特首先将"视点"放在哲学研究中。对于萨特来说，"视点"的基础是"注视"，其中意识到"他人的注视"尤为关键："他人的注视"剥夺了我的主体的权力，我不再成为自己的主人，处于他人的定义之中。② 由于人们在"注视"中内化他人的价值判断，把他人的审视误认为评判自身的标准，从而失去自身主体性，因此"他人的注视"可能成为主体性崩溃的导火线。如果说，萨特关注的是他人的目光，那么法国的另一位哲学

---

① 姜小卫. 凝视中的自我与他者——保罗·奥斯特小说《纽约三部曲》主体性问题探微［J］. 当代外国文学，2007（1）：29.
② ［法］萨特. 存在与虚无（修订译本）［M］. 陈宣良，等，译. 北京：生活·读书·新知三联书店，2014：348.

家拉康关注的是自我的目光。拉康认为,"自我根本上是他人,故人的欲望是他人的欲望"①。拉康从人类在婴儿时期看到镜中的自我为切入点,解释"自我凝视"中形成的主体认同具有异己性和虚幻性,它永远与现实存在一定差距。福柯对"凝视"的解读在此基础上拓展到社会规训层面,在他看来,"凝视"是权力渗透观看方式的表现,"不需要军队、有形的暴力、物质的约束,仅仅是一种'凝视',每个人在他的重力之下将通过内化而成为自身的监工"②。在全景式敞视监狱中,犯人被观看,却没有观看他人的权利,可见"凝视"成为一种宣示力量的权力工具。

众所周知,俄罗斯哲学思想与文学作品的发展总是呈现相互成就、相互补充的规律,陀氏及其同时代作家的创作也不例外。俄罗斯学者基奥格捷娃(Я. Н. Дёгтева)从宗教哲学的角度分析陀氏创作中的"他者凝视",指出陀氏作品中"他者凝视"的特质是理解"人的自然特性"(натура человека)。③ 这里"人的自然特性"剥离了人的社会性质,将关注点集中在人本身的认知与潜能。笔者认为,在陀氏的创作中,人的主体性存在于人与社会的关系中,在概念上更为接近于谈论人与世界能动关系的"现代主体性"。在俄罗斯学界,批评家们更倾向于从叙述学的角度来看待这一点。当代俄罗斯学者科瓦廖夫(О. А. Ковалёв)在他的专著《陀思妥耶夫斯基创作中的叙述策略》(Нарративные стратегии в творчестве Ф. М. Достоевского)中系统地总结了陀氏创作中的主体性构建问题,指出陀氏从处女作《穷人》(Бедные люди)就开始从内部视角关注主人公的主体生成。④ 科瓦廖夫论述中的"内部视角"指的是陀氏创作中对人物心理现实的关注,具体而言,小说对心理现实的刻画主要通过人物之间的"凝视"得以实现。陀氏作品中的主体建构与其说同"视角"关系密切,毋宁说同人物之间的"凝视"有着千丝万缕的联系,借助现代"凝视"理论对主体建构的解读来研究陀氏的早期作品,或许可以为研究陀氏作品提供新的阐释维度。陀氏的早期作品指的是他在1849年流放西伯利亚之前发表的作品,由于《斯捷潘奇科沃村及其居民》(Село Степанчиково и его обитатели)构思于西伯利亚流放期间,在创作思想上仍旧延续了陀氏早期创作的理念,因此本文也将其纳入分析范围。⑤

一、对"凝视"的拒绝

陀氏早期作品,特别是《双重人格》(Двойник)受到别林斯基等人的指责,陀氏作

---

① 黄作. 不思之说——拉康主体理论研究[M]. 北京:人民出版社,2005:227—228.
② [法]福柯. 规训与惩罚[M]. 刘北成,杨远婴,译. 北京:生活·读书·新知三联书店,2008:148.
③ Проблема чужого взгляда философской мысли и творчестве Ф. М. Достоевского[J]. Вестник Брянского госуниверситета,2016(4):128.
④ Ковалёв. О. А.. Нарративные стратегии в творчестве Ф. М. Достоевского[M]. Барнаул:Издательство Алтайского университета,2011:22.
⑤ 至于陀氏早期另外两部著名小说《穷人》和《双重人格》,笔者有另文专论,此不赘述。

品中的"浪漫主义、幻想、抽象"①等元素成为批评家的诟病之处。然而,对于未发生之事的幻想,对于无形之物的恐惧,在19世纪的批评家们看来无法理解的部分才是陀氏超出同时代人之处,幻想与行动的脱节、欲望与现实的纠结是19世纪俄国文学中幻想家形象的典型特征。陀氏早期塑造的主人公杰武什金、戈利亚德金、瓦夏·舒姆科夫等人物身上均有幻想家的影子。耽于幻想的特质在《普罗哈尔钦先生》(Господин Прохарчин)的主人公普罗哈尔钦先生身上极为明显。小说中普罗哈尔钦先生幻想世界与真实世界的交界处被一面破旧的屏风隔开,普罗哈尔钦先生闭口不谈屏风之内的生活,同时也对外界好奇的目光时刻保持警惕。陀氏主人公们的行为,即"不观看,遮蔽自己的眼睛,这样才能不被看到"②,表面上想要保证幻想世界的安全性,而实际上无异于掩耳盗铃。跟普罗哈尔钦先生刻意伪装成一个无聊至极的人以拒绝"凝视"相类似,杰武什金也避免观看他人、屏蔽外界,以防暴露,杰武什金与瓦尔瓦拉虽然近在咫尺,但他只从窗帘一角小心翼翼地观看对方,极少登门拜访(《穷人》),而戈利亚德金在公共场合总是低着头,感觉什么也看不见(《双重人格》)。对他们来说,暴露和被暴露在他人目光下,都意味着一定的危险。在"凝视"的意义上,观看的行为能将观看的主客体分裂开,主体与客体在观看中形成力量的对比。主人公们拒绝"凝视"外界,意味着拒绝将自我与他人分裂开,逃避自我身份认证,否认外部世界的评价。"凝视"的不在场是主人公的自我欺骗,通过对"凝视"的拒绝与排斥,主人公远离了能够映射出自己身影的镜子,企图继续过着自我隔绝、自我保护的生活。

在陀氏早期主人公中,普罗哈尔钦先生对"凝视"的拒绝最为彻底,他不仅拒绝外界的"凝视",也拒绝"自我凝视"。沉浸在幻想世界的普罗哈尔钦先生唯一的生活寄托是积攒钱财,他虽然切断与外部世界的交流,但仍坚持将每天积攒下来的卢布塞进床垫缝,可他从未打开看过,也从未清点积蓄,不安全感驱使他想方设法省下一切开支,不放过任何一卢布。危机感促使他不停地节省和积蓄,但每增加一点钱财就更增加了他"被凝视"的可能和危险,他开始陷于无法自拔的恶性循环中,其实,"他无法意识到他一直恐惧的不安全感并不取决于世界,而是取决于他自己"③。在严格的意义上,陀氏作品中的第一个最充分的幻想家型的主人公,应该是《女房东》(Хозяйка)的奥尔登诺夫,而更早的杰武什金、戈利亚德金、普罗哈尔钦先生等都跟他有共同之处,因为他们都是脱离现实生活的人,幻想于他们来说比现实更有吸引力。现实与幻想的碰撞,展现了小说主人公的想象与现实生活之间的张力。在《卡拉马佐夫兄弟》中,陀氏再次重申普罗哈尔钦先生等幻想家的悲剧性所在:长期脱离群体,让"彼此隔绝"的人养成了"不相信别人,不相信

---

① [俄] 别林斯基. 别林斯基文学论文选 [M]. 满涛,辛未艾,译. 上海:上海译文出版社,1999:511.
② "Замкнутое пространство" как доминанта художественного мира раннего творчества Ф. М. Достоевского и способы её представления [J]. Вестник СамГУ. 2011(1):256.
③ Terras, V.. Problems of Human Existence in the Works of the Young Dostoevsky [J]. *Slavic Review*, 1964(1):86.

人类的习惯，他战战兢兢地唯恐失去的只有他的钱，以及他已经得到的权利"①。在《普罗哈尔钦先生》中，陀氏有意无意间将主人公对外界的不相信、对积攒财富的信任通过"凝视"反映出来。主人公拒绝外界的"凝视"是因为他对他人目光的不信任、对外界评价的否定，而对"自我凝视"的拒绝，透露出主人公对失去金钱的担忧，为了隐藏自己的财富，普罗哈尔钦先生甚至不惜斥资买一把昂贵的德国锁，编造小姨子的谎言以吸引众人的注意，伪装赤贫如洗的生活惨状。因此，任何形式的"凝视"在普罗哈尔钦先生眼中都是有害的，他的生存就是为了千方百计规避"凝视"。

　　普罗哈尔钦先生对外界"凝视"的拒绝构成了他面对外界声音的主要态度，叙述者以"凝视"打破主人公的防线，进而创造故事发展的转折点。对外界声音的忽略与排斥使普罗哈尔钦先生长期处于一种不真实的状态中，这种状态介于个人幻想与现实认知之间，普罗哈尔钦先生因此被真正的生活隔绝在外。当外界发生变化，即新邻居以好奇心掀起屏风时，普罗哈尔钦先生同他的幻想空间一并进入和外界相互"凝视"的状态。长期缺乏同外界交流的幻想家们无法与外界正常交流，小说中的对话具有文不对题、答非所问的特点。"但普罗哈尔钦先生已经不再回答这个问题了……他已经无法再进行争论，也说不出什么话了……"② 小说中马尔克·伊万诺维奇在普罗哈尔钦先生病床前的谈话并未被直接描述，而是被叙述者一笔略过，甚至在叙述过程中，叙述者有意隐去谈话的具体字眼，专注于描述场面的滑稽可笑程度和人物的神态变化。普罗哈尔钦先生隐晦曲折的话语令人如堕入迷雾中，所有在场者进入了混乱的对话和争论中，对话的具体内容被阉割，人物内心在云雾缭绕的对话中通过目光交流得以延续，普罗哈尔钦先生灰色眼睛的闪闪泪光、众人的"凝视"是迷雾中隐约浮现的真实，在真实与模糊对话中推动情节发展。

　　即便主人公死去，"凝视"也没有就此停止。对普罗哈尔钦先生的"凝视"随着他的死去而结束，然而他本人对外界的"凝视"似乎直到他死去才开始。普罗哈尔钦先生临终的眼睛是眨巴眨巴的，跟"刽子手刀下鲜活的血淋淋的人头眼睛"③ 一样。发现巨款的众人再次回到普罗哈尔钦先生的床榻前，主人公不再是发呆迟钝的样子，看起来机智狡猾了不少，右眼眯缝着，一副深思熟虑的样子。死去的主人公比生前更富有生气，屏风被掀掉后真实世界彻底侵占了主人公的私人生活空间，普罗哈尔钦先生对他人的目光避无可避，以死亡构成最后的"凝视"。小说借助"凝视"讲述了一个避世小官员的故事，"凝视"以一种崭新的叙述方式代替对话，催化了主人公自我意识由封闭到开放状态的演变，小说中"凝视"由一开始的被拒绝、被躲避，到最后的密集出现，展现了主人公自我意识不断

---

　　① ［俄］陀思妥耶夫斯基. 费·陀思妥耶夫斯基全集（十五）[M]. 臧仲伦，译. 石家庄：河北教育出版社，2010：481.
　　② ［俄］陀思妥耶夫斯基. 费·陀思妥耶夫斯基全集（一）[M]. 磊然，郭家申，译. 石家庄：河北教育出版社，2009：404.
　　③ ［俄］陀思妥耶夫斯基. 费·陀思妥耶夫斯基全集（一）[M]. 磊然，郭家申，译. 石家庄：河北教育出版社，2009：406.

被激发、被影响,从而引发剧变甚至毁灭的过程,"凝视"贯穿小说的始与终。

二、强大他者的"凝视"

陀氏早期作品的主人公往往是与外界交流很少的"地下人"。处于封闭空间中的主人公们,一旦走出他们建造的个人空间,就会接触到外界刺眼的阳光,强烈的晕眩和怀疑充斥着主人公们的内心,他们的生活也迎来了最大的考验。与不具备选择性的太阳光带来的自然界"凝视"不同的是,等待主人公们的是拥有规训能力的社会"凝视"。在陀氏早期小说中,他人的目光往往具有"毁灭性",戈利亚德金在众人的"凝视"中失去独立人格(《双重人格》);遮挡目光的屏风被掀掉后,普罗哈尔钦先生忧虑成疾、不治而亡。来自外界的决定性目光象征着审判,他人的目光之所以具备"毁灭性",是因为在社会底层小人物的概念中,他者总是强大的、不可抵抗的,众多的他人形成了一个高于主人公之上的社会样态。①

强大他者的"凝视"在《脆弱的心》(Слабое сердце)的主人公瓦夏·舒姆科夫脆弱的心中形成了巨大的张力。主人公突如其来的幸福(即上司的眷顾与同心上人结婚的美好未来)如一道强光直接刺入他贫穷、卑微、对任何幸福都不敢奢望的现实世界。在他者的"凝视"下,主人公努力地调整私人生活空间和社会公共生活空间以尽量避免冲突,但长久以来对外界社会的认知与想象却使得这样的冲突尤为致命。约瑟夫·弗兰克认为,《脆弱的心》延续了普希金《青铜骑士》的思想:"个人欢乐('家庭幸福')都与某种国家职责(瓦夏的抄写任务)发生了对立……两人都因为由彼得堡所具体体现的国家政权不可避免地粉碎了享受宁静平凡个人生活的田园梦想而精神失常。"②弗兰克强调国家政权与个人平凡生活的本质对立,以此解释瓦夏的悲剧。也有学者认为,根据当时的社会境况,政府小职员由于犯错被送去服兵役的概率微乎其微。长官尤利安·马斯塔科维奇分配给瓦夏的抄写任务也并不紧急,然而瓦夏还是因为担忧而发疯,这主要源于瓦夏内心的"社会不平等意识"③,这种"不平等意识"根源于社会现实中的不幸,主人公们在他人的不幸中辨认出自己的命运。无论是弗兰克所言的国家政权与个人生活的冲突还是根源于社会现实的"社会不平等意识",都说明了"他者凝视"是故事得以发生的主要逻辑。

与陀氏其他早期作品不同的是,小说《脆弱的心》的叙述视角并非跟随主人公的行为移动,而是跟随好友阿尔卡季聚焦主人公,即借由阿尔卡季之眼"凝视"瓦夏。阿尔卡季

---

① [英]马尔科姆·琼斯.巴赫金之后的陀思妥耶夫斯基——陀思妥耶夫斯基幻想现实主义解读[M].赵亚莉,陈红薇,魏玉杰,译.长春:吉林人民出版社,2011:52.
② [美]约瑟夫·弗兰克.陀思妥耶夫斯基:反叛的种子,1821—1849[M].戴大洪,译.桂林:广西师范大学出版社,2014:414.
③ [俄]陀思妥耶夫斯基.费·陀思妥耶夫斯基全集(二)[M].郭家申,译.石家庄:河北教育出版社,2010:438.

和瓦夏在同一个地方供职，共同居住在一套公寓中，听说瓦夏订婚的好消息后，阿尔卡季道出了他对于瓦夏的担忧，他的担忧显示的正是外部世界对瓦夏的"凝视"。阿尔卡季的目光不只代表着外部世界对当前处境的真实判断，更是以瓦夏好友的角度看到了瓦夏本身的脆弱和"无法集中精力"完成任务的可能性。面对阿尔卡季的第一次"凝视"，瓦夏的脸色惨白，他由于焦虑不安无法继续工作。叙述中阿尔卡季为了缓解朋友的压力提出的建议——看望未婚妻成为小说进展的一大推力。读者跟着阿尔卡季"凝视"瓦夏的幸福所在，此时阿尔卡季的目光已经更多地从外界的"凝视"转向为与瓦夏的"自我凝视"同质的目光。回到居所，两人在对美好未来的期待中畅聊，当阿尔卡季询问瓦夏剩余的任务量时，他看到了好友"恶狠狠的目光"，瓦夏不同往常的目光意味着阿尔卡季的认知与瓦夏生活现实的疏离，这种疏离来自叙述中一个被刻意隐瞒的秘密，在读者和阿尔卡季目光之外的信息是瓦夏并不只剩"两个印张"的任务，而是有六个厚厚的笔记本，阿尔卡季因为对这个秘密的未知而对瓦夏的判断发生了偏差。由此，阿尔卡季的"凝视"又与外界的目光同质，均走向了瓦夏想象中的对立面。阿尔卡季对瓦夏"凝视"的出发点在外界—瓦夏—外界中游离，构成了小说的基本叙述方向。

陀氏在《脆弱的心》中不仅凸显出强大他者的"凝视"，也道出了这一"凝视"逻辑背后的残酷——小人物对美好生活的追求和彼得堡幻景本身一样虚妄，瓦夏的悲剧在彼得堡每时每刻都会发生。"强者和弱者，他们所有的房屋，贫民窟或金碧辉煌的府第……像一场梦幻，转眼就会化为乌有，变成袅袅青烟，飘向蓝天。"① 小人物的不幸往往是与强大他者对抗的结果，它揭示了"彼得堡所代表的现代性对所有个人情感的拒绝，它在本质上要求着人被异化为一台台没有情感的机器……"② 作为第三者的阿尔卡季以好友和外人的身份游离于瓦夏·舒姆科夫和强大他者的对峙中，阿尔卡季对"他者凝视"的认同、逃离和再认同的过程是对个体悲剧命运的体认过程，也是他变得"百无聊赖，幽愁暗恨"③的原因，阿尔卡季的消沉与萎靡不振，正是一个看清现实的"凝视"者的悲哀。陀氏借助主人公"脆弱的心"反衬"他者凝视"的毁灭性力量，"他者凝视"背后的目光不只来自某一个强大个体，也可能来自社会制度与权力机构。

三、超越目光的"小丑凝视"

陀氏早期作品中还存在另一种"凝视"，它表面上超越了众人的目光，以吸引更多的"凝视"为目的，我们称之为"小丑凝视"。《波尔宗科夫》（Ползунков）中的波尔宗科

---

① [俄]陀思妥耶夫斯基. 费·陀思妥耶夫斯基全集（二）[M]. 郭家申，译. 石家庄：河北教育出版社，2010：78.
② 向洁茹. 作为隐喻的风景——陀思妥耶夫斯基的风景书写与现代性 [J]. 俄罗斯文艺，2019（2）：75.
③ [俄]陀思妥耶夫斯基. 费·陀思妥耶夫斯基全集（二）[M]. 郭家申，译. 石家庄：河北教育出版社，2010：78.

夫、《斯捷潘奇科沃村及其居民》中的福马·福米奇·奥斯皮金便是如此。波尔宗科夫们穿扮惹眼,"几乎本能地能够猜到有人在观察他,而且会立刻转过身去,面对观察他的人,惴惴不安地琢磨对方投过来的目光"①。在众人面前,他们扮小丑吸引关注,用最戏谑、最低声下气的方式博众人一笑。他人的目光也可以说是这类主人公的生活依托,失去了"凝视"他们难以维持生活:为了博得听众的欢心,波尔宗科夫可以自揭伤疤;福马·福米奇宁愿放弃别人赠予的钱财,也要住在他能够掌握话语权的家中。"凝视"与"被凝视"已成为这类主人公的生存需要,所以"凝视"就构成了叙述的策略和重点。

与其他舞台演员不同,小丑有意建构自己"被观看"②的空间和效果,他们敢于与观众互动,也能够预料到自己的每一个手势和每一句话即将在观众心中激发的效果。这种接近于出乖离常的"小丑"表演可以说是一种"带有陌生化意味的凝视,它与布莱希特所提出的'间离效果'十分相似"③。波尔宗科夫们之所以愿意把自己丑化为一个最下流、最令人捧腹大笑的人,是因为他们相信,观众嘲笑的不是扮演者,而是小丑本身。在这个意义上,主人公们扮演小丑时超越了众人的目光,他们一边扮丑打诨、搞笑逗乐,一边以极高的自尊心看待自己演出的这场闹剧。因为他们深知自己所扮演的并不是别人,而正是站在自己面前的观众,观众嘲笑的对象其实是他们自己。波尔宗科夫"使他的观众面对着自己的某种形象。因为,他明白无误地告诉他们,他们全部生活在他所描绘的这个堕落腐化的世界里……"④ 这种间离式的"小丑凝视"呈现出主人公内心深处的高傲,构成主人公自我认同的方式。

小说的叙述动力在于揭示另一个事实,即作为小丑生活需要的目光同时也是折磨他们的痛苦之源。即便是通过"小丑凝视"的方式超越了众人的目光,主人公们在演出之后仍旧是小人物,他们的社会地位不会因为扮小丑产生变化,演出结束后,小丑不得不为他们的成功扮演承受真实的嘲笑。福马·福米奇是一个曾经的小丑,现在的伪君子。往昔的一切使福马·福米奇心中出现严重的人格扭曲。叙述者在福马·福米奇出场之前对他的性格做了精准的描述:"福马·福米奇有种根本不着边际的自尊心……它产生于极端的卑微之中,正如通常在这种情况下所发生的那样。"⑤ 长期扮演小丑的屈辱折磨着福马的心智,即便内心深处他将自己置于超越性的位置,作为小丑的福马在现实中依旧是寄人篱下的食客。具有细微差别的是,波尔宗科夫真诚地以逗人一笑为目的,福马的"小丑凝视"是不

---

① [俄] 陀思妥耶夫斯基. 费·陀思妥耶夫斯基全集(二)[M]. 郭家申, 译. 石家庄:河北教育出版社, 2010:3.
② Simon Eli. *The Art of Clowning* [M]. London: Palgrave Macmillan, 2009:3.
③ 程汇娟. 小丑与间离效果——解读《马戏团之夜》中隐含的女性主义策略 [J]. 英美文学研究论丛, 2012 (1):130.
④ [美] 弗兰克. 陀思妥耶夫斯基:反叛的种子, 1821—1849 [M]. 戴大洪, 译. 桂林:广西师范大学出版社, 2014:422.
⑤ [俄] 陀思妥耶夫斯基. 费·陀思妥耶夫斯基全集(三)[M]. 张有福, 译. 石家庄:河北教育出版社, 2010:255.

得已而为之，因此福马·福米奇承受着更多屈辱。《波尔宗科夫》和《斯捷潘奇科沃村及其居民》都讲述了小丑的故事，前者刻画了正在扮演小丑角色的波尔宗科夫，而后者描写的重点是已告别小丑时代却仍旧和周围人一起生活在"小丑凝视"氛围中还不得解脱的福马·福米奇。由此观之，福马·福米奇似乎成了未死的、晚年的波尔宗科夫。陀氏用这两部小说勾勒出"小丑凝视"的前半生和后半生，从而完整构建了生活在"小丑凝视"下的主人公的一生。然而无论是波尔宗科夫还是福马·福米奇，"小丑凝视"均未能帮助主人公们实现自我救赎、完成真正的主体性独立。

在小说中，"凝视"既是主人公自我安抚的手段，也是叙述的焦点。《波尔宗科夫》刻画了一幕完整的小丑闹剧，隐形的"小丑凝视"贯穿小说首尾，在笑话中断的地方，对"小丑凝视"的具体刻画显现在小说中："他停了一会，眼睛向大家扫视了几分钟，之后，他突然像是受什么旋风驱使似的，挥了挥手，自己也哈哈大笑起来，好像他真的觉得自己的处境十分可笑似的……"① 对"小丑凝视"的描写具有"剧中剧"的效果，同时也让叙述重心回归主人公本身而非他的故事，揭示主人公讲述自己失败往事时的可笑程度。福马·福米奇的小丑时代已经过去，他却仍旧以"小丑凝视"的惯性生活，千方百计地成为焦点。《斯捷潘奇科沃村及其居民》可以分为两大部分：福马·福米奇在场的部分和不在场的部分。当福马·福米奇出现的时候，他当之无愧成为焦点，即便他不出现，人物的活动也是围绕他进行。可见，对主人公"凝视"的关注，引导着小说叙述脉络的进展。

从主人公自我意识的角度看，"凝视"揭示了主人公主体性建构与解构的机制。在陀氏早期创作中，不同的"凝视"构成了主人公主体性变化的转折点，其中，对"凝视"的拒绝和超越"凝视"均为主体建构的主要方式，它们分别指向两个极端，而强大他者的"凝视"是主人公们主体性瓦解的根源所在。由于自知与强大外界力量的不可抗衡性，主人公们在"凝视"中产生的巨大恐惧消解了对现实的判断力，无论是想方设法地躲避来自他人甚至自我的"凝视"，还是表面上超越了"凝视"的小丑"凝视"，主人公们都无可避免地走向了主体性崩塌的悲剧结局。

陀氏早期小说中悲剧结局的设置并非偶然。陀氏以普罗哈尔钦先生、瓦夏·舒姆科夫、波尔宗科夫等小人物为主人公，或许并不仅仅是出于对俄国社会底层个体的关注，更反映出作家对处于转型时代中的俄国的命运与发展路径的忧思。19世纪俄国处于接受西方社会思潮和固守俄国东正教传统的剧烈冲突中，俄国社会中的人们面临着前所未有的挑战和新的选择。陀氏以复杂社会的底层个体为描写对象，在描述他们的目光和"凝视"的同时，也在通过他们的目力所及和"凝视"所得，以另一种方式叙述、展现自己的家国情怀和人文智慧，可以说，这也是一种独特的叙述策略。

---

① [俄]陀思妥耶夫斯基. 费·陀思妥耶夫斯基全集（二）[M]. 郭家申，译. 石家庄：河北教育出版社，2010：16.

结　语

　　陀氏早期小说的主人公通常具备孤僻、自说自话、偏爱幻想的特点，语言未能有效地实现主人公与社会的对话，能轻易抵达心理现实的"凝视"因此成为主人公与外部世界交流的桥梁。普罗哈尔钦先生和瓦夏通过躲避"凝视"确认自我，波尔宗科夫们超越"凝视"扮演他人，不相称的欲望和社会体制的冲突致使自我发展的不可能性在社会"凝视"下暴露无遗，最终导致三体性土崩瓦解。普罗哈尔钦先生们的不安全感与波尔宗科夫们的屈辱感在很大的程度上代表了陀氏那个时代底层人们的普遍情绪。正是因为"凝视"以较直观的方式呈现出人物内心最深层的意识变化，使得陀氏早期作品在叙述上引人入胜、别具一格。以"凝视"作为叙述研究的切入点，一个关于陀氏早期小说的新的叙述空间将由此打开。

参考文献

1. ［俄］别林斯基. 别林斯基文学论文选［M］. 满涛，辛未艾，译. 上海：上海译文出版社，1999.
2. ［俄］陀思妥耶夫斯基. 费·陀思妥耶夫斯基全集（二）［M］. 郭家申，译. 石家庄：河北教育出版社，2010.
3. ［俄］陀思妥耶夫斯基. 费·陀思妥耶夫斯基全集（三）［M］. 张有福，译. 石家庄：河北教育出版社，2010.
4. ［俄］陀思妥耶夫斯基. 费·陀思妥耶夫斯基全集（十五）［M］. 臧仲伦，译. 石家庄：河北教育出版社，2010.
5. ［俄］陀思妥耶夫斯基. 费·陀思妥耶夫斯基全集（一）［M］. 磊然，郭家申，译. 石家庄：河北教育出版社，2009.
6. ［法］福柯. 规训与惩罚［M］. 刘北成，杨远婴，译. 北京：生活·读书·新知三联书店，2008.
7. ［法］热拉尔·热奈特. 叙事话语·新叙事话语［M］. 王文融，译. 北京：中国社会科学出版社，1990.
8. ［法］萨特. 存在与虚无（修订本）［M］. 陈宣良，等，译. 北京：生活·读书·新知三联书店，2014.
9. ［美］约瑟夫·弗兰克. 陀思妥耶夫斯基：反叛的种子，1821—1849［M］. 戴大洪，译. 桂林：广西师范大学出版社，2014.
10. ［苏］巴赫金. 巴赫金全集（五）［M］. 白春仁，顾亚铃，译. 石家庄：河北教育出版社，1998.
11. ［英］马尔科姆·琼斯. 巴赫金之后的陀思妥耶夫斯基——陀思妥耶夫斯基幻想现实主义解读［M］. 赵亚莉，陈红薇，魏玉杰，译. 长春：吉林人民出版社，2011.
12. Simon Eli. *The Art of Clowning*［M］. London：Palgrave Macmillan，2009.
13. Terras，V.. Problems of Human Existence in the Works of the Young Dostoevsky［J］. *Slavic Review*，1964（1）.
14. Дёгтева. Я. Н. Проблема чужого взгляда философской мысли и творчестве Ф. М. Достоевского［J］. Вестник Брянского госуниверситета，2016（4）.
15. Дёгтева. Я. Н.. Чужой взгляд в повести Ф. М. Достоевского "Двойник"［J］. Вестник Северного（Арктического）федерального университета имени М. В. Ломоносова，2018（5）.
16. Ковалёв. О. А.. Нарративные стратегии в творчестве Ф. М. Достоевского［M］. Барнаул：Издательство Алтайского университета，201 .
17. Портнов. Г. О.. "Замкнутое пространство" как доминанта художественного мира раннего творчества Ф. М.

Достоевского и способы её представления［J］. Вестник Сам ГУ, 2011（1）.

18. Портнов. Г. О. . Поэтика обмана в "Петербургском тексте" русской литературы（на примере ранних произведений Достоевского）［J］. Известия Самарского научного центра Российской академии наук, 2011（2）.

19. 程汇娟. 小丑与间离效果——解读《马戏团之夜》中隐含的女性主义策略［J］. 英美文学研究论丛, 2012（1）.

20. 黄作. 不思之说——拉康主体理论研究［M］. 北京：人民出版社, 2005.

21. 姜小卫. 凝视中的自我与他者——保罗·奥斯特小说《纽约三部曲》主体性问题探微［J］. 当代外国文学, 2007（1）.

22. 向洁茹. 作为隐喻的风景——陀思妥耶夫斯基的风景书写与现代性［J］. 俄罗斯文艺, 2019（2）.

（王可欣　中国社会科学院大学 2018 级硕士生　指导教师：万海松）

·语言学·

独白中"这就/这不就"和"这也/这不也"的引述转换位置敏感及所含意外

李静文

摘　要：言者在独白中还原自然口语对话是一种特殊的语言现象，夹杂了叙述体和对话体两种语体。根据位置敏感理论，"这就/这不就"和"这也/这不也"在引述转换位置的前后位置不同，语用功能也就不同。本文对比分析了预示语部分和回应评价部分四对标记的所含意外差异，并进一步探求责怨范畴和证言范畴是如何语用迁移出所含意外的。本文基于所研究的语言现象，分析了"这"的程度义，"这"与"那"的不对称性，"也"和"就"的差异。最后，从同盟立场和情感共鸣、凸显焦点和引发关注、委婉礼貌和负面评价角度探讨了引述转换中意外表达的主观性和交互主观性功能。

关键词：独白；引述转换；这就/这不就；这也/这不也；位置敏感；所含意外

独白中插入的对话体是言者有意模仿自然口语对话，其中有两种情况：一是言者还原了过去的交际场景，二是言者预设了未来可能发生的交际场景。前者是叙实性的，后者是虚拟性的。独白中出现对话和叙述两种语体的转换会使得引语前后的表达带有主观情感印记，从而体现言者在独白中引入对话的主观意图。这种情况前后一般不出现被引述对象，如"某某说"，而是对话和叙述的直接转换，具有言者的仿拟性。如：

（1）这年头"我爸是李刚"的噱头真多：什么"以我家的财力搞定这事没问题！"年轻人，看你们穿着打扮还可以，应该懂得微博热议"我爸是李刚"这档事啊！喝完酒乱闹事，也不怕群众人肉搜索你，还"某某的儿子在这里"呢！我对你真是很无语！！！（微博语料）①

（2）我懂大二有时天气不好，教授像历经劫难一样推开教室门冲我们灿烂一笑，仿佛对我们说"你们看，我为了见大家是多么的努力，来，让我们进入今天的课程~"底下学生就"．．．．您可以不用勉强自己的"，哈哈哈哈哈哈底下学生好诚实

---

① 注：本文语料来自 BCC、CCL、MLC 语料库，微博等网络语料及电视综艺访谈语料。

呀。（BCC 对话语料）

（3）原来是还扮出"好心"的样子，说什么"一个妇女做事要有分寸"，"做事不要过分，要当个好心人"等等。（《福建日报》1970 年）

从例（1）和（2）中可以看出，在讲述中，当叙述独白语体向对话语体转换的时候，"还"和"就"出现在引述话语之前，言者有意模仿当时的情景。这与引述性套用不同，这种虽然表面是语体的转换，但实际上是用对话的形式在叙述，是两种语体的融合，但是从主观互动性角度又与引述性话语有相似之处。比较两者发现，虽然两者都是引述话语但是仍然存在差异。

另外，本文还分析了两类副词与语气词共现的情况，如，还＋"X"＋呢，就＋"X"＋的。这种引述多具有意外性。例（3）言者用"说什么"再现了当时的场景，否定了引语的内容，具有负面评价功能。与之类似的还有，什么叫'X'""别'X'""谁说'X'"等。王长武探讨了引述回应格式，他认为引述回应是听者通过引用对方言语的方式，表达对对方话语的认识和态度。①但是本文认为，除了以引用对方话语的方式来表明主观立场外，还可以通过对引述的话语本身进行后续评价的方式表明立场。如：

（4）靖尧对他的讽刺不以为意，定定看着他。"你不是常说，人可无官，却不可无妻，我只是照着你的话做罢了！"真是的，即使到这种时候，嘴上依旧不让人，不过若非如此，就不是他所熟悉的那个自大傲慢的骆靖尧了，少华摇头傻笑。（孟华 1999《娘子休夫》）

从例（4）中我们可以看出，"真是的"对话语的否定，具有元语功能，是引述后评价。这类言者自身对自身模仿引述话语进行评价的元语语用用法目前还很少有人研究。

调查语料发现，"这（不）就'X'""这（不）也'X'""'X'这（不）也 Y""'X'这（不）就"这四种情况经常出现在引述话语的语境下，对比发现，它们分别表达言者的疑问、传信、证实、责怨等不同主观性态度，但都会语用迁移出意外情绪。在互动交际中，言者主动表达意外往往具有特殊的语用目的。结合位置敏感语法，"这就/这不就"和"这也/这不也"四对有标记的语言现象在引语前后不同位置出现会被赋予不同的主观性和交互主观性功能。

一、独白中对话体和叙述体的语体转换

（一）特殊的引述：仿拟

言者在独白中有意模仿"对话"的形式是一种特殊的引述，与常规引述出现的对话语境不同，它常出现在独白语境中由独白者单人完成。模拟"对话"大多不明确话语来源的

---

① 王长武. 现代汉语引述回应格式研究 [D]. 上海：上海师范大学博士学位论文，2016.

对象，也并不是对当时对话的完全还原，常附加言者自身的主观态度或者更关注听者的主观感受。这时常会伴有语音改变、副语言、眼神、手势、动作等多模态的出现。这种仿拟现象与篇章语境中直接明确的直接或间接引语不同，也并不是一种套用、化用或者借用，仿拟式引述是言者故意在独白叙述中加入模仿的成分，从而表达言者的主观态度，换句话说，模拟对话是加入言者态度和听者感受的引语方式。除了表达言者主观性外，在叙述中加入对话语体，也凸显了交互主观性，即更加关注听者的反应，体现互动交际中言者假定言谈双方都在场的话语特点。仿拟既可以是对曾经发生过的场景中某人的话进行还原性引述，也可以是对未来可能发生的场景进行想象式引述。前者具有叙实性，后者具有揣测性，前者主观性弱，后者主观性强。

（二）仿拟前景触发和仿拟后续立场

目前学界大多是孤立地看引述语的语义特点和语用功能，很少关注引述语前后的语境制约。在实际的语料调查中我们发现，仿拟对话前通常有前景的触发。何自然指出，所谓预示语列，就是施为前语列，即以言行事前，先用某些话语进行探听，看可否向对方实施某一言语行为。[①] 根据自然会话的研究思路，我们认为在独白中引述的前景部分是触发言者引述的关键部分，它触发了言者引述话语的主观态度，提示听话者更加关注引述话语的情态立场和语用目的。魏晓斌指出元语用意识为说话人的语篇介入、评价手段提供了空间，成为话语主观意义生成与表达的重要途径。[②] 元话语既然是"关于基本话语的话语"，它必然包括对语言表达形式、内容的思考与选择。仿拟后续立场是对引语的评价，具有元话语特征，表明说话人对基本话语的态度。仿拟后续立场是对引语的反射。

（三）篇章管界、回指及引述前后位置

"管界"是廖秋忠在1987年提出来的一种语篇现象，指的是某个管领词语（如动词、各种修饰语等）所支配、修饰或统领的范围。廖文进一步指出："根据结构关系的地位，带篇章管界的管领词语可分为句中的与篇章的两大类。在大多数情况下，它们的管界只是句子本身的一部分，只有当管界用一句话表达不了时，才构成篇章管界。"[③] "这就/这不就"和"这也/这不也"在引述话语前位置，它的管界范围是引述的整个话语，表面是句子管界，其实是篇章管界。这四对语言表达与后面引述的话语相互影响，共享了言者的主观态度。

"回指"作为语篇中最为重要的衔接手段之一，是构建句法关系、语义关联和概念连通的重要纽带。梁鲁晋指出，"通过使用不同的回指手段，作者寻求与读者共同的信仰、态度、一致性、思想的赞同和支持"[④]。本文认为"这就/这不就"和"这也/这不也"四

---

① 何自然. 语用学概论 [M]. 长沙：湖南教育出版社，1988.
② 魏晓斌. 元语用视域下的元话语研究 [J]. 河池学院学报，2020（6）.
③ 廖秋忠. 篇章中的管界问题 [J]. 中国语文，1987（4）.
④ 梁鲁晋. 语篇中回指的功能 [M]. 厦门：厦门大学出版社，2008.

对概念中的指示代词"这"回指了前面整个引语,"这就/这不就"和"这也/这不也"这四对概念后续的评价立场是为了与听者寻求共鸣。

二、引语促发位置的所含意外

郑娟曼根据有无语用推理过程的参与①,将它分为所言(what is said)预期和所含(what is implied)预期②。前者是不需要经过语用推理直接在语句中呈现出来的命题信息,但会有认识情态上的差异;后者需要通过语用推理获取,依赖的话段可以是直陈语气,也可以是疑问语气。所含预期的表达因为其间接性,并不承担某种社会行为。本文认为与预期范畴的所言和所含的理论相对应,意外范畴也有所言和所含之分。所言意外是指不需要经过推理,本身就表达意外的语言形式,如"竟然";所含意外是指通过语用推理后才明示意外的语言表达形式,这些语言表达形式本身与意外无关,所以所含意外关联语义、语用学不同范畴,这些范畴发生了语用迁移形成了意外,比如疑问、传信、示证、责怨、否定等范畴。

(一)预示促发语中"这就"和"这不就"的所含意外异同

本文认为,在引述话语时"这不就"更倾向于"这不"的语用含义,"就"为随即义,用在引述的预示促发语中有解答疑惑、证明因果的话语目的,提高认知的凸显度,与听者产生"事态发展是顺理成章"的共鸣,后面常有语气词"嘛"共现,具有凸显引语的作用。"这就"与"这不就"相同点是两者都表达"证实",不同点在于,"这就"是"行将"义,相当于"马上"。"这不就"在于表达释因解惑,关键解答了引语的定义。从逻辑关系来讲,"这就"是顺承,"这不就"是因果。

(5)他们又不熟悉作家所描写的生活,单凭自己的想像强求作品,这就"作品不切实际,没有正能量,逻辑混乱"。这种批评的后果恶劣。(BCC语料库)

(6)一旦你把人民政府、政府的领导人摆到人民群众之中,这不就"平起平坐"了嘛?(BCC语料库)

例(5)中的"这就"与"单凭"共现,言者认为"这就"后面的引用的话语"过于草率",后续的评价"这种批评的后果恶劣"也是负面的,预示了言者责怨的主观态度。从而表达了言者意外的情绪。例(6)言者试图解释前文提到的"平起平坐"。言者之所以"证言"是因听者不理解"平起平坐"的概念,从而因认知差异感到意外。

(二)预示促发语中"这也"和"这不也"的所含意外异同

陈鸿瑶、吴长安"也"在判断语境中获得了[+判断]的语义特征,进而衍生出

---

① 郑娟曼. 所言预期与所含预期——"我说呢、我说嘛、我说吧"的用法分析[J]. 中国语文,2018(5).
② 郑娟曼. 所言预期与所含预期——"我说呢、我说嘛、我说吧"的用法分析[J]. 中国语文,2018(5).

[+强调]的语义特征,使其在表达说话人主观性上具有优势,在表达上给人以现场感。[1] 本文认为"也"的副词功能受到语气词的影响,王统尚、石毓智、张小峰都曾对"也"的强调功能做过详细的探讨,并都认为句中的"也"和句末的"也"都具有强调焦点的功能。[2]"也"所标记的话题由于强调而自然带上了"对比"的色彩,而话题的对比不仅是为了提示不同话题,更重要的是要听话人注意后面述题对不同话题的不同陈述。陈鸿瑶、吴长安句中并不是对"也"前成分的对比,说话人更希望听话人或读者注意的是关于话题的评述内容,即话题后的成分才是句子的表义重点,也是更为具体的对比内容,[3] 这也是句中语气词的普遍功能,所以我们认为"也"标记的成分不是"对比焦点",而是"话题焦点"。"这也"中的"这"回指前文,"这不也"更倾向于"这不"的语义,"也"在这两个结构中表示强调。

(7) 他一派胡言乱语的流毒,使有的兄弟党的斗争受到了严重的挫折,难道这也"不是原则问题"吗?(BCC语料库)

(8) 她毫不顾忌别人的感受。总是以"没办法"为由,贪图小便宜,弄得大家都不高兴,她手机坏了就说"我也没办法,等过几天发工资再换手机吧,先借用一下。"要是我不借给她,这不也"没办法"。(微博)

例(7)"这也"与"难道"共现,是强调式的反问,言者认为"这也"前的原因不能导致后面"不是原则问题"的说法,是对前后因果关系的否定。"这也"反驳了引语"不是原则的问题"的话语,这种反问表达了言者意外的情绪。例(8)的"这不也"有"这不"结果证实的语义特征,"也"表强调,"这不"类"证言"表达了言者主观道义上认为事态应该这样"被认知"而事实并非如愿,事实和主观预期违背产生无奈情绪,从而形成了所含意外。

(三) 预示促发语中"这就"和"这也"所含意外异同

(9) 我只是不小心碰了她一下,这就"我告你欺负同学",大惊小怪的,还不知道谁欺负谁呢。(BCC语料库)

(10) 他比"万金油"的作用大得多,到哪都"管"一大片。既不懂经济,不精通业务、技术,又不能"白吃饭","管"什么呢?只得"管"指令别人起草文件,他签字"照发","发"往各个单位;"管"让别人写"讲话稿",他"照本宣读"。有时虽然把"衷心祝贺"念成"哀心祝贺",将"郁郁葱葱"读成"有有忽忽",闹得哄堂大笑,这也"无关大局"。反正我没"呆"着!文件"发"了,会也"开"了,你不听,不干,能怨我么?(BCC语料库)

---

[1] 陈鸿瑶,吴长安."也"字源流考察的主观化视角[J].语文研究,2010(2).
[2] 王统尚,石毓智.先秦汉语的判断标记"也"及其功能扩展[J]语言研究,2008(4).
[3] 陈鸿瑶,吴长安."也"字源流考察的主观化视角[J].语文研究,2010(2).

从例（9）和例（10）中可以看出，"这就"和"这也"都表达了"主观上认为事实不至于这样，而真实情况是事与愿违"的语义。从而表达意外情绪。不同点在于，"这就"预示后面引语与前面的内容关联度小，"这也"预示后面引语与前面内容构不成因果，可信度低。

（四）预示促发语中"这不就"和"这不也"所含意外异同

（11）你这么时尚的一个人，明天演唱会来众多明星，你不去，用你的话说，这不就"亏大了"。（补充来源）

（12）"护犊"之心谁都有，没有人不爱自己的孩子。她当年整天说自己有了孩子绝对不惯着，这不也"只要我这把老骨头还能挣，就缺不了孩子花的"。（微博）

"这不就"和"这不也"都是"这不"语义的引申，都有"证实义"。不同之处在于，"这不也"意外性要高于"这不就"。"这不就"主要是印证引语的事实正确性，即引语中所说的话与发生的事实一致；"这不也"主要印证引语的主观认知正确性，即证实了言者主观上认识的正确性。"这不就"是顺承关系，言者用"这不就"引出的话语证实了对前面叙实事实的意外，如例（11）言者对"你"不去演唱会感到意外，引语"亏大了"证明了我的意外情绪；"这不也"是让转关系，言者认为"这不也"后面的引语违背预期，如例（12）我对"只要我这把老骨头还能挣，就缺不了孩子花的"这样的说法感到意外。

综上所述，"这就""这也""这不就""这不也"都预示言者对引语的态度，表达意外情绪。"这就"行将义，言者感到事件发展的仓促；"这也"表强调，言者认为前因不导致后果，言者认为前后关联度小；"这不就"用引语证实事实的可信性，证实事实导致意外的情绪，"这不也"证实认知的正确性，用引语反驳前面的事实。在独白引述转换前，多为反问形式，表达预期愿望和引语事实相违背的意外。与不用在引语前面的情况不同，这四组结构用在引语前面，表明了言者模仿当时说话场景的目的，引起听者的关注。

三、引语回应位置的所含意外

（一）回应立场语中"这就"和"这不就"的所含意外异同

蔡旺、杨遗旗认为"不就"与"就"的异同在于：不就是[＋主观小量]，就是[＋主观小量]、[＋主观大量]。① 本文认为加上指示代词"这"后，回指前面的引述内容，"这不就"更倾向于"不就"的语用含义，有反问色彩，受到主观小量的影响用在引述后续回应位置有轻蔑不屑、证实结果及指认反驳的评价立场。而与"这不就"相比，"这就"更倾向于表达因事态的猝不及防而产生的负面义。

---

① 蔡旺，杨遗旗．"不就"与"就"的异同以及"不就"的词汇化[J]．兴义民族师范学院学报，2014（4）．

(13) 圆圆：所以我说的没错儿吧，您那哪算吉尼斯啊。

傅老：怎么不算呐？我也没说算全世界的嘛，我就算咱们家的还不行么？刚才我也翻了一下那本吉尼斯大全，啊就照他这么算沄，在我们家的范围之内，"谁——参加革命最早？谁——工作的时间长了？谁——得的奖状最多？谁——担当的职务最高？谁——"不是别人都是我嘛，这就体现了？哈哈，吃完饭圆圆，你再详细地帮爷爷统计统计，咱们家的吉尼斯纪录就出来了嘛哈哈。（《我爱我家》）

(14) 如果不心胸豁达，遇到事情"这都是你的错"。这不就激化了矛盾，引起了纷争了嘛。（微博）

例（13）"这就体现了"是合预期的意外，现实中合预期的概率低，言者往往因不相信合预期的实现而产生了怀疑，从而导致意外。例（14）"这不就"是对引语的负面评价，批判了引语的内容，具有证言功能，施事反驳的言语行为，以反驳和证言语用迁移出意外情绪。

（二）回应立场语中"这也"和"这不也"的所含意外异同

本文认为"也"在回应中的"评价"功能来源于"也"的比较义，而不是类同义。后续"这也"与言者的预期比较，用于疑问句和感叹句，表达与言者的预期不相符，或高于预期，或低于预期。因为与预期相违背所以倾向于表达责怨等负面评价。

(15) 她特别能持家，持家的意思就是什么都管，包括装修房子、照顾老人，那天"我给你买了件西服，你明天出差的时候带上"。这也太贤惠了。（微博）

(16) 他嫌我无故退货不讲道德，"你把我们书店当图书馆啊，想借就借，想退就退，素质配不上学历，小心你的声誉"。这不也尖酸刻薄、恶意威胁嘛。（微信聊天）

例（15）"这也"强调超预期性，表达意外。例（16）"这不也"与语气词"嘛"共现，有"证实"义，为了让听者赞同自己的观点，前面引述了当时场景的话。表达了前人观点与言者事与愿违的意外。

（三）回应立场语中"这就"和"这也"所含意外异同

(17) 她还是那么单纯善良，"只要你给我一个理由、一个解释，哪怕只是你随口编出来的，我都愿意相信！"这就原谅他了？（微博）

(18) 自从上次意外住院，他对健康的定义就极端了，"几点前必须睡觉，这个不能吃……那个和这个相克"。这也太小心翼翼了。（微博）

"这也"和"这就"都与背离预期有关，"这就"因轻易达成而意外，"这也"因主观认知道义违背而产生意外。

（四）回应立场语中"这不就"和"这不也"所含意外异同

(19) 他知道人家王芳无生育能力，还摆酒宴，"你看这孩子长得多像我啊，都说老来得子又聪明又漂亮"。这不就故意炫耀嘛。（微博）

（20）他心理素质要好好练练了，一点也不自信，在台下紧张的不行，"我觉得我今天肯定输了，你看他们各个武艺高超，我哪是他们的对手啊"。这不也获得了冠军嘛。（微博）

"这不就"和"这不也"都有证实义，例（19）中"这不就"是说事实就是如此，言者认为这就是"故意炫耀"；例（20）中"这不也"是强调事实和认识的差异，"获得冠军"的事实和引语所表达的不自信的心态形成反差，表达意外。

综上所述，引语后的这四组概念都表达了元话语的评价立场，是对引语的回应，多用于反问。"这也"强调因果关系，"这就"强调时间仓促，"这不就"因道理的显而易见，表达言者对事实的坚定信念，其中，"就"的小量义，影响构式，传递了不屑情绪。"这不也"强调了认知与事实的差异，言者试图扭转错误认知，"也"的大量义，影响构式，传递了责怨情绪。总之，这四组概念都表达前面引语与言者预期偏离而产生的意外。

四、跨层结构的意外表达特征识解

（一）"这"的程度义

通过上述分析，我们发现，"这"的指代和回指功能弱化，逐渐发展出主观性，表示大量、程度高，表达惊讶情绪，所以在表达意外的范畴中经常会出现"这"的组合，比如"这话说的""这一 X 不要紧，Y""这叫一个 X"等。

（二）"也"和"就"在语体引述转换中的主观量特征

陈鸿瑶认为"也"字主要的作用是表达说话者对命题的主观评价、态度或推断[1]，据此，学者们称"也"为"语气副词"或"评注性副词"。"也"有"强调"义，在于听说双方的预期对比中，"也"违背了主观的预期，表达"惊讶"情绪，倾向于表达主观大量，言说事态发展没有达到言听双方的预期，如："你还是大哥哥呢，也不让着点妹妹！"

"就"表达关涉的数量范围小于说话者的心理预期，因此倾向于表达主观小量，如"每个月工资；就二百多元"。刘苏一认为，从逻辑关系看，"就"表达的关系简单明了，暗示无须思考便能得出结论，在情感态度上表达确信、肯定的反馈。[2] 本文认为，用在独白引语转换的语境中，"就"具有"实证"性，同时，主观认知上的小量使得带有"就"的组合倾向于表达责怨类的负面情感，而逻辑上容易达成，使得言听双方产生轻蔑情绪。这种负面的情绪常是违背预期的，因此也具有表达所含意外的功能。

（三）"这"和"那"的不对称

Himmelmann 对指示词的功能类型进行了划分，包括情境用（situationl use）、语篇用

---

[1] 陈鸿瑶，吴长安. "也"字独用语篇衔接功能的视角化阐释［J］. 东北师大学报（哲学社会科学版），2009（3）.

[2] 刘苏一. 主观化视角下副词"就"的语用及对外汉语教学研究［D］. 济南：山东大学硕士学位论文，2019.

(discourse deictic use)、示踪用（tracking use）和认同用（recognitional use）。① 这一具有跨语言普遍性的分类方法极大地影响了汉语指示词的语篇功能研究，如 Tao（1999）、Huang（1999，2013）、方梅（2002）、陈玉洁（2010）等学者形成的诸多研究成果。关于"这""那"的不对称现象，多数研究结论表明，现代汉语中"这"的使用明显多于"那"。Himmelmann 的跨语言考察结果比较吻合，表达认同用的多为远指词。张秋杭认为情境用同样主要由"那"及其组合构成②，因为本文采用的书面语体，所以相对口语语体，直接指称语境中的实体距离读者较远，所以多倾向于采用"那"及其组合。示踪用中"那"及其组合也要多于"这"及其组合，其典型用法是远距离回指。语篇用是回指邻近片段，距离较近，所以倾向于用"这"及其组合。另外，可及性也影响了"这"和"那"的不平衡性，"这"的可及性要高于"那"。

方梅指出"这"有行将义，指当下的时间。③ 本文认为，在独白引述转换中，用"这"而不用"那"的原因有以下几点：一是为了拉近与听者的距离，倾向于使用表示近指的"这"，为了把听者带入引述的情境中；二是为了与读者产生共鸣，用"这"说明言说双方的可及度比较高，更容易产生认同感；三是回指篇章中刚引述的话语，为进一步的后续评价做准备。因此，在独白引述转换中，出于语用动因和人际互动的原因，用"这"而不用"那"。

五、证言范畴、责怨范畴的语用迁移：所含意外

独白引语转换中，无论引语前置的预示部分还是引语后续的评价部分"这不就"和"这不也"都是通过证言的方式表达意外。那么，证言范畴是如何语用迁移出所含意外的呢？我们试想言者为什么会证言？是因为言者认为自身的观点与独白中引语的话语的观点或者他人观点相违背，才会竭力证明自己观点的正确性。这种认知观点的违背使言者产生意外情绪。所不同的是，"这不就"具有委婉证言的功能，"这不也"具有强调证言的功能。"这不就"用在引语前，预示言者证实后面的引语（即作者想要表达的观点）与他者相悖，因此引语前的"这不就"预示了言者的意外情绪。"这不就"用在引语后，是言者对前面引语的评价，证明后续评价内容的正确性，表明与前者引语的相反态度，表达意外情绪。"这不也"用在引语前后，都证明引语中的认知和事实相违背，表达意外。只不过，用在引语前，"这不也"强调引语中认知的正确性，用在引语后，"这不也"是证明事实的正确性，而对引语的认知进行负面评价。

"这也"和"这就"多用于反问句，表达责怨。这种责怨多是因为事实和预期相背

---

① Himmelmann, N. P.. Demonstratives in narrative discourse: A taxonomy of universal uses [A]. In Barbara A. Fox (ed.). Studies in Anaphora [C]. Amsterdam: John Benjamins, 1996: 205—254.
② 张秋杭．"这""那"在汉语关系从句中不对称分布的篇章功能解释[J]．外语教学，2020（4）．
③ 方梅．北京话"这就"的跨层词汇化及其将行义的浮现[J]．语言学论丛，2018（2）．

离,从而表达意外情绪。所不同的是,通过上述分析,受到"也"表达强调和大量的语用功能的影响,"这也"表达"吃惊",意外程度高。受到"就"表达小量的语用功能影响,"这就"表达"不屑",意外程度低。

六、引述转换中意外表达的主观性和交互主观性功能

(一) 同盟立场和情感共鸣

陈振宇用"社会群"的概念去定义同盟关系,即在社会中群的构造与群成员、群间关系的反应,涉及群内成员的利益、属性和信念等。① 人际交流其实就是建立同盟关系,是一种及时联盟。根据交互主观性的理论,当交际双方的心理距离远的时候,言者为了达成同盟立场常会使用一些表达手段。Traugott 认为主观性为自我的立场、态度和情感,而交互主观性更加关注听话人的情感和面子。"这就""这不就""这也""这不也"出现在独白叙述中引述转换位置,表达了言者的意外情绪。近指代词"这"和模仿对话都具有现场性,把听者拉到独白叙述的过程中,无论预示语部分还是后续评价部分都能使得听者与言者产生情感的共鸣,共同产生意外情绪。

(二) 凸显焦点和引发关注

引语前后位置中的"这就""这不就""这也""这不也"传递了言者的意外情绪,这种意外情绪是针对引述话语的,也就是说,这四组表达放在引语前,提示听者关注言者有意模仿、还原的对话场景,场景中的对话是言者想要凸显并强调的焦点,同时,这四组预示后面的引语部分为言者意外情绪的来源。而这四组概念用在引语后续评价中,回指前面的引语部分,后面评价是言说的焦点,引发听者对意外情绪的关注。

(三) 委婉礼貌和负面评价

"这就""这不就""这也""这不也"用在引述转换位置,常用在反问句中,因责怨行为而产生意外情绪,具有负面评价的功能。根据礼貌原则,尽量地尊人损己,在进行负面评价时常使用间接、委婉的语言表达,即将负面的程度降到最低。"这就""这不就""这也""这不也"放在引语前,凸显了言者想要否定的话语,预示了后面引语部分的意外情绪。"这就""这不就""这也""这不也"放在引语后,回指想要否定的话语,用疑问或感叹的形式传递意外情绪,与听者产生共鸣。意外之所以能够间接地表达负面评价,是因为两者的共性是事与愿违。不同点在于,意外传递的是情绪,而负面评价传递的是言者的主观立场。意外不一定都是负面的,因此,表达意外情绪的语言形式是负面评价的委婉表达。

---

① 陈振宇,姜毅宁. 反预期与事实性——以"合理性"语句为例 [J]. 中国语文,2019 (3).

结 语

本文基于所研究的语言现象，联系意外范畴之外的语用迁移范畴研究意外的形成，在位置敏感的框架下研究独白中引语前后转换位置的"这就""这也""这不就""这不也"的意外表达的异同，并分析了引述转换中意外表达带来的其他主观性和交互主观性功能。由于研究条件所限，本研究存在以下几方面的不足之处：一是没有从篇章逻辑的角度分析四组概念的话语关联，比如前后位置的顺接、逆转等关系对意外范畴的影响；二是受到设备、篇幅等限制，本文并没有涉及多模态对本文所谈论的语言现象的影响；三是受时间和环境限制，并未采集自然口语体中的独白语料；四是关于"这不""不就""不也""这就""这也"的跨层分析及历时衍化未能进行详细的研究。期待本文的研究能为学界提供一些借鉴，以资后来人继续深入研究。

参考文献

1. Himmelmann, N. P.. Demonstratives in narrative discourse：A taxonomy of universal uses [A]. In B. A. Fox (ed.) Studies in Anaphora [C]. Amsterdam：John Benjamins, 1996：205—254.
2. 蔡旺, 杨遗旗. "不就"与"就"的异同以及"不就"的词汇化 [J]. 兴义民族师范学院学报, 2014 (4).
3. 陈鸿瑶, 吴长安. "也"字独用语篇衔接功能的视角化阐释 [J]. 东北师大学报（哲学社会科学版）, 2009 (3).
4. 陈鸿瑶, 吴长安. "也"字源流考察的主观化视角 [J]. 语文研究, 2010 (2).
5. 陈鸿瑶. 副词"也"主观性的认知解释 [J]. 东北师大学报（哲学社会科学版）, 2012 (2).
6. 陈玉洁. 汉语指示词的类型学研究 [M]. 北京：中国社会科学出版社, 2010.
7. 方梅. 北京话"这就"的跨层词汇化及其将行义的浮现 [J]. 语言学论丛, 2018 (2).
8. 方梅. 指示词"这"和"那"在北京话中的语法化 [J]. 中国语文, 2002 (4).
9. 何自然. 语用学概论 [M]. 长沙：湖南教育出版社, 1988.
10. 梁鲁晋. 语篇中回指的功能 [M]. 厦门：厦门大学出版社, 2008.
11. 廖秋忠. 篇章中的管界问题 [J]. 中国语文, 1987 (4).
12. 刘苏一. 主观化视角下副词"就"的语用及对外汉语教学研究 [C]. 济南：山东大学硕士学位论文, 2019.
13. 王长武. 现代汉语引述回应格式研究 [D]. 上海：上海师范大学博士学位论文, 2016.
14. 王统尚, 石毓智. 先秦汉语的判断标记"也"及其功能扩展 [J]. 语言研究, 2008 (4).
15. 魏晓斌. 元语用视域下的元话语研究 [J]. 河池学院学报, 2020 (6).
16. 张秋杭. "这""那"在汉语关系从句中不对称分布的篇章功能解释 [J]. 外语教学, 2020 (4).
17. 张小峰. 先秦汉语语气词"也"的语用功能分析 [J]. 古汉语研究, 2008 (1).
18. 郑娟曼. 所言预期与所含预期——"我说呢、我说嘛、我说吧"的用法分析 [J]. 中国语文, 2018 (5).

（李静文 青岛大学讲师 指导教师：史金生）

基于词向量和卷积神经网络的中文新闻分类算法

白 磊

摘 要：文本分类技术在推荐系统、搜索引擎、舆情分析、观点评测、情感分析等自然语言处理领域有着广泛的应用。本文使用基于词向量和卷积神经网络的方法实现中文新闻分类，通过使用 Word2Vec 计算词向量获得词语的稠密矩阵分布，解决结构化数据和非结构化数据归一化问题，并结合 TF – IDF 算法计算文本类别特征，同时使用卷积神经网络算法对新闻内容进行特征提取和分类。在公开的新闻数据集 THUCNews 上验证了算法的有效性，实验结果表明本文提出的算法正确率为 97.18%，远高于 THUCTC 工具包 88.6% 的正确率。

关键词：文本分类；词向量；卷积神经网络；THUCNews

随着信息技术的发展和在各行业领域的广泛应用，数字化信息和资源爆炸性增长，互联网数据呈现海量特征。文本作为信息传递和交互的载体，是互联网数据的重要组成部分，也以指数级快速增长。在海量数据中，如何对信息资源进行有效的组织和管理，如何快速、准确获取有价值的信息，如何对数据进行筛选和过滤，等等，成为亟待解决的问题。

文本分类作为数据挖掘和组织的基础，通过对海量数据进行筛选，准确挖掘有价值的信息，从而实现对信息资源的管理，在搜索引擎、新闻分类、垃圾邮件过滤、个性化新闻推荐、突发事件舆情分析、观点评测、情感分析、智能问答等领域都有广泛的应用。[1]

文本分类是指针对给定的文本数据集合，按照一定的分类体系或标准进行分类和标记，过程主要包括文本预处理、文本表示、特征提取和数据分类几个步骤。对文本分类相关技术的研究大致经历了专家规则、专家系统、机器学习、深度学习几个阶段。早在 20

---

① 杜思佳, 于海宁, 张宏莉. 基于深度学习的文本分类研究进展 [J]. 网络与信息安全学报, 2020, 6 (4)：1—13.

世纪 50 年代 H. P. Luhn 就提出将词频统计应用于文本摘要的方法[1],这种分类方法基于知识工程,即通过人工定义分类标准对文本进行分类。到了 20 世纪 80 年代,随着计算机技术的发展,文本分类开始使用计算机依据规则建立专家系统来完成,但这些系统应用范围较窄,严重依赖专家规则。到了 20 世纪 90 年代后期,随着机器学习技术的发展,基于统计分析和机器学习的方法(如朴素贝叶斯、K 近邻、决策树、支持向量机、LDA 等算法)被引入文本分类领域[2],并在相关行业应用中获得不俗的表现。近年来,随着深度学习算法在图像处理、语音识别等领域取得较好的效果[3],各种深度学习算法也逐步引入文本分类研究中。2014 年 Yoon Kim 提出了使用卷积神经网络实现句子分类的方法——Text CNN。[4] Carrear – Trejo, V. 等使用 LDA 主题模型分析文本潜在的主题—语义信息,实现文本分类。[5] 2017 年 Google 提出的 Transformer 模型[6],采用叠加的自注意力(self – Attention)机制进行特征提取。2018 年 OpenAI 提出的 GPT 模型用于语言模型预训练[7],Google 发布语言模型预训练方法,Bert[8] 采用了双向语言模型,是通过训练遮挡语言模型和预测下一句任务得到的模型。Tang 等[9]提出先用 LSTM 或者 CNN 对生成句子表示,再用一种基于门控的 RNN 网络进行特征提取生成文档向量,再进行分类方法。本文通过计算词语的 TF – IDF 和分布式词向量来表示文本信息,并结合卷积神经网络技术实现中文新闻分类。

一、技术理论

TF – IDF (Term Frequency – Inverse Document Frequency),即词频逆文件,是用来统计词语对文档的重要性的评价指标。词频是指对于给定的词语在某个文档中出现的次数(频率),计算公式为 $TF_{ij} = n_{ij}/\Sigma_k n_{kj}$,其中,$n_{ij}$ 表示词语 t_i 在文档 d_j 中出现的频率,$\Sigma_k n_{kj}$ 表示

---

[1] Zhang, Y., Jin, R., Zhou, Z. H.. Understanding Bag – of – words Model: A statistical Framework [J]. *International Journal of Machine Learning and Cybernetics*, 2010, 1 (1 – 4): 43 – 52.

[2] 胡万亭,贾真. 基于加权词向量和卷积神经网络的新闻文本分类 [J]. 计算机系统应用,2020,29 (5):275—279.

[3] Hinton, G. E., Osindero, S.. The Y W. A Fast Learning Algorthm for Deep Belief Nets [J]. *Neural Computation*, 2006, 18 (7): 1527 – 1554.

[4] Kim, Y.. Convolutional Neural Networks for Sentence Classification [C]. In Proceedings of the 2014 Conference on Empirical Methods in Natural Language Processing (EMNLP), 1746 – 1751.

[5] Carrear – Trejo, V.. Sidorov, G., et al.. Latent Dirichlet Allocation Complement the Vector Space Model for Multi – Label Text Classification [J]. *Cancer Biology & Therapy*, 2015, 7 (7): 1095 – 1097.

[6] VASWANI, A., SHAZEER, N., PARMAR N, et al.. Attention is All You Need [C]. Advances in Neural Information Processing Systems, 2017: 5998 – 6008.

[7] RADFORD, A., NARASIMHAN, K., SALIMANS, T., et al.. Improving Language Understanding by Generative Pre – training [J]. *Computation and Language*, 2017, 4 (6): 212 – 220.

[8] DEVLIN, J., CHANG, M. W., LEE, K., et al.. Bert: Pre – training of deep Bidirectional Transformers for Language Understanding [J]. ar Xiv preprint arXiv: 1810.04805, 2018.

[9] TANG, D., QIN, B, LIU, T.. Document Modeling with Gated Recurrent Neural Network for Sentiment Classification [C]. Proceedings of the 2015 Conference on Empirical Methods in Natural Language Processing, 2015: 1422 – 1432.

文档 d_j 中出现的所有词语频率总数。一般情况下某个词语在某篇文档中出现的频率越高，说明该词语对于文档越重要，则该词语越可以体现该文档的主题特征。但由于部分通用的词语（如"的""是"等）在很多文档中会重复出现，对于表示文档主题并没有太大的作用，同时部分词语由于文档的类别相似性，对文档区别度不大，如在新闻类文档中，"记者""报道"等词语，在每篇新闻中都会多次出现，也无法作为文档的重要特征。而且，同一个词语在长文件里可能会比短文件有更高的词频，因此往往配合使用逆文件词频策略。逆向文件频率是衡量一个词语对于所有文档重要性的度量，是指某个词语在所有文档集合中出现的文档数量越小，则该词语越能表现这些文档特性。其计算公式为：$IDF_i = log(|D|/1+|D_i|)$，$|D|$是文档集合中文档总数，$|D_i|$为文档集合中出现词 i 的文档数。TF – IDF 算法就是结合 TF 和 IDF 算法思想，综合评估词语对于文档重要性。计算公式为 TF – IDF = TF × IDF，即表示如果某个词语在某篇文档中出现频率越高，同时在文档集中的其他文档中出现频率越小，则该词语越能表示当前文档的特性。

词向量（Word embedding）是一种将词汇表中的词语和短语用向量来表示的方法。在分布式词向量表示出现之前，以词语为基本处理单元的文本向量化表示方法多采用独热编码（one – hot encoding）或词袋模型（Bag of Words）。它们都是将所有词语表示为文档集合中词表大小维度的向量，不同之处在于，独热编码中每个词用 0、1 表示，在文本中出现为 1 否则为 0；词袋模型是以词在文本中出现的频率来表示。独热编码和词袋模型均采用稀疏向量来表示文档中的词语，简单易懂，但也存在很多缺陷。如维度灾难，即当词典大小非常大，而每个文本表示内容较少，则此高维向量非常稀疏，将会严重影响计算速度。同时，无法保存词序信息，无法体现相关性。词向量以稠密向量的方式表示词语，典型的词向量模型是 Word2Vec，它是 Google 提出的一种词嵌入的算法，是基于神经网络的词向量表示模型。Word2Vec 有两种模型，分别为 CBOW（Continuous Bag of – Words）模型和 Skip – gram 模型。CBOW 模型的目标是根据词语上下文来预测当前词语的概率；Skip – gram 模型是根据当前词语预测上下文词语的概率信息。通过词向量模型，将文档中词语表示为指定维度的向量，克服维度灾难问题，同时可以根据文本的上下文特征生成词向量来保留一些词性特征，以向量之间的关系表达词之间的关系。

卷积神经网络 CNN（Convolutional Neural Networks），是一种前馈型神经网络，是深度学习代表算法之一，最初应用在图像处理领域，后来引入自然语言处理领域。CNN 典型结构包括输入层、卷积层、池化层、全连接层和输出层。输入层主要对原始数据进行预处理，为 CNN 提供数据输入，可以是图像像素矩阵或者文本词向量矩阵。卷积层通过若干卷积核对输入层数据进行特征提取，通过不同的卷积核的大小，可提取多层次的特征；通过卷积参数权重共享机制，可以减少神经元参数个数，降低神经网络结构的复杂度。池化层主要用于卷积特征的聚合统计，同时对数据进行降维，减少数据规模。池化可以采用最大池化、平均池化、滑动平均池化等。全连接层的目的是将卷积层和池化层输出的高级特征进行维度上的改变，将特征拼接为定长向量表示。全连接层是从输入到输出的全连接权值集合,为后续分类或回归提供输入特征。输出层主要承接全连接层的输出,进一步用于分类等操作,将输出层的值进行归一化,并计算各个类别的概率分布,得到输出结果。

二、中文新闻分类过程

(一) 整体框架

基于词向量和CNN的中文新闻分类过程主要包括中文文本预处理、词向量的文本表示、TF-IDF计算、CNN卷积特征提取与分类、模型优化与评估等过程,其整体框架如图1所示。

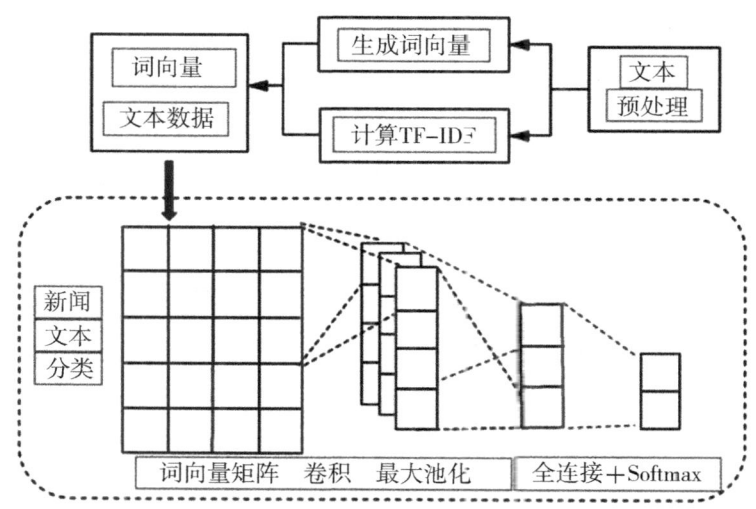

图1 分类算法整体框架

(二) 中文预处理

中文预处理是文本分类的基础和必不可少的环节。由于分类使用的数据集多是结构化或者半结构化的数据,计算机无法直接识别和处理,因此在进行文本分类任务之前要先进行文本预处理,主要包括数据清洗、分词、去停用词等工作。数据清洗主要任务是去掉数据集中出现的特殊符号,如制表符、控制符、标点符号、数字等。本文采用正则表达式过滤文本集合中出现的特殊字符,仅保留文字信息格式;由于在文本分类任务中使用词来表示文档的特征,而中文文本不像英文文本一样,可以直接使用空格进行分割得到分词结果,本文使用Jieba分词模型,采用精确模式对文档进行分词。Jieba分词是基于规则和统计两类方法实现的开源分词框架,它不但有分词功能,也具有关键字提取、词序标注等功能。通过Jieba分词可以获取数据集所有文本的词语集合;由于分词结果是数据集中文档的所有词语,而有些词语虽然出现频率很高,但对文本特征表示作用很小,如"的""是""什么""和"等,因此需要去掉此部分词语,简化分类文本,本文通过使用哈工大停用词表消除文本分词结果中存在的高频但无意义的词语,得到最终词语集合以便后续模块处理。

(三) 生成词向量和计算 TF – IDF

语料库文档经过中文预处理后,得到去掉停用词的分词集合,本文通过 Word2Vec 模型的 Skip – gram 算法计算词向量,将词典中的词语转化为大小为 100 维的词向量,Skip – gram 算法通过输入中心词的独热编码,使用神经网络计算词典中每一个词语出现在中心词周围的概率分布,其结构如图 2 所示。

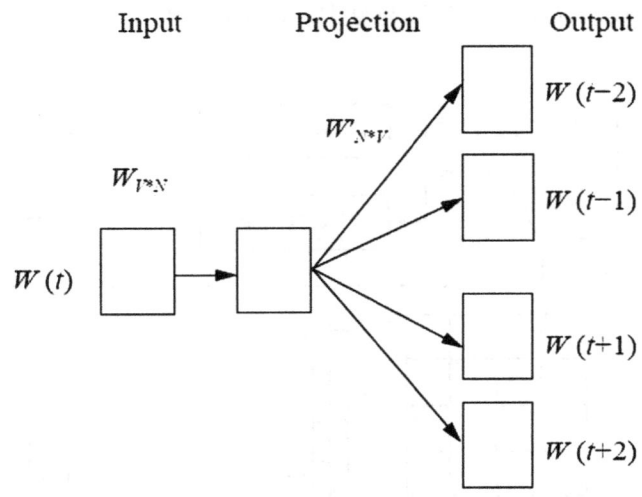

图 2 Skip – gram 模型

通过 Skip – gram 算法计算得到的部分词向量部分维度,如图 3 所示。

```
要求 -1.023539 -3.315674 1.912497 -1.414181 -1.391794 -0.424804 -0.726530 -3.177685 -0.843342 -2.481032 -1.155765 -0.
一定 -1.453404 -2.841352 -1.118488 -2.250067 -0.694111 -0.407534 -1.824295 0.809582 0.449707 1.971095 -1.777857 -0.66
由于 -1.564012 -0.706569 -4.089946 -0.628069 -0.163912 -0.371131 -0.749624 -0.013927 0.686404 -1.450158 -1.387416 1.8
研究 -0.581473 0.898378 -1.346090 -0.427870 0.238404 2.652848 -1.472525 1.794822 0.550803 1.061791 -0.641846 2.412823
生活 -2.722417 -2.356276 -0.195184 -0.825363 -0.646062 -1.403395 -1.164151 2.072967 2.393394 -1.192123 -0.616911 0.65
包括 1.332529 -1.234830 -2.028445 0.123935 1.915685 -0.988441 -2.295249 -1.550625 2.758039 -1.163494 0.571053 -1.4481
申请 -0.678985 0.677566 0.025123 2.575429 -1.186681 -3.409896 2.087768 -4.322678 -0.040703 -1.266226 0.004342 0.53398
不同 -1.989811 -3.570167 -1.326531 -1.417934 1.939344 -0.385307 1.045693 -4.426988 0.902930 -1.271166 0.868088 0.7286
价格 -2.559491 -4.017743 -0.996300 -2.371602 -0.354432 2.280357 0.521031 -2.927503 0.508233 0.809919 -4.675883 3.1188
能够 2.806852 -2.223393 -1.389818 2.229522 1.942980 -0.714912 -1.777409 -0.315695 0.084302 1.627667 -1.999352 -0.0642
不会 -1.444039 -2.762634 -0.921792 -1.441894 1.203664 0.134002 -0.261005 -2.789788 0.057239 1.461674 -4.444208 1.3295
城市 -0.416710 -3.383552 -0.958084 1.317408 -0.945748 4.062488 -1.680858 1.692469 -0.120984 -2.204769 -0.801116 -1.78
表现 -1.751830 -2.926316 -2.026846 -1.556252 -0.411616 0.667132 0.163256 0.840909 0.053857 -3.026288 -3.184668 1.4934
一直 0.830465 -2.483203 -4.507542 -0.103520 0.253139 -1.936270 1.156587 3.636997 -0.958281 -1.307163 0.301230 0.56554
导演 2.358204 0.623685 -3.192708 3.596941 -3.558407 -2.246177 -1.716780 1.182595 -1.096715 -2.241626 -1.347866 -1.215
政策 -1.735161 -3.782192 -0.129267 2.098781 -2.347239 -2.182605 -2.409870 -3.031756 -0.961177 -4.282393 -2.538349 3.0
世界 0.904968 1.752173 2.961221 -1.803344 1.433456 -0.756753 0.664280 2.864432 0.696079 2.357780 -1.708132 0.893053 0
得到 0.661003 -0.859436 -1.905434 0.060288 0.978732 -0.411518 0.659236 0.631671 -1.368835 -2.993902 1.257273 2.601728
觉得 0.658943 -4.496658 -2.460262 1.015599 0.774892 -0.020741 -1.428729 -0.992339 -1.283385 -0.619794 -2.816414 0.355
上海 -2.773432 -0.830464 1.413226 1.426336 -0.694260 -1.069699 0.353764 0.997799 -0.501982 -1.685432 -1.582572 -1.247
其他 -1.598572 -2.241558 -2.012602 -1.575731 2.170220 1.417303 1.331372 -0.997449 1.601602 -2.537429 -2.992593 0.7998
```

图 3 词向量结果

虽然 Word2Vec 生成的词向量可以降低输入数据的维度和计算词语的相似度，但无法体现文本重要特征，因此本文使用词语的 TF – IDF 值作为文本类别的特征。通过计算语料库中每个词语的 TF – IDF 值和计算词向量，在向卷积神经网络输入文本内容时，将输入文本内容转换为对应词语的词向量矩阵与 TF – IDF 值的乘积作为输入层输入数据。

（四）使用卷积神经网络实现文本分类

传统的基于机器学习的文本分类算法需要人工提取数据特征，同时需要利用特征选择方法对文本特征降维，选取和操作不同会导致不同的误差。本文使用基于深度学习的文本分类算法，采用卷积神经网络对文本特征进行自动提取和分类。卷积神经网络结构如图 4 所示。

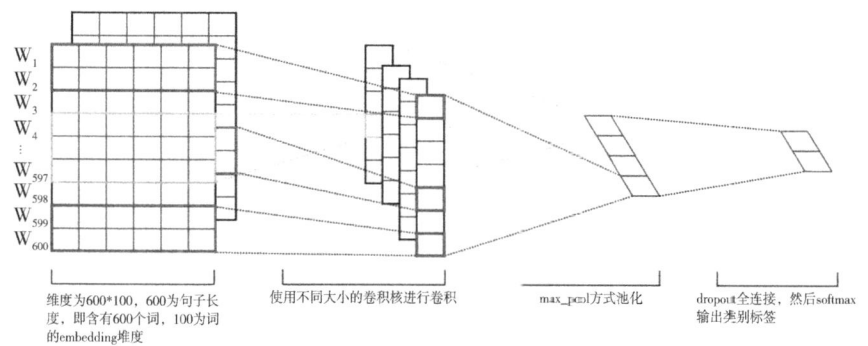

图 4　卷积神经网络结构

卷积神经网络的输入层输入数据为每篇文档文本内容，并将其转换为词向量矩阵与 TF – IDF 值的乘积，每次输入数据维度大小为 600 × 100，其中 600 是每篇文档单词数量，100 是词向量维度。由于每篇文档长度不同，因此在输入数据时，如果文档数据长度大于 600，则按照词语出现频率截取前 600 个；如果长度小于 600，则使用 < PAD > 补齐数据，保证输入的词向量矩阵大小相同。

在卷积层，为了提高特征提取准确性，使用并行层，分别使用 128 个大小为 3，4，5 的卷积核以从上到下滑动的方式进行卷积操作，提取文本特征，即提取 128 维特征向量。

通过卷积操作获取文本特征后，数据维度较大，为了降低计算量，同时保留有效特征，需要使用池化操作对文本特征进行合并。文本在池化层采用 MAX – Pooling 最大池化策略，选取池化区域最大值作为文本特征，降低文本数据维度，池化输出为 128 维向量。

最后，将 3 个并行层池化输出的一维向量拼接为 3 × 128 大小的向量，形成新的特征向量。然后通过全连接方式接入 softmax 层，计算文档所属每个类别的概率分布情况，将概率最大的类别标识作为该文档所属的类别。

（五）参数优化

为了降低模型复杂度，减小过拟合问题，本文引入 L2 正则化和 Dropout 策略。L2 正则化，用于优化的目标函数中的正则项，防止参数过拟合。Dropout 策略用来在训练过程中以一定的概率随机丢弃一些神经元节点，减少神经元节点间的依赖关系，提高网络模型的泛化能力，减少过拟合现象。同时在求解最小损失时使用自适应矩估计（Adaptive Moment Estimation）Adam 算法控制学习速度，动态调整每个参数的学习率。

三、实验分析

本文实验数据集使用清华大学自然语言处理与社会人文计算实验室公开的新闻数据集 THUCNews，其根据新浪新闻 2005 年至 2011 年历史数据筛选过滤生成，包含 74 万篇新闻文档。原始数据集包含 14 个分类类别，本文选取数据集的子集，共 10 个类别：体育、财经、房产、家居、教育、科技、时尚、时政、游戏、娱乐，每个类别 6500 条新闻文档。使用 Gensim 开源工具训练词向量和计算 TF-IDF，机器学习框架使用 TensorFlow，计算图如图 5 所示。

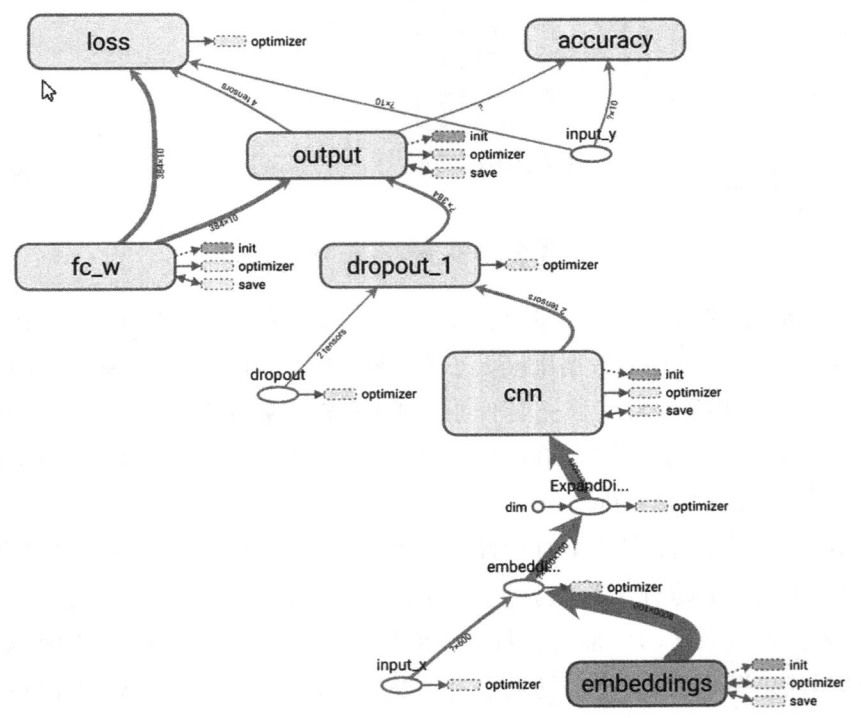

图 5　卷积神经网络计算图

算法训练经过 5 个 epoch，算法正确率为 97.18%，损失率为 0.099，远高于 THUCTC 工具包 88.6% 的正确率。算法分类正确率和训练损失率分别如图 6、图 7 所示。

使用未参与训练的数据测试算法在各个分类别的正确率、召回率和 F1 值如图 8 所示。

使用词向量和卷积神经网络的新闻分类算法与 THUCTC 分类算法分类 F1 值结果对比如图 9 所示。

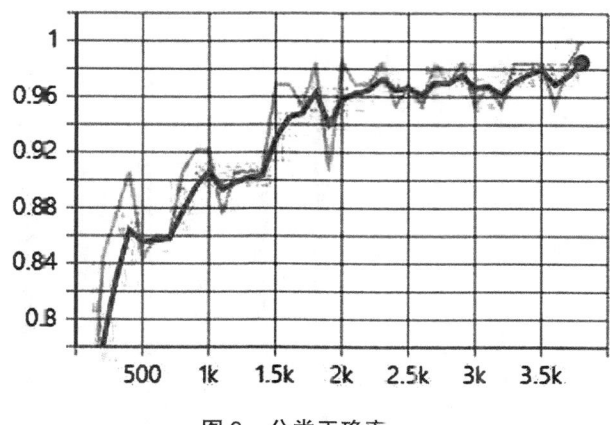

图 6　分类正确率

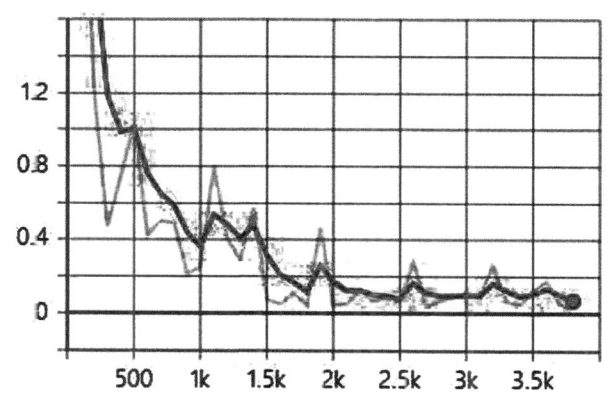

图 7　训练损失率

	precision	recall	f1-score
体育	1.00	0.99	1.00
财经	0.96	0.99	0.98
房产	0.97	0.97	0.97
家居	0.95	0.92	0.94
教育	0.98	0.96	0.97
科技	0.96	0.98	0.97
时尚	0.97	0.97	0.97
时政	0.96	0.97	0.96
游戏	0.99	0.97	0.98
娱乐	0.98	0.99	0.98

图 8　各分类正确率、召回率、F1 值

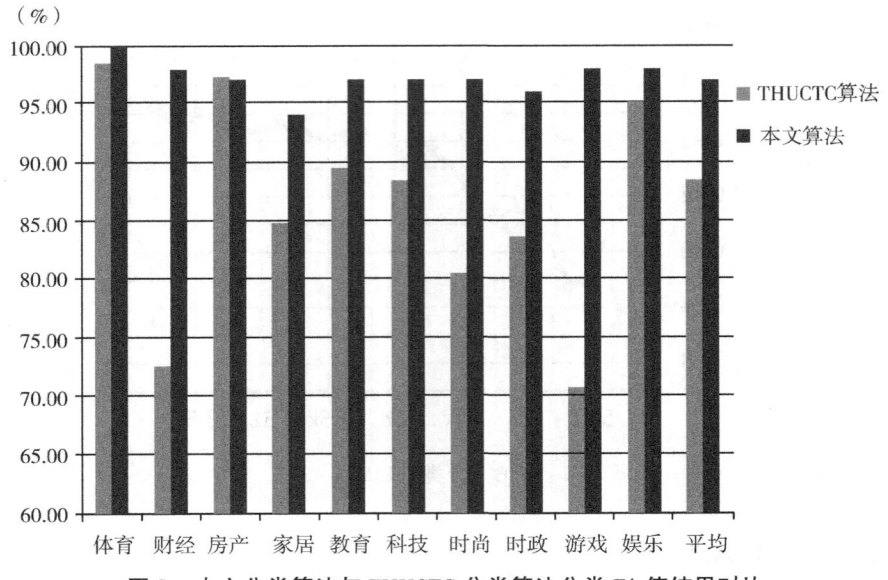

图 9 本文分类算法与 THUCTC 分类算法分类 F1 值结果对比

从图中可以看出，基于词向量和卷积神经网络的文本分类方法比 THUCTC 文本分类算法在各分类效果上均有较大幅度的提高。

结　语

本文通过对文本预处理，计算词语的 TF – IDF 和分布式词向量来表示文本信息，并结合卷积神经网络技术实现中文新闻分类。同时，在公开数据集上验证比较了本文算法与 THUCTC 分类算法的有效性，结果表明，本文算法比 THUCTC 算法具有更好的学习能力、更好的泛化能力，在文本分类任务中具有更好的效果。

关于进一步的研究工作，笔者主要将在以下几个方面展开。第一，在特征选择上，本文仅使用 TF – IDF 计算文本特征，相对比较单一，可以考虑使用加权方式，如增加标题内容的权重等，也可以结合 LDA 算法进行主题分析作为特征输入。第二，本文使用的卷积神经网络模型深度规模相对较小，训练数据相对较少，下一步将在更多的数据集上实验，提高硬件的计算性能，减少模型训练时间，进一步优化分类结果。第三，深度学习中的循环神经网络 RNN、长短期记忆网络 LSTM、门控循环单元 GRU 等广泛应用于自然语言处理相关领域，包括 BERT 等词嵌入模型也在相关领域大放异彩，下一步将融合 CNN 与其他深度学习算法，构造新的分类算法模型。

参考文献

1. Carrear – Trejo, V., Sidorov, G., et al.. Latent Dirichlet Allocation Complement the Vector Space Model for Multi – Label Text Classification [J]. *Cancer Biology & Therapy*, 2015, 7 (7).

2. DEVLIN, J., CHANG, M. W., LEE, K., et al.. Bert: Pre-training of Deep Bidirectional Transformers for Language Understanding [J]. arXiv preprint arXiv: 1810.04805, 2018.

3. Hinton, G., Salakhutdinov, R. R.. Reducing the Dimensionality of Data Neural Network [J]. *Science*, 2006, 313, (5786).

4. Hinton, G. E., Osindero, S.. The Y W. A Fast Learning Algorithm for Deep Belief Nets [J]. *Neural Computation*, 2006, 18 (7).

5. Kim, Y.. Convolutional Neural Networks for Sentence Classification [C]. In Proceedings of the 2014 Conference on Empirical Methods in Natural Language Processing (EMNLP), 2014.

6. Mikolov, T., Sutskever, I., Chen K, et al.. Distributed Representations of Words and Phrases and their Compositionality [C]. Proceedings of the 26th International Conference on Neural Information Processing Systems. Lake Tahoe, NV, USA. 2013, 26.

7. RADFORD, A., NARASIMHAN, K., SALIMANS, T., et al.. Improving Language Understanding by Generative Pre-training [J]. *Computation and language*, 2017, 4.

8. TANG, D., QIN, B., LIU, T.. Document Modeling with Gated Recurrent Neural network for Sentiment Classification [C]. Proceedings of the 2015 Conference on Empirical Methods in Natural Language Processing, 2015.

9. VASWANI, A., SHAZEER, N., PARMAR, N., et al.. Attention is All You Need [C]. Advances in Neural Information Processing Systems, 2017.

10. Zhang, Y., Jin, R., Zhou, Z. H.. Understanding Bag-of-Words Model: A Statistical Framework [J]. *International Journal of Machine Learning and Cybernetics*, 2010, 1 (1-4).

11. 杜思佳, 于海宁, 张宏莉. 基于深度学习的文本分类研究进展 [J]. 网络与信息安全学报, 2020, 6 (4).

12. 胡万亭, 贾真. 基于加权词向量和卷积神经网络的新闻文本分类 [J]. 计算机系统应用, 2020, 29 (5).

（白磊　首都师范大学2019级博士生　指导教师：周建设）

反预期视角下的"大+时间名词+的"

康靖悦

摘 要："大"是汉语中的基本词汇，语义丰富，使用范围广，在口语中出现频率高，使得"大"进入语法化的过程。由它组成的构式"大+时间名词+的"一直是学界讨论的热点，但大多是从语言要素分析、语法结构分析及认知隐喻展开，对其语用方面（主观性和反预期）探讨较少。本文旨在分析此构式在认知基础上语用方面所体现的反预期及主观性表达效果。

关键词："大+时间名词+的"；认知；反预期；主观性

"大"是现代汉语基本词汇，也是常用词汇。《现代汉语词典（第七版）》中标明"大"作形容词时有以下三种用法。①在体积、面积、数量、力量、强度等方面超过一般或超过所比较的对象（跟"小"相对），如：房子大。②排行第一的，如：大哥。③用在时令或节日前，表示强调，如：大清早、大热天、大礼拜天的。我们注意到，①②两种用法差不多，但③与前面两种用法差别较大。"大"可以构成"大+名词"的结构，前两种可以与名词组合成"大房子""大哥"，而且可以有"小"的对称表达，如"小房子""小弟"，但③却不一样，一是进入"大+名词"结构的"时令或节日"名词有限制，可以说"大热天"，但不能说"大舒服天"，二是没有与"小"的对称表达，如"大热天"没有对应的"小热天"或"小冷天"的说法。那么，"大+时令或节日名词"为什么就可以表示"强调"？这个结构具有怎样的认知特点？哪些时令或节日名词可以进入这个结构？本文拟就"大+时令或节日名词+的"这个构式展开论述。

Goldberg 对"构式"的定义为："构式是指形式—意义的配对（form - meaning pair），其形式和意义的某些方面不能或不完全能从组成成分或已建立的其他构式中推导出来。"①在"大"的第三种用法中，"大"与其后的名词常一起出现，且"大"在语义上主要表强

---

① Goldberg, Adele E.. *Constructions*: *A Construction Grammar Approach to Argument Structure* [M]. Chicago: University of Chicago Press, 1995.

周事物的某一突出特征，具有虚化倾向，因此，我们认为"大+时间名词+的"是一个构式。宋玉柱最早对能够进入此构式的名词进行了概括，认为这里的时间词一般具有特殊性，如：大过年（的）。① 沈阳又对能够进入该构式的名词特点重新归纳总结，认为这里的时间词往往是不工作及不适合工作的时间段。② 根据前人的研究，我们认为能够进入此构式的时间词大致符合三个条件：具有典型性（如：冬天、夏天／*春天、*秋天）、具有文化性（过年）、界限模糊性（白天、清早、半夜）。

我们认为"大"表强调这一语义，是从其核心义扩展而来的隐喻义。同时，这一结构在语用层面与其后续句密切关联，体现了反预期的言者主观性。

一、"大+时间名词+的"的认知特点

上文提到"大"在这个构式中的意义是由其核心义扩展出的隐喻义，究其原因是由人们普遍的心理认知规律造成的。认知语言学认为，人最开始认识世界是从对空间感知开始的，也就是说，人对客观世界的感知是一个三维的模式，而人在这个世界中本身就是以一个三维模式存在的，具有内、外和边界。Lakoff 和 Johnson 认为人类语言概念体系大部分是隐喻式构建的。③ 同样的，隐喻相互作用论的创始人理查德认为："源于日常经验的认知体系构成了语言运用的心理基础。"④ 认知隐喻的心理基础是完形心理学，完形心理学将心理活动看成有组织的整体，认为知觉过程本身具有组织和解释作用，这种组织被称为"完形原则"。"大"在"大+时间名词+的"这一构式中，就体现了其中的"凸显原则"，即人们的注意力更容易观察和记忆事物比较凸显的方面。我们把事物的凸显特征记作P'，在凸显这一过程中，自然而然会发生比较，而比较的对象是一般参照常量，我们记作P，如：

(1) 大房子
(2) 大暑、大雪、大寒

例（1）中的"大"是在一般房子面积（P）的基础上，经过比较得出这个房子的面积要更大（P'）。例（2）是我们的二十四节气，体现了古人对环境变化的认知，这里的"大"指的是气候温度（P'）超出参照常量（P），所以这些都是其源域的表现。

这种凸显原则用"容器理论"更容易被理解。"大"是描述事物空间量的词，表示的是事物的容量超出参照常量，人们对世界的认知往往是从中间值开始向两头延伸的。因

---

① 宋玉柱. "大"的区别词用法 [J]. 中国语文, 1994 (6)：447.
② 沈阳. 关于"大+时间词（的）" [J]. 中国语文, 1996 (4)：282.
③ Lakoff, G. and Johnson, M.. *Metaphors We Live by* [M]. Chicago and London：the Umvemity of Chicago Press, 1980.
④ 赵艳芳. 认知语言学概论 [M]. 上海：上海外语教育出版社, 2007：99.

此，"大"的"空间域"就是其源域。由于"空间域"常常是人们认知世界的源域，因此为了扩充词义，就会有将"空间关系"模式投射至其他关系（时间关系、状态关系）的隐喻情况，如"大过年的""大礼拜天的""大热天的"等。

这里的"时间名词"同样也体现了人们的认知表现。我们发现能够进入此构式的"时间名词"有一个特点：有突出的语义特征且与其后续句中想表达的话题构成一种因果关系。杨松柠对此也有论证。① 例如：

(3) 大过年的，你干嘛说这不吉利的话。②

例（3）中"过年"和"说吉利话"构成了因果关系，即在人们的普遍认知中，因为是"过年"这一时间，所以大家都应该说"吉利话"。而这一因果关系是"过年"本身所具有的语义特征所赋予的，是其本身带有的社会文化内涵所决定的，也就是说一提到"过年"，人们会自然联想到"吉利话、红包、红色"等一系列事件或事物，这一过程体现了认知中的转喻，也就是说前后句虽构成了一种因果关系，但其实这一关系是在同一认知范畴内发生的，而能进入的"时间名词"是这一范畴内的典型范畴。"转喻心理"也是我们下文所论证的"主观性"的认知基础。

二、"大 + 时间名词 + 的"的"反预期"性

（一）反预期信息与反预期标记

吴福祥指出，在言语交际中，语言成分的信息地位往往不同，如果从言谈事件参与者的预期角度出发，言语信息可分为三种："预期信息"、"反预期信息"和"中性信息"。③ 如：

(4) 过年，穿红色讨个好彩头。

(5) 大过年的，居然做了个超级恐怖的梦。

(6) 今年冬天，他儿子出生了。

孙雅平认为"预期义"必定包含两个相关命题：先存命题和当前命题，"预期义"一般位于两个命题中间，即两个命题是顺接关系，可以推导得出。④ 例（4）中的先存命题是"过年可以穿红色"，当前命题是"穿红色是为了讨好彩头"，两个命题的关系是先存命题—顺接关系—当前命题，后句是前句的"预期"，即"预期信息"。"反预期义"就意味着两个命题的关系是相反的，例（5）中先存命题为"过年应该做美梦"，当前命题为

---

① 杨松柠. "大 + 时间名词（的）"再议 [J]. 汉字文化, 2009（3）：21.
② 注：本文例子来自 CCL、BCC 语料库。
③ 吴福祥. 试说"X 不比 Y·Z"的语用功能 [J]. 中国语文, 2004（3）：223.
④ 孙雅平. 从语法化"扩展效应"看反预期话语标记的形成——以"不料""谁知"为例 [J]. 语言科学, 2020, 19（4）：414.

"过年做了一个噩梦",两个命题关系为:先存命题—相反关系—当前命题,是"反预期",即"反预期信息"。例(6)中,"过年"和"生孩子"没有什么必然联系,它们各自承担自己的信息点,因此后句所表达的是"中性信息"。

谷峰总结得出了六种汉语表达反预期信息的手段:连词、插入语、副词、句式、语气词、语序。① 本文根据这六种表达手段,结合"大过年/周末/晚上/冬天/半夜/白天/早上的"这几个构式表达,在BCC语料库中"多领域"检索(共14843条)后所得结论如表1所示。

表1 "大+时间名词+的"常见说法后续句同现副词与语气统计

构式	出现的副词			表示的语气		
	就	还	居然	肯定	疑问	感叹
大过年的	118	78	6	339	123	338
大周末的	14	13	1	26	13	31
大晚上的	76	79	5	351	77	300
大冬天的	44	57	3	142	53	103
大半夜的	131	182	16	581	162	519
大白天的	17	8	1	69	32	40
大早上的	44	18	4	97	9	83
共 计	444	435	36	1607	469	1414

"大+时间名词+的"的后续句中,出现副词反预期标记和表语气的反预期标记占大多数,其中副词"就""还""居然"出现频率较高;表肯定语气最多,感叹语气次之。此外,在表达中"大半夜的"、"大晚上的"和"大过年的"使用次数最多。由此我们可以初步得出,"大+时间名词+的"与其后续句一起,在语用上有"反预期"的表达效果。杨棕燕认为"大+时间名词+的"是一个反预期构式②,本文对此不完全认同。上文提到"大+时间名词+的"这一构式中,由于其"时间名词"的特殊性,使得其同后续句中的话题发生转喻关系,所以这一构式所表现出来的"反预期义"是由其后续句中的话题造成的,且后续句中一般有明显的"反预期标记词"。因此,同后续句比,"大+时间名词+的"这一构式更像是一个"反预期标记",其目的是凸显后续句的"反预期义"。

(二)"大+时间名词+的"后续句的反预期评述

本文认为"大+时间名词+的"是一个"反预期标记",与其后续句对照,"大+时间名词+的"是整个反预期话语的预设标记。

Heine认为,反预期标记的功能主要是表示在某一特定情境下与说话人认为的常理所

---

① 谷峰. 汉语反预期标记研究述评 [J]. 汉语学习, 2014 (4): 81.
② 杨棕燕. 浅议反预期结构式"大+时间名词+的" [J]. 文史艺术, 2020 (30): 79.

背离的信息①。据此，他将反预期分为三类：与说话人预期相反、与受话人预期相反、与特定言语社会共享预期相反。这三类在"大+时间名词+的"及其后续句中，均有体现：

(7) 大半夜的，拉肚子，我真难受。（与说话人预期相反）

(8) 大冬天的，就该在家窝着睡觉。（与受话人预期相反）

(9) 大过年的，别说生病，说些吉利的。（与特定言语社会共享预期相反）

分析上述例子，我们认为当表"与说话人预期相反"时，由该构式组成的句子反预期义最强，这类句子一般带有反预期标记词，如果没有出现明确的标记词如例（7），则听者可以自动补充被省略的标记词，在解码过程中变为"大半夜的，（居然/竟然）拉肚子，我真难受"。"与特定言语社会共享预期相反"的反预期义次之，而"与受话人预期相反"的句子从说话者的角度看，是表达说话人的看法，是顺说，而真正的情况是受话人的行为或看法与预期信息相反，所以其反预期义不强烈。

为什么同样是表达反预期信息，三者会有差别？本文认为可以从反预期标记的功能进行分析。关于反预期标记的功能，我们认为，仅仅说是为了标记反预期信息，稍显薄弱。在言语交际中，使用反预期标记词想要达到什么样的语用目的、人们选择这种表达方式的原因等这些问题单从凸显反预期信息这一点来说，是不够的。陆方喆、曾君对这些问题也进行了讨论②，我们采用他们的观点，认为反预期标记的功能主要是：触发隐义、语用制约及语篇连贯。"大+时间名词+的"这一构式及其后续句主要体现了前两个功能。

Sperber 和 Wilson 认为所谓隐义，是指任何在交际中传递的定识，如果不是直显传递，那便是由隐喻交际所传递的，与之相关的定识，就是隐义。③ 也就是我们所说的"言外之意"。隐义有两种类型——隐义前提和隐义结论。隐义前提一般为社会共享预期，是听者已知信息，而隐义结论需要结合语境进行推导。上文的例（9）有其隐喻前提，"过年"这一时间名词所带来的社会共识为顺心、热闹、吉祥等。隐义结论就是我们所说的"言外之意"的目的，例（7）中，言者想要表达的显义是"大半夜人们都在睡梦中，身体也处于休息状态，不应该发生拉肚子的情况"，然而现实情况与说话者所认为的情况相反，"拉肚子影响休息，也给身体造成负担"，所带来的隐义结果为抱怨、不开心，所以隐义结果多为说话者的态度。然而，当说话者表示"与受话人预期相反"的反预期信息时，隐义前提和隐义结果均不那么明显，是言者对受话人所作"时间名词"所携带信息的相关行为的评价，因此这一类型的反预期义不是很明显。

Sperber 和 Wilson 还指出，隐义有强弱之分，力度最强的是言者参与部分最多的，而力度最弱的是听者体现最多的。也就是说，力度最强的反预期中言者大多期待听者做出改

---

① 吴福祥. 试说"X 不比 Y·Z"的语用功能 [J]. 中国语文, 2004 (3)：224.
② 转引自陆方喆, 曾君. 反预期标记的形式与功能 [J]. 语言科学, 2019, 18 (1)：43.
③ Sperber·Dan, Deirdre Wilson. Relevance: Communication and Cognition, 2008.

变,或必须做出改变,如我们上述的类型一和类型三。

(10) 大冬天的,做面膜多冷啊!

例(10)中,受话者是做面膜的人,言者只是在普遍认知下给出了自己对听者这一行为的评价,并不是要求听者一定不能做面膜或必须停止这个行为。从这一点上,我们也可以分析出为什么类型二的反预期义较弱。

在言语表达时,人们遵循"经济原则",即在最小的认知范围内得到最大的认知效果。"大+时间名词+的"这一构式的出现就是受语用制约的结果。如下例:

(11) 大白天的,还能入室抢劫?

(11)' 在白天,社会治安好,就这样发生了入室抢劫,我表示很惊讶。

例(11)根据它的显义扩充完整为(11)',当听到这句话时,听者要调动更大的认知,按着言者的话语顺序一步步得到最后言者想要表达的意图,这样违背了交际中的"经济和省力原则",同时给人一种抓不住重点的感觉。反观例(11)的表达,先用"大白天的"捕捉听者的注意力,因为"大"本身具有强调义,再用加反预期标记词的"还"表现反预期义,使得听者自然推导出言者惊讶的态度,在经济省力的基础上,加强了语用表达效果。

(三)"大+时间名词+的"的言者主观性

"主观性"最早被 Benveniste 看作超越人的自我意识,在体验基础上形成的一种"心灵统一体"①。Lyons 在前人的基础上,对"主观性"做了新的定义:语言的主观性就是说话人言语时表现出的立场、态度或情感等"自我"印记,其中"自我"包括认知、感知、情感、态度和意图等,这是我们现在普遍采用的说法,"主观性"的强弱,也就是言者在所说句子中留下了多少"自我"印记。② 对"主观性"的分析,我们可以借助"量理论",也就是"主观量",我们所说的量的主观性,实际上是量之间的对比关系,言者在叙述事件以前,就已经凭借认知经验,对所述事物有了预先的定位和判读,即预期,这一过程中就发生了对比关系,而对比的结果就存在"相同"或"相左",其中"相左"就是我们所说的"反预期",从另一个角度说,"反预期"其实就是一种分歧,表达分歧时人们会采用多种表达手段,反预期标记词就是其中一种。上文我们从认知中的"转喻心理"论证了"大+时间名词+的"与其后续句所表达的信息是一种因果关系,从"主观量"的角度,我们也可以论证。例(9)中,"过年"和"说吉利话"是因果关系,而实际情况是受话者"你"的言语内容(说生病了)和说话者的心理或认知预期相违背,在说话

---

① Benveniste, E.. *Subjectivity in Language* [A]. In E. Benveniste (ed.). Problems in General Linguistics [C], trans. M. Meek. Coral Gables, Fl: University of Miami Press, 1971.

② Lyons, J.. Deixis and Subjectivity: Loquor, Ergo Sum? In R. J. Jarvella & W. Klein, eds., Speech, Place, and Action: Studies in Deixis and Related Topics. Chichester and New York: John Wiley, 1982.

者看来这一因果关系不但没有成立，而且偏离较大，因此导致了说话者在表达这一因果关系的时候带了一种埋怨，不赞同的语气，是一种"主观性"的表述。综上，我们可以认为，反预期表达是言者主观性所借助的手段，通过反预期使得言者在言语中留下更多的"自我"印记。

"大+时间名词+的"这一构式为什么可以成为"反预期"句式，且具有较强主观性呢？据方梅研究，"语用焦点分为常规焦点和对比焦点，两者的不同在于预设不同，预设就是交际双方可知且共同认可的前提"①。常规焦点是预设和实际情况呈线性分布，而对比焦点是说话人认为听话人的预设为 X，实际情况却是 Y，说话人说出这个句子的目的在于指出"是 X 而非 Y"，这时句子的焦点就是对比焦点。如例（7），句子的对比焦点是"晚上应该好好休息"。对比焦点的存在一来使句子"主观性"增强，二来表达了强调。

鲁莹指出，"话语的强调表达"是指在言语交际中，言者为了满足语义轻重、信息缓急、感情强弱等差异化的交际需求，赋予话语某一部分在态度、情感、立场上的主体地位，使它们超越了其他语义内容，获得了凸显感知（perceptual prominence），形成了话语的强调形式。② 同样，沈家煊提出，构式作为一个形义结合的完形，整体意义受到一些基本认知原则的支配，用来强调言者的主观态度和评价。③ "大+时间名词+的"这一构式正是为了凸显言者主观性（言者态度、评价）产生的。因此，我们认为言者主观性与句子的强调义是顺接关系。

结　语

本文从"反预期"切入，对"大+时间名词+的"的认知特点和反预期类型、功能等展开分析论述。我们认为，这一构式的主观性和反预期义之间关系密切，反预期义是言者选用这一表达手段阐述其主观性的交际手段，同时，人类普遍的认知心理（隐喻、转喻）是此构式反预期和主观性的认知基础。"大+时间名词+的"这一构式表反预期义主要是由于其后续句所赋予的，在分析此构式的时候，不应该把它和后续句分开解读。同时，我们认为反预期义越突出，句子主观性越强。

参考文献

1. 方梅. 汉语对比焦点的句法表现形式［J］. 中国语文，1995（4）.
2. 谷峰. 汉语反预期标记研究述评［J］. 汉语学习，2014（4）.
3. 鲁莹. 主观性与强调表达的本质、特征及关系［J］. 北京科技大学学报（社会科学版），2019，35（5）.
4. 陆方喆，曾君. 反预期标记的形式与功能［J］. 语言科学，2019，18（1）.

---

① 方梅. 汉语对比焦点的句法表现形式［J］. 中国语文，1995（4）：279.
② 鲁莹. 主观性与强调表达的本质、特征及关系［J］. 北京科技大学学报（社会科学版），2019，35（5）：26.
③ 沈家煊. "在"字句和"给"字句［J］. 中国语文，1999（2）：96—99.

5. 雒瑞芳. 浅议"大+时间名词（的）"中时间名词的特点［J］. 才智，2017（29）.

6. 孙雅平. 从语法化"扩展效应"看反预期话语标记的形成——以"不料""谁知"为例［J］. 语言科学，2020，19（4）.

7. 吴福祥. 试说"X不比Y·Z"的语用功能［J］. 中国语文，2004（3）.

8. 杨松柠. "大+时间名词（的）"再议［J］. 汉字文化，2009（5）.

9. 杨棕燕. 浅议反预期结构式"大+时间名词+的"［J］. 文史艺术 2020（30）.

（康靖悦　北京第二外国语学院2020级硕士生　指导教师：潘先军）

· 汉语国际教育 ·

外国科技书

连词"还有"偏误分析及教学建议

李青文

摘　要：在现代汉语中，"还有"可以做短语，解析成副词"还"和动词"有"的组合，也可以做连词使用。连词"还有"是短语"还有"词汇化的结果，既可以连接词和短语，也可以连接分句和句子，表示并列关系。相较于短语"还有"，留学生在日常交际生活中使用连词"还有"时的偏误率更高。本文主要以收集到的中高级留学生二十七万字的口语语料和BCC语料库中语料为基础，研究留学生使用连词"还有"的偏误情况，其中大部分留学生学习汉语的时间为2年以上，最长的有8年，具有较高的真实性。由于目前学界对连词"还有"的研究还很少，所以本文将从本体研究出发，首先对连词"还有"的语法意义和语篇功能进行概述，其次对留学生语料中的偏误进行总结归纳，并尝试分析出偏误形成的原因，最后给出具有针对性的教学建议。

关键词：连词"还有"；语法意义；语篇功能；偏误分析

笔者在通读了近47万字的留学生口语语料完整版汇总之后，发现无论是被调查对象还是调查者本人在交谈过程中都大量使用了"还有"一词，但留学生在使用时却出现了不少偏误。在对这些语料进行进一步考察后，我们可以把留学生使用"还有"的情况分为两类。第一类是短语"还有"，即副词"还"和动词"有"的组合。这类"还有"属于状中式的偏正短语，意义上基本等同于"还"和"有"两者意义的相加。综合各家观点，我们把"还"的意义归纳为八类：①依然、仍然；②更加、再，又；③尚可、勉强过得去；④尚且；⑤用来加强语气；⑥未料到的；⑦转折（反而，反倒）；⑧继续，持续，进一步。当副词"还"和动词"有"组合时，两者意义能够共现的为：①增补义；②持续义；③尚且义；④反诘，表出乎意料的语气。据盛银花考察，"还有"的连词用法最迟在元末明初就已经出现了，而现代汉语中"还有"作为连词使用则是短语"还有"词汇化的结果。[①] 第二类是连词"还有"，"还有"作为一个词出现时，具有连词的功能，既可以

---

① 盛银花. "还有"的连接功能及其词汇化[J]. 语言研究, 2007 (4): 37—41.

连接词和短语，也可以连接分句和句子，表示补充的并列关系。

由于留学生口语中"还有"的偏误主要集中在其作连词使用时，尤其在连接分句和句子时出现了大量偏误，这也间接说明了连词"还有"在对外汉语教学上还存在一定的问题，所以本文将以 BCC 语料库和留学生口语语料库中的具体语料为例，结合理论分析与实践运用，对"还有"的连词用法进行探析，分析"还有"的偏误及成因，并以此为根据提出具有针对性的教学建议，提高留学生使用连词"还有"的准确率。需要说明的是，本文对短语"还有"不再做进一步讨论。

一、连词"还有"的语法意义和语篇功能

前文已经提到，连词"还有"是短语"还有"词汇化的结果，作为连词使用时，"还有"继承了副词"还"的增补义，所以也具有表示"增补"的语法意义。也就是说，"还有"在连接词和短语抑或分句和句子时，表示的是在原有内容之上补充新的内容，前后内容仍然属于并列关系。鉴于学界对"还有"的研究还很少，且大多数人还是把"还有"看作短语而忽略其词汇化后的连词用法，下文将首先分析"还有"的连词特征以对其词性做出界定，然后对连词"还有"的语法意义和语篇功能进行探讨。

（一）"还有"的连词特征

黄廖版《现代汉语（增订版）》对连词的解释为：连词起连接作用，连接词、短语、分句和句子等，表示并列、选择、递进、转折、条件、因果等关系。[①] 那么"还有"词汇化后是否真的属于连词范畴呢？要想搞清楚这个问题，我们可以先看一些具体语料以检验"还有"是否具有连词特征。

1. "还有"连接名词性成分

（1）桌围子是绿绸子的，绣着红白两色的荷花，还有"方秀莲"三个大字。（老舍《鼓书艺人》）

（2）我们通常把饥饿看得太低了，只说它产生了乞丐，盗贼，娼妓一类的东西，忘记了它也启发过思想、技巧，还有"有饭大家吃"的政治和经济理论。（钱钟书《写在人生边上》）

（3）据说好多伟大的小说，比如《三国演义》《水浒传》《西游记》，还有《今古奇观》，等等，都是在那种街谈巷议之中，不断传说，不断丰富，然后由文人把这些"说话"和"评书"集中编写成书的。（马识途《夜谭十记》）

（4）王老汉的家是用竹子搭起来的，仿着那傣家的竹楼，门前种了不少蔬菜瓜果，还有一丛丛长得简直就如竹丛似的茶叶丛。（王旭烽《茶人三部曲》）

（5）贫困地区的农民生活和城市部分职工生活还相当困难，而一些地方搞那么多

[①] 黄伯荣，廖序东主编. 现代汉语（增订六版）[M]. 北京：高等教育出版社，2017：27.

高标准住宅，<u>还有</u>一些豪华商店、高消费项目，工薪阶层根本不敢问津。(《人民日报》1995年3月15日)

2. "还有"连接分句和句子

（6）此外，<u>还有</u>1500多座民宅和数十幢公共建筑被淹，人畜也有不同程度的伤亡。(《人民日报》1998年8月27日)

（7）除了经济建设的若干重点项目之外，<u>还有</u>一个十分重要的建设项目，就是智力开发。(《人民日报》1983年7月15日)

（8）每每看着他们，我就想起了耿老爹，想起他挑着一担大箩筐在城市里游走；想起他和他的女儿；<u>还有</u>他上衣口袋里插着锃亮锃亮的两支钢笔。(《人民日报》2016年12月5日)

（9）"总而言之，没有必要说'登山'这个词，何必特意讲明登的是山呢。""好，那我就这么写。"鱼津苦笑着答道。"<u>还有</u>。我还想提一个希望。"(井上靖《冰壁》)

（10）蔡甸区区委书记张学忙告诉记者，全区除漫溃民垸的受灾群众外，<u>还有</u>不少居住在低洼地方和遭暴风雨袭击房屋毁坏的群众需要转移安置，任务十分艰巨。(《人民日报》1998年8月16日)

通过以上例子，我们可以看到"还有"的确具有连接功能，其后是可以连接词、短语、分句和句子的。除了依靠定义区分，我们还可以借鉴盛银花提到的替换法和删减法①。替换法就是当"还有"在句中能够用其他并列连词替换而不影响句子原意时，那么此时的"还有"就是连词。如上例（1）至例（5）中的"还有"就可以用另一个主要连接名词性短语的并列连词"和"替换，而不致改变句意。相应的，如果句中"还有"不能用其他并列连词替换，那么它就是短语。删除法就是把句子中的"还有"直接删除，如果不影响句子的原意，那么句中的"还有"为连词。如例（6）至例（10）可以直接把句中连接分句和句子的"还有"删除，我们发现，删除"还有"后，句子依然成立，且原意没有更改，所以可以判定句子中的"还有"为连词。相反，如果删除后句子不成立或是句子原意缺损，那么句中的"还有"则判定为短语。

（二）连词"还有"的语法意义

与其他连词不同，"还有"作连词使用时，其连接功能很强而又不同于其他连词。"还有"既可以连接名词性成分的词和短语，也可以连接分句和句子，这就可以把"还有"与其他连词区别开来。比如连词"和、跟、同、与、及、或"主要连接词和短语；"而、而且、并、并且、或者"是连接词语或分句；"不但、不仅、虽然、但是、然而、如果、与其、因为、所以"则主要连接复句中的分句。"还有"作连词用时，连接的成分一般不少于两项，用来表示并列关系，有增补义。当连接词和短语时，通常情况下，"还

---

① 盛银花. "还有"的连接功能及其词汇化 [J]. 语言研究，2007（4）：37—41.

有"用在最后一项之前。需要注意的是,"还有"连接的前后几项的内容不可以随意交换,这也是与其他连词的最重要的区别。这主要是因为其他并列连词如"和"连接的内容在语义上大都是平等的,互换位置后不会影响说话者要表达的意思;而"还有"作为连词使用时,其后连接往往是弱度信息或特别信息,主要凸显出增补义,所以如果把"还有"前后连接的词顺序颠倒,就会改变句意或是不能精准地传达出说话人的交际意图。如:

(11) 春生和刘朴,一左一右,挽着知县的胳膊把他架了起来,试试探探地往前走。(莫言《檀香刑》)

(12) 沿着门牌号码过去,那下一户的前房间里正在打麻将,听得见哗哗的洗牌声,还有"一筒""二索"的叫牌声,看得出是一家人,却也是亲兄弟明算账的架势。(王安忆《长恨歌》)

例(11)中"和"连接的是名词,"春生"和"刘朴"在语义上是对等的,并没有要凸显出哪一个人,所以两个词可以互换而丝毫不影响句子原意。但是例(12)中"还有"前后连接的分别是"洗牌声"和"叫牌声",根据一般预设,我们可以知道逻辑上要先有"洗牌声"随后才会有"叫牌声",而且句子本意是要突出"叫牌声"而合理推导出"一家人,却也是亲兄弟明算账"。如果句子更改为"沿着门牌号码过去,那下一户的前房间里正在打麻将,听得见'一筒''二索'的叫牌声,还有哗哗的洗牌声,看得出是一家人,却也是亲兄弟明算账的架势",整个句子语法上依然成立,但是在语义上就有了细微的差别。这一点也启示我们,在对外汉语教学中,要注意讲清楚不同连词间的细微区别。

总的来说,连词"还有"的语法意义主要可以归纳为两点:一是说话人在说完信息之后,又想起另外一个信息,所以运用连词"还有"进行补充,而且后补充的即"还有"之后的内容一般来说不如前面的信息重要;二是说话人按照主观意愿对要表述的信息进行排序,先罗列出重要信息,再用"还有"补充次要的信息。因此其句法位置主要分布于并列结构的最后一个并列成分之前、分句或全句句首。当然,具体是哪种情况则需要结合具体的语境进行分析。

(三) 连词"还有"的语篇功能

连词"还有"的语篇功能主要有话语标记功能、话语组织功能和言语行为功能。首先来看话语标记功能。我们知道判断一个词或短语是否具有话语标记功能,需要满足四个条件:语音上具有可识别性,可通过语气词、停顿等识别;句法上具有独立性,经常出现在句首,不与相邻成分构成任何语法单位,删除后不会导致句子不合法;语义上具有非真值条件性;功能上具有连接性。通过颜孟孟的研究我们知道"还有"是具有话语标记功能的。[①] 下面作为检验,我们来看一个例子:

---

① 颜孟孟. 汉语"还有"的篇章功能与偏误分析 [D]. 长春:吉林大学硕士学位论文,2011.

(13) 那"八宝莲子粥",用糯米和上好粳米煮成,煮得腻笃笃的,盛在小碗里,中间混着鲜莲子、鲜藕、鲜鸡头米,上面再堆上雪花绵白糖、青丝红丝……小碗又搁在冰桶里,用那从窖中取出的天然冰块偎着,取出来的时候,凉飕飕的,称作"冰盏儿",你说该有多么爽口!<u>还有</u>,"苏造肉火烧",是拿花生油、鲜鸡蛋和细罗面烤成的,皮儿一层又一层,层层不乱,薄薄的皮儿下,露出里头的萝卜丝瘦肉末馅儿,一两算你两个,真勾人的"哈喇子"!(刘心武《钟鼓楼》)

在这个例子中,首先,"还有"位于句首,连接的是一个句子,具有明显的停顿,在语音上具有可识别性。其次,"还有"在这个句子中可以直接删除而依然成立且不影响句子原意。语义上,"还有"的存在与否都不会影响该句的语义表达,所以其具有非真值条件性;语法功能上,在这个语篇中,"还有"前叙述的是"八宝莲子粥","还有"后则转到了"苏造肉火烧",起到了连接功能,具有过渡的作用,使得语篇的连续性更强。

此外,连词"还有"还具有话语组织功能和言语行为功能。前文已经探讨过,连词"还有"的句法功能主要有两类。其中说话人在说完信息之后,又想起另外一个信息,所以运用连词"还有"进行补充,这类句法功能在语篇中体现的就是言语行为功能;说话人按照主观意愿对要表述的信息进行排序,先罗列出重要信息,再用"还有"补充次要的信息。这类句法功能在语篇中体现的则是话语组织功能。

通过对"还有"的语法意义和语篇功能的探讨,我们可以对"还有"的本体知识有一个较为清晰的理解,这不仅是我们在教学时的依据,也是我们进行有效的偏误分析的前提。

二、基于语料库对连词"还有"的偏误分析

通过对收集到的中高级留学生二十七万字的口语语料进行统计分析,我们发现留学生在使用连词"还有"时的偏误主要有误代和误加两种类型。以下将通过对偏误类型的分析,总结出连词"还有"的偏误原因。

(一)连词"还有"的误代

留学生在使用连词"还有"的过程中,经常会把"还有"与其他相近的词弄混淆。这主要是由于留学生没有将相近词区别开来,没能精准掌握各个词的用法,把本应该使用A词的地方误用了相近的B词,这就是我们要讨论的第一种偏误类型——误代。

1. "还有"和"还是"误代

"还是"可以做连词表示选择关系,用在动词或主语之前,语义上与表选择的"或者"更为接近,也可以做副词表示状态的持续,语义上有"仍然、仍旧"的意思,用在形容词、动词之前,有时也可以放在主语前。要辨别"还是"的词性要在具体的语境中考察。下面我们来看几个相关的偏误例子:

(14) 所以有的时候一起去吃韩国菜，还是去有名的地方。

(15) 前菜，然后有面还是米饭，然后有鱼还是肉，然后有甜品，有水果，这个是正式的。

(16) 我周末去了动物园还是首都博物馆还是海底捞。

(17) 我们只有牛肉。还是土豆，还是蘑菇。

(18) 这里的学生，尤其是我们系的同学们，学习很好，还有很努力地学习。

以上例子中，例（14）至例（17）均为应该用"还有"而用了"还是"的情况。通过语境，我们可以知道例（14）中"吃韩国菜"和"去有名的地方"两者之间是并列关系而非选择关系，所以这儿的"还是"应该换成"还有"。例（15）、例（17）中"前菜""面""米饭""鱼""肉""牛肉""土豆""蘑菇"也是并列存在的，而非选择关系，所以要把"还是"换成"还有"。例（16）中说话人去了三个地方，分别是动物园、首都博物馆和海底捞，三者之间是并列关系，所以应该改为"还有"。例（18）中"学习很好"和"很努力地学习"之间是一种状态的持续，所以应该改为"还是"。

2. 还有"和"还"误代

"还"是副词，我们之前提到过"还有"的连词用法是由副词"还"和动词"有"组合成的短语"还有"词汇化的结果。连词"还有"保留了一些副词"还"的语法意义，因此，留学生会误用"还有"和"还"，似乎也无可厚非。我们需要明确的是，"还"作为副词，只能用在谓语动词前，连接谓词性成分，表示补充、递进、持续关系，而"还有"主要分布于并列结构的最后一个并列成分之前、分句或全句句首，除了谓词性成分，还可以连接名词性成分、分句和句子。了解了这些区别，我们来看下面的例子：

(19) 我去过南锣鼓巷，五道口，五棵松，嗯，还有去过长城。

(20) 我去过北京、上海、西安，还有去过青岛。

(21) 像我刚说的长城，这是我去过的很远的地方，然后还有刚去过汽车博物馆。

(22) 看过《我的少女时代》，还有看过《同桌的你》。

(23) 我还有想吃鱼肉，鸡肉，牛肉。

(24) 只要你认真学习，我觉得就不难。还有需要多练习口语，就很容易学会了。

以上例子都是留学生想要表达"还"却误用了"还有"的偏误情况。我们在前文提到过，副词"还"只能用在谓语动词前，连接谓词性成分，表示补充、递进、持续关系，观察以上例子，我们可以发现除了连接的都是谓词性成分如去过、看过、想吃、需要之外，这些句子整体表达的不是并列关系，而是与前面的信息相比，再增补一些信息，且有递进的语义关系在。

3. 还有"和"而且"误代

"而且"也是连词，表示并列、互相补充或递进，近义词为"并且"。在句法分布上位于除第一项外的其他项之前，可以连接谓词性成分或者分句。需要注意的是，"而且"

与"还有"的最大区别是"而且"在使用时具有递进义，表达出一种更进一步，更加深入的含义；而"还有"则只是对前面信息的补充，前后表达的内容在总体上只有并列关系，没有递进关系。同样的，我们来看几个例子：

（25）因为每天一般只有四个小时的课，还有星期五没有课，还可以。

（26）因为我喜欢中国文化，还有在高中的时候就开始学汉语，所以我来中国继续学汉语。

（27）我觉得我适应了中国的生活，还有喜欢了（中国的生活）。

（28）所以刚开始的时候不理解拼音是什么意思，拼什么东西，而且声调是什么东西，什么鬼。

（29）几次出去玩，我都没去，因为我不喜欢喝酒，还有我不喜欢去酒吧，所以我睡觉。

观察以上例子，例（25）中"每天一般只有四个小时的课"和"星期五没有课"中间连词的选取需要有递进义才能使得"还可以"的结论更符合逻辑，整句话更通顺，而"还有"表现的是并列关系，因此，此处应更改为"而且"。例（26）中"喜欢中国文化"和"在高中的时候就开始学汉语"在语义上应该是递进义，表达出更进一步以至"所以来中国继续学汉语"。例（27）中"喜欢"是比"适应"更深一步的，所以应该改为"而且"。例（28）是本应用"还有"误用了"而且"的情况，因为拼音和声调应该属于并列关系，没有递进义。例（29）中喝酒和去酒吧语义上有关联，用"而且"可以使话语更顺畅。

除了这三种比较常见的误代情况外，"还有"偶尔也会与"但是""因为"等混用，由于这类情况很少，所以不再单独列出。具体可以看以下几个例子：

（30）太辣了。还有我们看到了周边的人好像都习惯了，就是不怎么流流眼泪。

（31）大概3年前才开始学习汉语，还有我小的时候对汉字有兴趣，所以学汉字的时间很长。

（32）大概都能懂。还有他们说的话都是日常生活中说的内容

（33）我用拼音打的，还有对我来说，用拼音打字更快。

（34）其实对翻译这个专业来说既没有用，也没意思，没有人感兴趣。但是，必须上，还有老师很严格。

（35）你们很多名胜古迹，还有长城。我小学的时候我很喜欢，所以我对中国很感兴趣。

（36）因为有很多便利设施，交通方便，工作的时候，当然大城市更好。还有对年轻人来说，大城市比小城市更好。

以上例子中前两个例子应该用"但是"误用了"还有"；中间三项则应把"还有"改为"因为"，例（35）中"名胜古迹"是包括长城在内的，是包含关系而非并列关系，可

以改成表列举的"比如"。最后一个例子中"对年轻人来说,大城市比小城市更好"是对前面表述内容的总结,应该换成"所以",这样才能使句子表意更清楚。

(二)连词"还有"的误加

在统计留学生口语语料时,我们发现出现了大量的"还有",有些完全是冗余现象,没有必要使用。虽然"还有"具有语篇功能,可以在表达时增加语篇的连贯性,但是过度使用"还有"一词,也会显得啰嗦多余,不够简洁。这主要是留学生在使用该词时过度泛化的结果,以至于不需要用"还有"时依然使用了"还有"。如:

(37)对我来说还有除了那个阅读的部分的困难,还有时间的问题。

(38)在韩国,高考是一年一次,还有很多高中生努力学习,压力也很大,还有父母的影响也有很大。

(39)现在韩国也跟以前不一样了,老师也很努力的教,还有努力地学习。

(40)所以我爸爸说,还有爸爸的公司,现在在跟中国人合作。

(41)我家乡的孔子学院,只有三天(上课),就是星期一,星期三,星期五,三次,还有每节课是一节课是两个小时。

(42)那边有山有水,空气也好,还有冬天的时候,可以滑雪滑冰。

(43)但是在广西,我听不懂。还有特别听不出来他们说什么,一点儿也不像。

(44)以前很吵,还有不干净,还有穷,但是现在中国的经济很发达。

(45)济州岛在韩国的南边,最大的岛屿,还有我觉得中国人特别喜欢济州岛。

(46)桑马干是比较有名的,因为也算是比较古老的城市,还有那边也有很多外国人,还有很多好吃的,都有。

(47)济州岛是在韩国的最南端。还有很多人每年来这里看美丽的海边还有景观。

(48)我去过天津,还有下个月要去内蒙古。

(49)朱老师是很亲切,还有很认真。

"还有"在句子中连接两个并列成分,前后有一定的关联,共同组成完整的句子。观察以上例子,我们可以明显感觉到删除"还有"之后,语法上依然成立且可以完整表达句意;而这些例句添加了"还有"时反而使句子表述更为复杂。究其原因,主要是因为,这些句子本身语义已经完整,前后文已经通过省略、替代等形式连贯在一起了,所以不需要再用连词"还有"衔接前后文。

也就是说,在使用连词"还有"时,我们要明确其只能用在表达补充性的并列关系的句子中,而那些语义上表达递进、因果或者表示顺序先后的关系的句子则不能使用。因此,在选择连词时,我们不仅要注意语义关系,同时也要注意语句之间的衔接是否连贯,需要明确的是,滥用连词"还有"不仅不能更好地衔接语句,还会影响语义的表达,造成冗余式的无意义堆砌,当然要精准使用连词"还有",就需要教师的正确引导和学生的自觉学习。

三、连词"还有"的偏误原因分析

通过对"还有"本体知识的归纳总结与留学生口语中连词"还有"的偏误的分析，我们认为连词"还有"偏误产生的原因主要可以归纳为三点："还有"本身的复杂性、学生自身和教师教学的原因。

（一）"还有"的复杂性

"还有"既可以是短语也可以是词，具体是哪种用法则需要根据特定的语境来选择判断。作为短语使用时的用法又与做连词时的用法不同。通过语料统计与分析，我们发现"还有"的连词用法也已经被广泛运用。然而，学界对连词"还有"的关注还很少。在查阅相关资料时，我们发现只有两本工具书将"还有"作为一个词划归到连词中：在张斌、张谊生《现代汉语虚词》①中，将"还有"收录在并列连词的部分；在李宗江、王慧兰《汉语新虚词》②中，将"还有"收录在语篇关联语一类。不仅如此，专门研究连词"还有"的文章也仅仅只有两篇，主要是从历时角度来研究"还有"的词汇化及语法化的过程的。而连词"还有"作为由短语词汇化而固定下来的新用法，其本身的特点和用法都还有待挖掘，不仅存在如何区分短语"还有"和连词"还有"的问题，还存在着连词"还有"到底与其他连词有何种区别的问题，这些都需要进一步探讨。因此，我们认为留学生产生偏误的一个很大原因在于"还有"一词本身的复杂性。

（二）学生的原因

1. 母语负迁移

外国人学习汉语时常常出现的偏误之一是语际偏误，也就是学习者习惯性地将自己母语语言的意义、使用规则运用到目的语的使用中而产生的错误。连词"还有"产生偏误的一个重要原因就是母语负迁移。以母语为英语的二语习得者为例，连词"还有"一般译成英语中的副词"furthermore"。句法位置上，"furthermore"与"还有"相同，既可以单独用在句子前面，引出后面要补充的内容，也可以作为插入语插在两个短句子之间。但是，连词"还有"的前后内容一般处于并列关系，且不能单独作副词修饰整个分句或句子。所以，如果不能注意到这两点区别，就有可能受到母语的干扰而造成偏误。众所周知，无论哪种语言都很难做到完全对译，越是相似却又有所区别，学生越是容易产生偏误。

2. 目的语知识的泛化

学生在学习"还有"的过程中，既学习了副词"还"和动词"有"的组合的短语用法，也学习了"还有"的连词用法。如果学生在学习过程中没有区分开这两者用法上的区别，就很容易造成混用。此外，连词"还有"与其他连词的细微区别也会造成偏误现象。

---

① 张斌，张谊生. 现代汉语虚词 [M]. 上海：华东师范大学出版社，2000.
② 李宗江，王慧兰. 汉语新虚词 [M]. 上海：上海教育出版社，2011.

学生会利用初期习得的较简单用法扩展到新的表达中，造成偏误，这也是在语料中出现大量误代、误加的原因。

3. 学习方式及学习策略的影响

当学生觉得自己没有掌握一个词的语义或用法时，很多学生会采取回避策略，应当使用时而不使用，或只使用自己熟悉的词来代替，因而造成偏误。我们在整理口语语料时发现留学生在选择表并列的连词时，除了单音节的"和"之外，使用最多的就是"还有"，"而且、并且"则运用的相对较少。而由于并列连词之间的区别很小，学生表达有误也不会影响信息的传递与接受，所以学生在输出时就会选择自己较为熟悉的词而不加考虑其是否适用。这也是造成连词"还有"偏误的重要原因。

（三）教师的原因

语言是在不断发展着的，对外汉语教师首先应该保持终身学习的态度，主动学习汉语本体知识，关注汉语语音、词汇、语法的发展变化。尤其是像"还有"这种经历了词汇化而固定下来的词更需要汉语教师主动去学习掌握，把"还有"的短语用法、连词用法与其他连词的区别一一攻破。这样在给学生讲解时才能做到既全面又精准。此外，在对外汉语教学中，教师在讲解词汇时，很容易采取直接对译的教学方法，告诉学生某一个词在其他语言中相当于哪一个词，这当然可以使学生快速理解，但也忽视了不同语言间的不完全对等。如果在后续教学中，教师不能做到精讲多练，着重讲解这一知识点的语法的同时与其他相近词进行词义辨析，学生就很容易陷入误区。

四、留学生习得连词"还有"的教学建议

我们前面已经分析过，连词"还有"的偏误类型主要是误加和误代两种，偏误原因主要是"还有"本身的复杂性、学生自身以及教师教学的原因三种。根据我们的考察，在对外汉语教学中，"还有"作为连词的教学跟它的使用频率并不成正比。因此，为了降低留学生习得连词"还有"的偏误率，我们提出以下几点具有针对性的建议。

一是针对连词"还有"的误加，教师可以设计具体场景来帮助学生在语境中理解运用相关知识点。在具体教学过程中，教师可以设计不同的情境，或者学生自己创作情境，两两一组运用"还有"进行对话练习。比如下面这个场景的设定就可以帮助留学生更好地练习连词"还有"的用法：

学生A：我中午不想去食堂吃饭了，你呢？

学生B：我也是。

学生A：那我们点外卖吧！

学生B：好啊。你想吃点什么？

学生A：我想吃新疆炒米粉，关东煮，炒面，哦，还有土豆饼。你呢？

学生 B：我想吃杂粮煎饼。还有，你想喝奶茶吗？
学生 A：不太想喝。
学生 B：那咱们就点关东煮，土豆饼还有杂粮煎饼吧。

需要注意的是，教师在组织学生演练具体情境时，要注意学生的流利度和准确率。针对学生出错的语句，可以抄录下来进行讲评，或者让小组之间进行互评以提升学习兴趣与效率。当然如果学生在情境中滥用"还有"，就会使得整个对话的流利度和准确度大打折扣，别人听起来也会觉得过于烦琐，不够简洁。针对这种情况，可以进行录音建立口语语料库，以方便查阅找出冗余所在，避免该词在今后的学习和日常交际中过度泛化使用。

二是针对连词"还有"的误代，最有效的方法是多角度对比分析，辨明异同。教师可以把语法意义相近的连词整理出来，制作简明的表格，使学生对不同连词的异同点一目了然。如连词"还有"和"还是"的对比，就可以从词性、句法位置、连接成分、语义关系几个维度制作表格（见表1）。

表1　"还有"和"还是"的对比

	词性	句法位置	连接成分	语义关系
还有	连词	并列结构的最后一个并列成分之前、分句或全句句首	名词性成分、谓词性成分、分句和句子	补充、并列关系
还是	连词、副词	谓词性成分或者主语前	名词性成分、谓词性成分、分句	选择关系、状态持续不变

在制作表格之前，教师需要进行系统的对比分析和讲解。在讲解时，可以大量举例让学生先自己发现"还有"和"还是"的区别，等学生自己总结好规律再把提前制作好的表格公布，让学生查漏补缺，排除错误信息。此外，教师要设计练习，可以让学生选词填空，也可以造句子让学生判断正误并说明理由。

总的来说，教师在教授连词"还有"时，一定要充分发挥学生的主观能动性，秉持精讲多练的教学原则，整理收集学生的偏误语料，进行有针对性的教学设计。

结　语

本文在本体研究的基础上，对中高级留学生口语语料库中的具体语料进行分析，归纳总结了连词"还有"的偏误类型及成因，并以此为根据提出了具体的教学建议，以期提高留学生使用连词"还有"的准确率，也为对外汉语教师的教学提供参考。但是，由于口语语料转写成文本会出现一定的偏差，所以会在一定程度上影响统计和分析的结果。此外，由于笔者教学经验较少，提出的教学建议在具体运用时可能会存在一些困难，还需要进一步的教学实践进行检验。

参考文献

[1] 高顺全. 多义副词"还"的语法化顺序和习得顺序 [J]. 华文教学与研究, 2011 (2).

[2] 胡壮麟. 语篇的衔接与连贯 [M]. 上海: 上海外语教育出版社, 1994.

[3] 黄伯荣, 廖序东. 现代汉语 (增订六版) [M]. 北京: 高等教育出版社, 2017.

[4] 李文山. 论现代汉语中的三个"还有"——兼论共时材料中的语法化 [J]. 汉语学习, 2008 (5).

[5] 李宗江, 王慧兰. 汉语新虚词 [M]. 上海: 上海教育出版社, 2011.

[6] 鲁健骥. 外国人学汉语的语法偏误分析 [J]. 语言教学与研究, 1994 (1)

[7] 盛银花. "还有"的连接功能及其词汇化 [J]. 语言研究, 2007 (4).

[8] 徐丽华. 外国学生连词使用偏误分析 [J]. 浙江师范大学报 (社会科学版), 2001 (3).

[9] 徐威. 韩国留学生使用连词"还有"的偏误分析及教学策略 [J]. 北京大学研究生学志, 2010 (3).

[10] 颜孟孟. 汉语"还有"的篇章功能与偏误分析 [D]. 长春: 吉林大学硕士学位论文, 2007.

[11] 杨玲. 现代汉语副词"还"的语义与语法分析 [J]. 四川师范大学学报 (社会科学版), 1999 (1).

[12] 原芳. 连词"还有"的偏误分析及教学策略 [D]. 开封: 河南大学硕士学位论文, 2012.

[13] 张斌, 张谊生. 现代汉语虚词 [M]. 上海: 华东师范大学出版社, 2000.

附录：连词"还有"偏误语料

1. 因为每天只有……一般只有四个小时的课，还可以对对对还可以，还有星期五没有课，

2. 因为我 - 像我喜欢中国文化，还有在高中的时候开始 learn 汉语，所以我继续 learn 汉语，所以我来中国。

3. 你们#SYN 有很大的 [很大的] 名胜古迹/很多名胜古迹/，还有长城。我小学的时候我很喜欢，#SYN 所以我对中国有很多感兴趣/所以我对中国很感兴趣/。

4. 我还有，我想吃鱼肉，鸡肉，牛肉

5. 韩国人，中国人……有，然后日本人。还有当然……俄罗斯人，都可以。

6. 我周末去动物园还是#SYN/还有/首都博物馆还是#SYN/还有/海底捞。

7. 我们只有牛肉。还是#LEX/还有/ ／＼土豆，……还是#LEX/还有/蘑菇，一蘑，moyi/蘑菇

8. 我的韩国朋友对#LEX/ 和 /我外国朋友都是汉语研究生，还是#LEX/ 还有 /他们有 #LEX/ 是 /HSK5 级，

9. 太辣了。还有我们……看到了周边的人好像都习惯了，就是..不怎么流...流眼泪

10. 我觉得适应了……中国的生活，还有喜欢了。

11. 我在 = 韩国学习的时候，没有＼怎么努力＼怎么努力学习，还有那时候我们的老师比较跟我们一样吧#SYN/还有那时候我们的老师跟我们比较一样吧/，

12. 现在韩国也……跟以前不一样了，老师也很努力的\教，还有努力地学习。

13. 这里的学生，尤其是我们系的同学们，学习的……很好，还有很努力地学习

14. 我不喜欢喝酒#SYN/几次出去玩，我都没去，因为我不喜欢喝酒/。还有我不喜欢去酒吧，酒吧，所以我［睡觉,］

15. 所以我爸爸说，还有那个爸爸的公司，现在=……在跟［中国人合作

16. 所以那个=暑假的时候我工作，还有我得到奖学金。

17. 我用#PHOyóng/yòng/拼音打的，还有对我来说..首先，我们打字更快的#SYN/我们用拼音打字更快/

18. 因为哈萨克语是无声调，还有我们是非汉字圈，所以..那个，对我们来说汉字在学习汉语的时候是最难的

19. 我的家乡，^孔子学院……只有三天，就是星期一，星期三，星期‥五，三次，还有每节课是……一节课是两个小时。

20. 那边有山有水，对，空气都好。#SYN 空气都好/空气也好/还有冬天的时候，可以滑雪滑冰。

21. 那个 HSK 五级考试，是第一次我参加了呃 HSK#SYN/是第一次我参加/。还有呃去年三月#PHO sā yuě/sān yuè/份#PHO fēn/ fèn /，通过了（Hx）HSKK 中级。

22. 对我来说还有除了那个嗯阅#PHOyuě/ yuè/读的部分的困难，还有嗯时间的问题

23. 因为最大的优点就是呃‥价格很便宜，还有我在淘宝#PHObào/ bǎo/有很多东西，所以我会比较#PHOjiǎo /jiào/#SYN 我在淘宝有很多东西，所以我会比较/因为淘宝有很多东西，所以我会进行比较。/

24. 大概都能看懂。还有他们说的话都是日常生活中说的内容。

25. 我=都喜欢中国餐还有韩国餐。

26. 所以有#PHOyóu/yǒu/时，--有的时候一起去..吃韩国菜还是#LEX/还有/，嗯..有名的地方..去#SYN/去有名的地方/，

27. 但是在广西，我听不懂。［还有］特别听……听不出来他们说什么，一-一点#PHO diàn/diǎn/儿也不像。

28. 其实对=翻译这个专业来说…（1）没有用。也=没-没有意思，没有人感兴趣。但是，必须上。还有老师很严格。

29. 我都有。因为我=嗯……成绩很-很高。还有我帮#PHO bān/bāng/助我们的=校长…做一个事情，然后他…（2.2）记住我@#SYN/记住我了/。

30. 大概 3 年前在#LEX 前/才/开始学习汉语，还有．我小的时候对汉字有兴趣……所以昂……学汉字的时间……很长，

31. 在大田没有什么印象的，还有在大田没有什么好玩…的地方，这个是大田人也．已经……承认的了。

32. 可是..五级和六级的差别..很大！这个是最大=LEX 最大/最高/的级，比别的差

别……要大，还有我上课的内容，有的词语……大部分的词语……是六级里面的词语

33. 我觉得，说的时候我的发音不太好，还有写句子的时候，很多很多想法。

34. 还是/还有/，我星期一星期五，有的天有辅导课。#SYN/我星期一星期五有辅导课。/

35. 我平时喜欢中国的电影、中国的#LEX 电视机/电视剧/，还有中国的工作的环境很有意思，

36. 我去过北京、上海、西－安，还有＼／去过青岛。

37. 还有去……踢足球什么#SYN 还有去踢足球什么/还踢足球什么的/

38. 要是^#LEX 要是/只要/你认真学习，我觉得#LEX/就/不难。＼还有……需要多一点儿练习口语。#SYN 多一点儿练习口语/多练习口语/对，就^很容易学习。＼

39. 我们有＝很多节日^/。还有…夏天也＝跟中国一样热。还有……（Hx）还有人们也很..友好。

40. 刚＝说的是——长城，#SYN 我刚说的是长城/像我刚说的长城/——很远的去过的地方。#SYN 很远的去过的地方/这是我去过的很远的地方/然后还有－去－刚去过汽车的博物馆#LEX 汽车的博物馆/汽车博物馆/

41. 我小的时候住在欧洲，所以我经常去欧洲，还有妈妈去出差美国的时候#SYN/去美国出差的时候／，也追#LEX/跟/她一起去了

42. 还有我想到空航#LEX/航空/公司教语言，所以...我应该说汉语和英语。

43. 以前很吵#PHO cháo /chǎo/，还有不干净，还有穷，但是现在中国的经济很发达

44. 大部分的人觉得中国的经济好#LEX/发达/还有干净#SYN/环境干净/

45. 我觉得杭州#SYN/是/不太发达的城市，但是有很多高楼，还有西湖很漂亮，还有交通规定#LEX/规则/很好，在过马路的时候［红绿灯］

46. 济州岛在韩国的南边，最大的岛屿，还有我觉得中国人特别喜欢济州岛。

47. < L2 桑马干 L2 >是比较有＼名的，因为也算是比较古＼老的城市，还有那边也有很多外国人，还很多好吃的，都有。

48. 我们先去长城，因为长城是世界上最有名的地方，他们很想去那个地方，然后，还有可以去的地方就是…

49. 前菜，然后有面还是米饭，然后有鱼还是#LEX/还有/肉，然后有甜品，有水果，这个是正式的

50. 你可以^说得多，还有^努力得多

51. 我和我的朋友＝，嗯……喜欢出去玩儿，嗯……还有我们可以一起复习，因为我们每次#LEX/每周/都有考试。

52. 我去过南锣鼓巷，五道口，五棵松，嗯，还有去过长城。

53. 看过《我的少女时代》，还有看过《同桌的你》

54. 喜欢吃肉，羊肉和……猪肉，还有……大－下的丸子，还有我非常喜欢—宽粉儿。

55. 对学生来说……（0.5）［房费］很贵，还有安全，安全不太，……（1）不好#SYN/不太安全/。

56. ［在韩国］的时候高考是一年一次开始#SYN/在韩国，高考是一年一次/，还有很多高中生努力学习，也有压力很大#SYN/压力也很大/，还有父母的影响也有很大。

57. 济州岛是在韩国的最南端。还有很多人每年来这里看美丽的海边还有景观。

58. 因为有很多便利设施还有交通方便，工作的时候，当然大城市更好。还有年轻人来说#SYN/对年轻人来说/，大城市比小城市更好。

59. 我去过天津，还有下个月要去内蒙古。

60. 朱老师是［很］亲切，还有很认真。

61. 学校食堂也很好，比较便宜，还有，有很多吃饭#LEX/吃/的东西，很多菜。

62. 所以刚开始的时候不理解拼音是什么意思，拼什么东西，而且声#PHO/ sh□ng/ shēng/ 调是什么东西，什么鬼。

（李青文　首都师范大学文学院 2019 级硕士生　指导教师：莫伯峰）

《博雅汉语·初级起步篇》生词释义问题研究

全思慧

摘 要：词汇教学贯穿于对外汉语教学的始终，是对外汉语教学过程中最不可缺少的部分。词汇的掌握是留学生流利表达的基础，所以词汇学习这一环节在对外汉语教学中举足轻重，尤其是在接触汉语的初级阶段，学习者对教材中词汇的释义有更强的依赖性，所以教材中的释义是否准确合理对汉语学习者能否完全理解词语有很大的影响。目前国内几部通用的对外汉语教材多用英文对课文中出现的生词进行释义，本文选用《博雅汉语·初级起步篇Ⅰ、Ⅱ》（第二版）为切入点，在前人研究基础上进一步探究该教材中生词释义的类型特点，分析生词释义中出现的问题，并从教材编写、学习者实际需求等方面提出相应建议，同时结合课堂教学提出具体的教学策略。

关键词：博雅汉语；初级；生词释义

一、研究对象以及原因

（一）研究对象

本文的研究对象为《博雅汉语·初级起步篇Ⅰ、Ⅱ》（第二版）（下文简称《博雅汉语》），本书由李晓琪主编，北京大学出版社出版，初版问世于2004年，并于2012年全面修订。该教材适用于零起点的汉语学习者，两册共有55篇课文（上册30篇，下册25篇），每5篇课文为一个单元，每单元的第5课为前4课的总结概括。教材基本涵盖了《汉语水平词汇等级标准大纲》中的甲级词语，并涉及部分乙级语言项目，学完该阶段的汉语学习者的汉语水平可以达到HSK3级。

（二）研究原因

1. 选择《博雅汉语》的原因

首先，《博雅汉语》是目前国内对外汉语教学通用的教材之一，来华留学生的国别背景多种多样，教材与国别一一对应这种情况显然是不可能实现的，所以相比于具有针对性的国别化教材，像《博雅汉语》这样的通用性教材更具普遍性和实用性。虽然随着对外汉语教材逐渐多样化，教材种类的分区也越来越细，听说读写不同的技能练习都有与之相对应的教材，但从对外汉语教学的目的是让汉语学习者能够运用汉语进行交际这一点来看，听说读写各项技能的简单相加并不能很好地实现这一目的，所以综合性的教学和练习就显得很有必要。《博雅汉语》是综合性很强的对外汉语教材，内容涵盖生词的学习，语言点的讲解，围绕话题的课文以及课后包括语音、词汇、汉字等在内的综合练习及文化背景介绍，等等，可以让学习者得到较为全面的练习。

其次，初级阶段是学习者在学习汉语过程中至关重要的阶段，初级阶段的教材是汉语学习者学习过程中起着奠基作用的基础性教材，教材中对生词、课文、语言点等知识的编写是否合理，影响着学习者对汉语学习是否有兴趣。所以选择对外汉语初级综合课教材进行研究是有必要且有意义的。

2. 研究生词释义的原因

词汇是汉语学习中非常重要的一部分，尤其对于处于初级阶段的汉语学习者来说，要想看懂课文理解老师说的话就必须先了解句子中每个词的含义，那么生词的学习就显得尤为重要。因此，对初级阶段教材中出现的生词进行准确的注释就成了帮助汉语初学者理解汉语词汇的途径，尤其是汉语词汇的意义丰富。随着语境的不同相同的词也会有不同的含义，这也是教材中生词注释的一大难题，如果教材中有些生词释义存在问题，会给学生的汉语学习从初期就带来困扰，也会使得学习者在学习初期就形成错误的概念从而造成理解的偏误。

二、研究综述

随着对外汉语专业的日益发展，学界对于对外汉语教材的生词注释的问题已经有了相关的研究，专家学者从不同角度对教材中生词注释这一问题都提出了自己的见解。

（一）针对不同教材进行研究

有的学者是以某种教材为研究对象而展开的，针对某一部教材中生词释义这部分进行分析从而提出自己的观点。王珊以第一版综合教材《博雅汉语》为基础，对该套综合课教材生词的释义形式、释义模式等进行了全面分析并探讨了该教材生词释义的特点[①]；张利民在分析《实用速成汉语》这一教材的基础上，从教材生词释义的优点实例和释义存在的问题两方面对该教材中的生词注释问题进行了研究，并指出英译与汉语词义有交叉但不完全对应，英译与汉语词搭配不同以及两者语用不同都会造成生词释义的失败，也会增加学习者的学习难度。[②]

---

① 王珊. 对外汉语综合课教材生词释义研究[D]. 厦门：厦门大学硕士学位论文，2008.
② 张利民. 对外汉语教材生词注释研究——以《实用速成汉语》为例[J]. 赤峰学院学报（自然科学版）2012（2）：121—122.

也有学者从对比的角度研究不同教材之间生词注释问题,从而指出不同教材中生词释义存在的问题。张诗雨对比了《汉语教程》和《新实用汉语课本》,对两部教材中的重合生词的英文释义进行了分析并指出了英文释义生词存在的问题[1];王颖辉以《发展汉语》、《目标汉语》和《博雅汉语》为例对这三种对外汉语教材的生词英文注释情况进行了统计分析,并对英文注释有差异的词进行了分类,从而分析造成释义差异的原因。[2]

(二) 以相关教学为基础进行的研究

教材是教学的依据,把教材研究透也会对教学起到积极帮助,所以也有不少学者从词汇教学的角度出发,分析教材中的生词释义从而提出一些教学建议。晏懋思指出,教材中的词语翻译不仅帮助学生进行生词的理解,还有指导学习者运用生词的作用,如果词语释义得不恰当或者与词语所在的语境不相符,便会使学生对词语形成错误的认知从而在运用中出现错误[3];谢军把教材的生词英译与教学结合,指出生词释义要遵循教学原则,注意文化词的讲解并提出了针对生词教学的方法:利用实物图片或者身势语、运用对比法(包括汉外对比、同义词近义词对比等)、运用情景讲解生词[4];卢桂芝提到,教材中的词汇注释理所应当遵循第二语言习得的规律,并结合对外汉语教学的特点和实际情况进行编排,并说明使用符号、漫画或其他更直观的方式来释义生词也是值得研究的[5];赵薇、肖丽莉分析了学习者在学习中可能会出现的偏误,进而提出教师在教学中避免释义不妥当等问题导致的语际负迁移情况。[6]

三、关于《博雅汉语》中生词释义的研究

语言是用一个个词汇按照语法规则组合起来的,词汇是语言的基础材料,就像是盖房子必须要有的建筑材料,没有词汇就造不成句子。词汇学习是语言学习中的一个重要环节,而且必须是一个连续的过程。对于汉语学习者来说,学习词汇的途径主要是教材课文中的生词,但由于他们还处于语言学习的初级阶段,所以教材中对于生词的注释就显得尤为重要。在对汉语了解甚少的学习初期,注释是帮助他们理解汉语、学习汉语的一种媒介,从另一方面来说,教材生词注释的合理程度直接影响学习者对生词的掌握程度。

(一) 生词注释的方法

"媒介语释义法"是目前学界对生词进行释义的主要方法,这种依靠母语或某种共通语言来为词语做释义的方法为初级学生学习汉语提供了有效途径,在一定程度上缓解了对

---

[1] 张诗雨. 初级对外汉语教材生词英文释义比较研究 [D]. 合肥:安徽大学硕士学位论文, 2015.
[2] 王颖辉. 对外汉语初级综合教材生词英文释义研究 [D]. 西安:西北大学硕士学位论文, 2016.
[3] 晏懋思. 对外汉语教材中词语翻译的一些问题及其对策 [J]. 现代外语, 1994 (1):4.
[4] 谢军. 从对外汉语教材中的生词英译看对外汉语词汇教学 [D]. 长沙:中南大学硕士学位论文, 2007.
[5] 卢桂芝. 有关对外汉语教材中生词英文注释问题 [J]. 衡阳师范学院学报, 2010, 31 (1):4.
[6] 赵薇、肖丽莉. 从偏误角度浅析对外汉语教材中的词汇英文释义问题 [J]. 海外英语, 2012 (24):2.

汉语的陌生感。在当今世界，相对而言，英语成了一定程度上的"会话媒介"，所以很多对外汉语教材中对生词的注释用的都是英语。如：

  例1：这是什么杂志？   《博雅·初级Ⅰ》第三课
  杂志 zázhì n. magazine
  例2：我的专业是国际关系.   《博雅·初级Ⅰ》第五课
  专业 zhuānyè n. major field of study
  例3：可是听说很有名。   《博雅·初级Ⅰ》第七课
  有名 yǒumíng adj. famous，well-know
  例4：那件白毛衣怎么样？   《博雅·初级Ⅰ》第十四课
  件 jiàn mw. measure word（for pieces of clothing）
  例5：早上闹钟响了，可是我没听见。 《博雅·初级Ⅱ》第八课
  响 xiǎng v. to ring，to make a sound
  听见 tīngjian to hear
  例6：我们一起学习，互相帮助。   《博雅·初级Ⅱ》第十三课
  互相 hùxiāng adv. each other

（二）生词注释的形式

通过调查和阅读教材，《博雅汉语》中生词注释遵循"汉语生词—拼音—词性—英文注释"的顺序，课文中有专有名词的另外进行注释。在对教材进行研究过程中，笔者发现针对生词的注释大概分为一对一和一对多两种形式，下面就一一来说明。

1."汉—英"一对一注释

"一个汉语生词对应一个英文注释"这样的释义模式在《博雅汉语·初级起步篇》上下两册的生词释义中占比很大（如图1所示）。

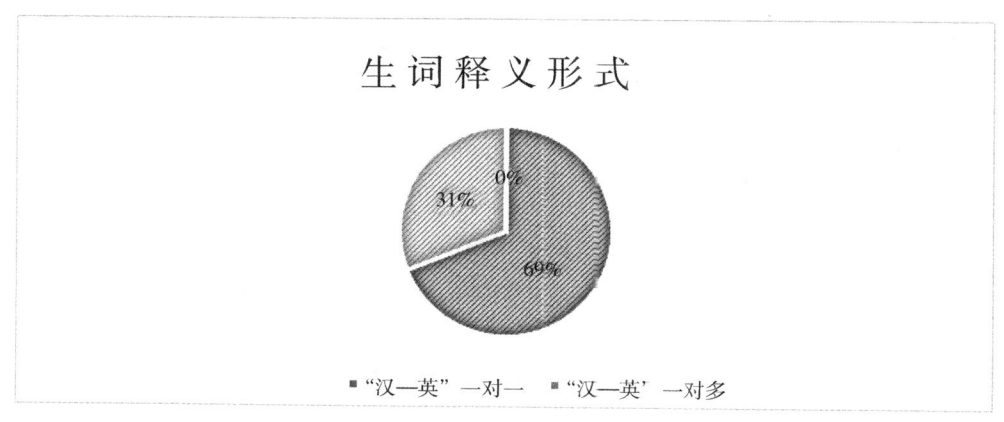

图1 生词释义形式

在《博雅汉语·初级起步篇》的Ⅰ、Ⅱ两册书中共有生词1500个，"汉—英"一对

一注释的模式约占总数的70%，使用这种释义模式时基本上生词和英文注释之间都是一一对应的关系。如：

例7：有的中国人请客的时候喜欢劝酒。　　《博雅·初级Ⅰ》第二十一课

劝酒：to urge sb. to drink more

例8：明天还有听写。　　《博雅·初级Ⅰ》第十二课

听写：to have a dictation quiz

例9：浪费了那么好的射门机会。　　《博雅·初级Ⅱ》第八课

浪费：to waste

例10：服务周到经济实惠　　《博雅·初级Ⅱ》第十五课

周到：considerate　　经济：economical　　实惠：substantial

还有一些生词的注释为了解释得更具体更详细还会在英文翻译后进行补充说明。如：

例11：现在几点？——差一刻六点。　　《博雅·初级Ⅰ》第六课

刻：a quarter (of an hour)

例12：喂，大卫，是我玛丽。　　《博雅·初级Ⅰ》第十二课

喂：hello (used to answer the phone)

例13：下午我们去爬了附近的一座山。　　《博雅·初级Ⅱ》第十课

座：measure word (for mountains, buildings, etc.)

例14：我想找一套公寓。　　《博雅·初级Ⅱ》第二课

套：measure word (for series or sets of things)

教材的注释是为了方便学习者了解汉语而存在的，由于汉语与英语在语法、文化等方面不同，所以注释很难做到面面俱到。例11中表述时间时用的"X刻"是在其他国家没有的，所以注释要尽可能地解释清楚在中国表达时间时，"刻"代表的是"四分之一"（即15分钟）。例12中"喂"相当于"hello"是在中国电话用语中才成立的。汉语系统中有丰富的量词，例13、例14中的"座"和"套"如果只注释成"measure word"，并不能让学习者真正了解这两个词的用法和含义，所以要在后面加上更为详细的备注。

2. "汉—英"一对多注释

这种注释形式是指一个汉语生词用两个或两个以上的英文单词来解释，有的是用两个含义相同的单词来释义，或者多个单词相互制约取含义一致的义项来释义。如：

例15：认识你很高兴。　　《博雅·初级Ⅰ》第二课

高兴：glad, happy

例16：我上午有课，下午没有。　　《博雅·初级Ⅰ》第七课

上午：morning, forenoon

例17：去海边晒太阳　　《博雅·初级Ⅱ》第二十一课

海边：seaside，beach

"seaside"和"beach"两者的名词含义均为"海滩，海岸"，所以例17中"海边"这一词语可以同时用这两个词来解释。但大多数情况下汉英两种语言并不能做到完全对立，所以教材中会使用多个英文注解来相互限制使得注释更精准。例15中"happy"除了"高兴的"还有"恰当的，巧妙的"等含义，"glad"除了"愉快的，高兴的"还有"明亮的，鲜明的"等意思，但两者重合的仅有表达"高兴"这一情感含义。例16中的"上午"通常指清晨到正午12点中间的时段，"morning"有"早晨，早上，上午"之意，"forenoon"意为"午前，上午"，那么取两者重合的含义便都可以为"上午"释义。

（三）生词释义存在的问题

作为对外汉语这一领域较为权威且使用广泛的教材，《博雅汉语》系列自问世以来已经做了全面的修改，并根据每个阶段的不同需要进行了各有侧重的修订。正如教材的前言所说，"《初级起步篇》语言点的注释进行了调整和补充，力求更为清晰有序……英文翻译做了全面校订……"但是笔者通过对修订后的教材进行研究，发现其在生词翻译方面还存在一些问题。

1. 英文注释与生词含义不对等

词汇是留学生学习汉语过程中的重点内容，课堂上的词汇输入一部分靠老师另一部分就要靠教材，而教材课文里生词的含义大多与文章前后的内容有关，所以对于课文中生词的注释要根据情景和课文内容进行翻译，而不是简单的直接翻译，直接翻译的生词不仅对学习者的词汇学习造成影响也会影响他们对课文的理解。

（1）注释范围大于生词义

例18：日本的大学早上几点上课？　　　《博雅·初级Ⅰ》第六课
早上：morning

这里用"morning"来解释"早上"存在一个信息不对等的情况，中国时间的早上指的是日出至日出后两小时的时间，而英语国家时间的"早上"指的是从人们正常醒来一直到中午或吃午饭前的一段时间，所以"morning"包含的时间要比"早上"包含的时间多。

例19：上周末到朋友家包饺子　　　《博雅·初级Ⅰ》第十六课
饺子：dumpling

"dumpling"在英文中除了有"饺子"的意思，还有"汤圆，团子"的意思，如果不明确指出就会误导学习者。

(2) 注释范围小于生词义

　　例20：演员的表演很精彩。　　　　　　　《博雅·初级Ⅱ》第十八课
　　演员：actor

"actor"意为"演员"，尤其指男性演员，但"演员"这个范畴中不仅有男演员，还包括"actress"（女演员），所以只用"actor"来注释实际上是缩小了词义的范围。

　　例21：里面有几支笔，还有几个本子。　　　《博雅·初级Ⅱ》第三课
　　本子：exercise book

"exercise book"意为练习本，但是课文中并没有明确指出"本子"具体是什么，本子包括很多，比如除了"exercise book"还有"notebook"（笔记本）等。

(3) 注释脱离课文内容

　　笔者在分析教材中的生词注释时，发现有一些注释是由生词直接翻译过来的，并没有结合课文内容。

　　例22：可是我没有自行车……——我有，这是钥匙，车在楼下车棚里。
　　车：bicycle，car，vehicle　　　　　　　《博雅·初级Ⅰ》第七课

注释中的"car"指的是"车，汽车"，而美式英语中专指"在轨道上行驶的车"，"vehicle"表示的是"运载工具，交通工具"，相比前者范围更大。但根据课文内容，这里的"车"已经有了明确的指向，指的就是自行车，所以用"bicycle"就可以为其释义。

　　例23：超市不是有速冻饺子吗？　　　　　　《博雅·初级Ⅰ》第十八课
　　速冻：frozen

"速冻"是指迅速冷冻，使食物形成冰晶从而达到最大限度地保留食品原有的天然品质的一种方法。"速冻"的重点就是"迅速"，所以翻译的时候也要体现"迅速"这一特性，但是教材中的"frozen"只是单纯地对"冻"做了解释。

　　例24：你用英语写的作文真不错。　　《博雅·初级Ⅰ》第二十三课
　　用：to use

英语里表示"用某种语言写"一般都是用介词"in"，所以这句话应该翻译为"Your composition in English is really good"。但是教材中直接将"用"直译为"use"，并没有结合课文内容。

　　例25：有空儿的时候，欢迎你去玩儿。　　《博雅·初级Ⅰ》第五课
　　时候：time，moment

英语的"time"可以表示"持续时间"，也可以翻译成"时间；时刻"，"moment"意为"片刻；瞬间"，也有"时刻；时机"的含义。但是课文中的"时候"并不等于"时

间"或"时刻",这三者也是相互区别的。汉语中的"时刻"指某一瞬间,表示的是具体的某一个时间点,只是时间中的一个点;"时间"可以表示准确的时刻,也可以用来表示某一个日期或者一个时间段;"时候"表示的范围更大一些,不仅仅指时间,还指与该时间相关的一些情况。而教材中这句话的"时候"并不能直接翻译成"time,moment",而且将这样的注释带入句子中时并不是一种正确的表达。"有空儿的时候"也就是"当(你)有空儿的时候",这里面的翻译还包括一个"When"。

2. 同英文注释的词义混淆

教材中词语释义的内容既要全面,又要做到准确且通俗易懂,这样才能真正起到帮助学习者学习语言的目的。笔者在整理生词时发现用一些复现率很高的英文来注释,但实际上被释义的汉语生词之间并不是完完全全的同义词。

《博雅汉语·初级起步篇Ⅰ》中第二单元的第八课中就出现了两处不同词用相同英文进行释义的现象:"你的房间号是多少?——502号。我的宿舍是5号楼502室""你的电话号码是多少?——63861023"。对这两句话中的生词进行释义时,"号"与"号码"都用"number"进行解释,"房间"和"室"的翻译都是"room"。实际上这两组词都相互区别,但教材中的注释并没有对此进行区分,于是就很容易出现两组词随意替换的现象。学习者可能会认为,既然"号"和"号码"一样,那么就会说出"你的顺序是几号码"这样的病句。同样的,用同一个词来注释"房间"和"室"也会出现两者混用的情况,我们可以说"我可以看看你的房间吗",但不能说"我可以看看你的室吗"。

"又"和"再"都有表达"再一次"的含义,但在教材中各自出现的句子环境中两者并不相等。《博雅汉语·初级起步篇Ⅰ》第十六课中,"明天又是周末"这一句的"又"译成"again"表示周末再次到来。出现在同一册教材的第二单元第九课"我买两瓶(啤酒),再买两瓶水"一句,也用"again"来做释义"再",但是笔者认为这里的"再"更多的含义是表示一种动作接在另一动作之后进行,表达一种"买两瓶啤酒之后再买水"的含义,买水的动作在买啤酒的动作之后发生,所以笔者认为翻译成"then"更合适。

3. 同一生词前后注释不一致与生词不遵循语法现象

当生词复现时释义应做到前后一致,以免给学习者造成学习上的困扰,但笔者在整理生词时发现复现的生词也有前后翻译不一致的情况。如:

例26:清华大学在哪儿?——在北京大学的东边。
在那儿,教室的旁边。——是西边的教室吗?
东边:the east side 西边:the west side   《博雅·初级Ⅰ》第五课
例27:小区的南边是一个小公园。   《博雅·初级Ⅱ》第十二课
南边:southside

还有的生词直接从课文中选出,但是不论是释义还是结构都与课文所表达的含义不符。如:

例28：跑到公交车站，发现每辆车都是满满的，我好不容易才挤上去，可是车刚走了两站就坏了。

好不：used before some two - character adjectives to show high degree

课文想表达的意思是"我费了很大的劲才挤上车"，以此表达上车是一件"很不容易"的事情，但是教材把"好不"作为生词，并且根据生词的释义其实表达的是一种与课文内容完全相反的含义。依据教材的释义，"好不"是用于一些双音节形容词前来表示程度很高的词，再代入课文的话就相当于是形容"容易"的程度很高，这样就与句子想表达的意思完全违背。

4. 释义方式单一，文化词翻译表面

且不说初级阶段的这两部教材，整套《博雅汉语》系列的生词全都是用英文来注释，但有时英文注释并不能特别全面地解释生词的含义，尤其是文化含义比较丰富的生词，例如"京剧""春节"等，但是教材中只是用一两个词简单翻译成"Peking Opera""Spring Festival"。英文的翻译仅停留在字面并没有体现生词蕴含的文化，如果将"京剧"翻译成"Peking Opera, it is the most influential opera in China, and it is an intangible cultural heritage"也许会更全面一些，同样"春节"一词也没有体现出其中的文化内涵。

四、初级阶段生词释义的建议

教材生词后的注释是学习者与汉语之间的桥梁，注释得合理恰当会帮助学习者更好地理解词语。从另一方面来说，也会激起学习者对汉语学习的兴趣，形成良好的"正迁移"，尤其处于初级阶段的学习者对教材中的注释存在较大依赖，如果注释不合理或者不明晰，便会不可避免地对学生的汉语学习带来负面影响。

对外汉语作为一门还在发展的学科，为其服务的任何一本对外汉语教材的生词注释都不可能完美无瑕，所以教材的注释只能尽力去做到准确。笔者主要从前文指出的问题出发，提出一些关于生词注释的一些建议，希望对以后的教材编写提供借鉴。

（一）注释尽可能做到与生词义一一对应

汉语对于初学者来说本身就是一道难题，如果注释再不准确，很难或者很冗长的词句对学习者无疑是难上加难。注释要做到与生词对应，词义所概括的对象不能随意扩大或缩小，要与汉语词表达的词义范围一致，避免误导学习者。进行生词的英文注释时要多查阅权威词典（如牛津词典、朗文词典等），选取与生词含义尽可能一致的词作为注释，还要注意生词注释要让人很容易明白，尽量简短容易，不要超出课文范围也不要超出学习者的理解范围。

（二）生词注释要结合课文语境

汉语的词汇与含义并不是一一对应的，汉语中有丰富的多义词，在一个语境中只有一个义项与这个词匹配。同样，对外汉语教材课文中选出的生词的含义是依附着课文内容而存在的，有的生词是多义词，只有在课文的特定语境中才能确定这个词的意思，所以在进行生词释义的时候，千万不能脱离课文的前后语境直接翻译。

（三）重现词注释前后保持一致

生词复现为的是增强学习者的记忆从而起到巩固作用，所以注释的重现也要做到前后一致，相同的词要用相同的注释，不要换用意义相近的词，避免给学习者造成困扰。

（四）注释形式多样化、直观化

任何一部对外汉语教材在进行生词注释时，都要尽量避免单一的注释形式。单一的方法会让学习者感觉枯燥，尤其是初级学习者，相较于让他们学好汉语更重要的是让他们对汉语产生兴趣，所以释义时最好能根据词语自身的特点灵活注释，不是所有生词都可以用英文翻译解释，只局限于一种方式是不可取的。

笔者研究的《博雅汉语初级》教材第Ⅰ册第五课中，涉及方位的生词"东边、西边"就可以用方位指示图（如图2所示）表示。第十课询问家里有几口人，那么其中有关家庭成员的生词也可以用一张家庭合照来指明人物关系（如图3所示）。第十一课涉及天气类的生词，例如"风、雨、雪、晴天"等，可以用天气标志的图片（如图4所示）表示。这样的非语言注释很容易让学习者理解，而且直观的视觉刺激比单调的词汇更容易给学习者留下深刻印象。

图2　方位指示

图3　家庭成员

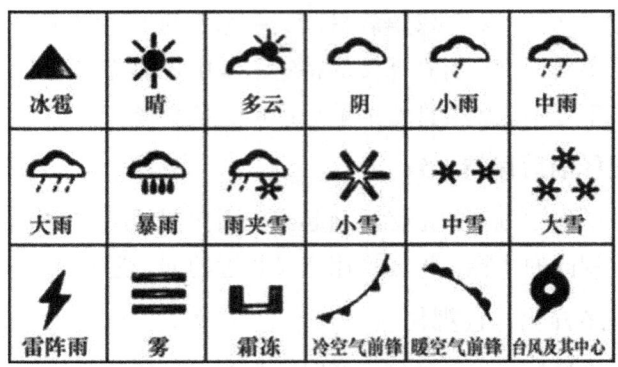

图 4　天气标志

（五）注意文化词的释义不能仅停留在字面

汉语中的许多词都有丰富的文化含义，在为这类词注释时翻译不能仅停留在表面。例如《博雅汉语初级》教材中涉及春节的内容，注释不能仅以一个简单的"Spring Festival"结束，应该延伸出春节的含义、习俗等，让学习者充分了解词语背后的文化。如果教材的释义有限，那么教师就要做好对文化词的补充说明，可以用图片、音频等进行深入的讲解。

结　语

教材是学生学习和教师授课的依据，在第二语言教学中起着至关重要的纽带作用，教材中的注释更是初级阶段学习者了解词汇和知识点的重要辅助工具。生词英语释义不当往往会给学习者带来困扰，尤其是对初级学习者来说，不当的注释会从一开始就造成词语使用和语法上的偏误。

本文在已有对外汉语教材生词注释的基础上对《博雅汉语·初级起步篇》Ⅰ、Ⅱ中的生词注释进行归纳，分析了生词注释的方式和模式并总结出生词注释的几点不足，随后对教材中出现的这些问题提出建议：注释形式多样化、直观化，生词注释要结合课文语境，文化词的释义不能仅停留在字面，重现词注释前后保持一致，注释要符合学习者的水平，等等。

本文只选择了一套初级阶段教材作为研究对象，研究内容相对有限，对生词注释的这一方面的认识可能不算全面，还需要在教学实践中进一步深入研究。

参考文献

1. 黄伯荣，廖序东. 现代汉语（增订六版）[M]. 北京：高等教育出版社，2017.
2. 刘珣. 对外汉语教育学引论 [M]. 北京：北京语言大学出版社，2000.
3. 卢桂芝. 有关对外汉语教材中生词英文译释问题 [J]. 衡阳师范学院学报，2010，31（1）.

4. 王汉卫．论对外汉语教材生词释义模式［J］．语言文字用，2009（1）．
5. 王珊．对外汉语综合课教材生词释义研究［D］．厦门：厦门大学硕士学位论文，2008．
6. 谢军．从对外汉语教材中的生词英译看对外汉语词汇教学［D］．长沙：中南大学硕士学位论文，2007．
7. 晏懋思．对外汉语教材中词语翻译的一些问题及其对策［J］．现代外语，1994（1）．
8. 张竞．对外汉语教材生词的英译问题研究——以《博雅汉语·初级起步篇》为例［D］．南京：南京师范大学硕士学位论文，2014．
9. 张利民．对外汉语教材生词英语注释研究［D］．西安：陕西师范大学硕士学位论文，2012．
10. 张诗雨．初级对外汉语教材生词英文释义比较研究［D］．合肥：安徽大学硕士学位论文，2015．
11. 赵薇，肖丽莉．从偏误角度浅析对外汉语教材中的词汇英文释义问题［J］．海外英语，2012（24）．

（全思慧　首都师范大学2019级硕士生　工作单位：北京陈经纶中学颈松分校　指导教师：胡秀春）

·文化产业、影视文学·

在野·守望：影视人类学视域下万玛才旦纪实电影研究
——以"藏地故乡三部曲"为例

崔福凯

摘　要：万玛才旦作为藏地影视人类学的践行者，以纪实化的影像手段如实呈现了藏地自然风貌以及藏区人与人之间真实质朴的关系，在实现"蓝天碧瓦高原红"祛魅的同时，聚焦藏文化与现代文明的冲突，并提出了自己对藏地未来的理想化期许。因此，本文立足万玛才旦的"藏地故乡三部曲"，运用"影视人类学"理论，从"在野""守望"两个角度来分析万玛才旦纪实电影创作过程中所显现出的"人类学"意识，以期为藏族纪实电影的发展提供路径上的指导。

关键词：影视人类学；万玛才旦；藏地故乡三部曲；在野；守望

　　影视人类学作为舶来词，其英文为"visual anthropology"，是"以人类学研究中影视手段的应用方式及其表现形式为研究对象，探讨影视手段在人类文化研究中的功能、性质、应用规律，以及人类学片的特征、分类和制作方法的人类学分支学科"[1]。自影视人类学理论传入中国以来，涌现出了一大批影视人类学的理论家和实践者，其理论经由国内影视工作者的本土化改造，与本民族文化紧密结合，拍摄制作出了大量优秀的少数民族纪录片和纪实电影。"从20世纪90年代孙曾田创作的电视纪录片《最后的山神》《神鹿啊，我们的神鹿》，到近年来活跃于北方少数民族地区的独立导演顾桃摄制的影片《敖鲁古雅，敖鲁古雅》《犴达犴》，以及呈现于院线银幕之上的《喜马拉雅天梯》《大河唱》《寻羌》，乃至虚构电影《冈仁波齐》《撞死了一只羊》《阿拉姜色》等，都在影视人类学关注、交流与学术观照的范围之内。"[2] 其中，2000年以来活跃于西部地区的"藏地新浪潮"电影的发起者与领军人——万玛才旦，可以说是近年来我国少数民族题材电影创作导演中最为出色的一位。这不仅是因为万玛才旦是名副其实的藏族人，他的主位视角更能够融入那片

---

[1] 张江华，李德君. 影视人类学概论[M]. 北京：社会科学文献出版社，2000：9.
[2] 朱靖江. 在野与守望：以影视人类学视角反思少数民族影视创作[J]. 上海大学学报（社会科学版），2020（3）：18—27.

地域文化、风土人情中去,更重要的还是他始终坚守影视人类学的拍摄原则和方法,打破了以往"蓝天碧瓦高原红"的魅影化想象,在展现藏地原汁原味的自然状貌的同时,更加着重阐释藏区人与人之间真实质朴的关系,是最纯粹的藏族电影。以下本文结合学者朱靖江提出来的"在野与守望"①观点,以"藏地故乡三部曲"[《静静的嘛呢石》(2006)、《寻找智美更登》(2007)、《老狗》(2011)]为研究蓝本,从"在野""守望"两个方面来深入分析万玛才旦的纪实电影中所体现出的"祛魅化"的藏地自然景观和人文故事,以及现代化语境下藏文化与现代文明的冲突与期许。

一、在野：主位视角下的藏地记录与呈现

"在野,一方面指人类学的根基在于田野调查;另一方面则是指人类学的研究特性,主要体现在对前工业文明、边缘性文化以及少数群体的价值体认、文化理解与思想阐释。"② 反观万玛才旦的"藏地故乡三部曲",不难看出作为藏族电影事业的践行者与奠基人,他试图通过主位视角来呈现原汁原味的藏地自然景观,讲述藏族普通人最为平实甚至略显枯燥的故事,并将藏地佛学与藏族人的精神紧密联系起来,形成了他纯粹的藏地表述。

(一)"主位"取代"客位"后的祛魅

"主位视角"和"客位视角"是人类学研究中两种不同的理解角度,它们分别从当地人和外来者的角度来理解文化,后者往往带有或多或少的主观感受和臆断。而以往的藏族电影几乎都是从客位视角来进行拍摄,致使原本就是"儒家文化压力边缘的一个想象乌托邦"③愈加处在魅影化的包裹之中。正是藏族导演万玛才旦的出现,主位视角取代客位视角,观众才得以看到更为原汁原味的藏地自然风貌以及人文故事,其祛魅的意义不言而喻。

1. "祛魅化"的藏地景观

以往,外族人拍摄的藏地高原大都是"蓝天白云、雪山草原、虔诚的佛教徒、神秘的喇嘛庙,仿佛那是不食人间烟火的纯精神化的仙境"④。长此以往,观众的猎奇心与窥探欲逐渐战胜了理性判断,理所应当地认为"蓝天碧瓦高原红"就应当是藏地的景观状貌。然而,这种魅影化的景观想象看似在美化藏地形象,其实却是对藏地景观不自信的体现。

---

① 朱靖江. 在野与守望:以影视人类学视角反思少数民族影视创作[J]. 上海大学学报(社会科学版),2020(3):18—27.
② 朱靖江. 在野与守望:以影视人类学视角反思少数民族影视创作[J]. 上海大学学报(社会科学版),2020(3):18—27.
③ 谢建华,万玛才旦,陈佑松,等. 万玛才旦:作者电影、作家电影与民族电影的多维实践者[J]. 艺术广角,2020(1):4—13.
④ 谢建华,万玛才旦,陈佑松,等. 万玛才旦:作者电影、作家电影与民族电影的多维实践者[J]. 艺术广角,2020(1):4—13.

相反，作为本民族的电影导演，万玛才旦则有意打破这种魅影化的景观想象，其影片呈现的并不是"蓝天碧瓦高原红"，而是更多地展现荒芜的藏地草原、略显灰暗的天空、破旧的城镇街道等，进而突出强调环境中藏族普通人的心灵困境。《老狗》的开篇便将观众带到了枯燥乏味的藏地高原。这里的高原并非想象中的美好，导演并没有向观众展现碧草蓝天，也没有展现巍峨的雪山，更没有展现"风吹草低见牛羊"的牧场，相反，作为主要的牧区却显得十分冷寂，在这种环境映衬下，老牧人与儿子贡布偷偷卖掉老狗的行为，更能够反映出牧民在传统牧业变迁后的精神困境。《静静的嘛呢石》中的主要景观喇嘛庙也打破了以往的神秘感，首先，它在外观上并不像布达拉宫那样雄伟壮丽、红砖碧瓦，甚至如果没有喇嘛的出现而被人误以为村落也不足为怪；其次，喇嘛庙里的喇嘛们也实现了祛魅，他们在虔诚的诵经之余，也会有很多普通人般的生活乐趣，比如玩羊骨节、看电视、听收音机、戴面具等，这些都改变了观众以往对喇嘛庙云雾迷蒙的陌生化认知。总的来说，万玛才旦作为本土影视人类学实践者，并没有受到资本的捆绑和驱使，而是以主位视角通过影像再现藏地原汁原味的景观状貌。

2. "祛魅化"的藏地故事

在纪实电影《静静的嘛呢石》诞生之前，有关藏地题材的小说、影视作品几乎都是围绕各种神圣而又神秘的传说（如古格王朝、帕巴拉神庙、战獒军团等）来展开一段段惊险刺激的探险。尽管这类作品深受读者和观众的喜爱，但却愈加增强了藏地故事的神秘感，逐渐形成了外族人认识真实藏地的天堑。

直到藏族人自己的导演万玛才旦出现后，藏地故事魅影化的现象才得以改观。"以前都是其他民族的电影人拍藏区藏地题材电影，终于有一部自己民族的人拍的、能够呈现自己民族的生活现实，反映自己民族文化传统的电影。"[①] 再后来一批新晋藏族导演松太加、拉华加等人也纷纷加入藏地故事"祛魅化"的道路，用他们自己的方式来讲述发生在故乡藏区的真实故事。《静静的嘛呢石》虽然以小喇嘛为主人公，但并没有向观众过度地展现诵经、祷告的场面，而是记录了小喇嘛过年回家三天的日常化生活以及所见所闻，从侧面反映小喇嘛在本土文明与外来文明、精神信仰与物质现实、真实世界与理想生活之间所表现出的好奇与迷茫。《老狗》并没有对牧民牧羊的场景做过多的描述，也没有过多地呈现牧民的日常生活，而是围绕一条老狗的去与留来讲述故事，表面上是表现父子二人对待老狗截然相反的态度，实则是表达传统牧业文明与经济快速发展之间尖锐的矛盾。由此可见，万玛才旦不再聚焦藏地传说及藏地史诗，而是始终关注藏地的普通人，讲述他们实实在在发生的故事，在做到"祛魅"的同时，真实地表现了藏地文化在现代化语境下的变迁以及面临的种种困境。

（二）藏地佛学观念的微观深描

通俗而言，格尔茨提出的"深描说"可以理解为"解释的解释"，即在某种文化原有

---

① 谢建华，万玛才旦，陈右松，等．万玛才旦：作者电影、作家电影与民族电影的多维实践者［J］．艺术广角，2020（1）：4—13.

解释的基础上进行自我的认知和解释。而佛学作为藏地最具典型性的文化标签,似乎永远都是被解释的重要论题。万玛才旦作为藏地导演,他始终试图将藏地佛学的观念融入自己的电影中,这既是对佛学信仰的敬畏,更是向观众阐释藏族人精神中所信奉的处世之道。

1. "业力轮回"的生死观

"业力轮回",简单来讲就是"前世种什么因,后世结什么果",几乎在所有藏传佛教的教义中都能够找到相关的字眼。这种"业力轮回"的思想影响着世世代代藏族佛教的信徒们豁然、乐达且无畏无惧的生死观念,他们始终坚信"相信轮回不仅是学佛的前提,而且是人生指标"①。

作为藏传佛教虔诚的信徒,万玛才旦自然也深受"业力轮回"观念的影响,而这也深深地影响了他纪实电影的创作。持"业力轮回"这种信仰的藏族人,他们在生前广行善事,积攒更多的"善业",以期在死后能有一个好的轮回,因此他们从不畏惧死亡。《静静的嘛呢石》中刻石人索巴大叔便向观众很好地诠释了这一生死观念。索巴大叔一生都在刻嘛呢石,尽管这份工作十分的枯燥甚至使他过得依旧清贫,但他从未有所怨言,依旧虔诚地刻着人们捐刻的嘛呢石,坚守着这一藏地传统文化。"他都没吃什么苦就去了,这都是他今生积德积来的",这是他的亲友对前来慰问的小喇嘛父子所说的一段话,从中不难看出他们并不觉得索巴大叔的猝然离世是一件值得惋惜、痛心的事情,相反,他们认为这是索巴大叔的"善业"最终成就"善报"的最好体现。《寻找智美更登》《老狗》中藏族人对待牲畜可谓发自内心的关爱,无论是牦牛、羊还是藏獒,牧人们始终坚信牲畜们前世或许是自己身边最为亲近的亲人和朋友,只不过因为积累了太多人世间的孽债,今世才会投胎为受苦受难的牲畜。因此,在《寻找智美更登》中,即使牧人们再辛苦,也想在大雪到来前多割些草料,让牲畜过得好一点;在《老狗》中,即使老牧人再贫穷、清苦,他也从未想过卖掉老狗,坚信它是"牧人的宝"。

2. "舍己助人"的悲剧美

"万玛才旦的朋友们曾经形容他'很像活在神话里',他说这可能与西藏的佛教观念有关,因为文化里根植了悲观,导致作品中呈现出这种文化氛围。"② 当然,这种悲观绝不仅仅是万玛才旦所独具的,而是绝大多数藏族人共同具有的精神气质,并且渗透到藏族人的生活方式、为人处世之中,使得他们从骨子里就散发着"舍己助人"的精神力量。

取材于佛教故事的《智美更登》作为八大藏戏中最具代表性的一出剧目,讲述了智美更登王子为了众人的幸福宁愿牺牲自己妻儿甚至双眼的悲剧故事。而深受藏地佛学影响的万玛才旦,便巧妙地将藏戏《智美更登》直接或间接地融入"藏地故乡三部曲"及以后的诸多电影创作之中,用影像来彰显藏地佛学中"舍己助人"的悲剧美。《寻找智美更

---

① 高野优纪. 藏族轮回思想及其民俗研究 [D]. 北京:中央民族大学硕士学位论文,2013:19.
② 谢建华,万玛才旦,陈佑松,等. 万玛才旦:作者电影、作家电影与民族电影的多维实践者 [J]. 艺术广角,2020(1):4—13.

登》明线是找寻智美更登扮演者的过程，暗线则是在找寻曾经"慈悲和施舍"的信仰。直至影片结束，导演也未能选中合适的智美更登扮演者，寻找智美更登的行动依旧在继续。而一路跟随剧组前来的姑娘逐渐放下了找寻爱人的执念，这种放下并非被迫，而是主动的释然，这在影片最后她摘下前男友送给她的围巾并还给他这一细节中可以鲜明地体现出来。这种放下并非怨恨，而是一种爱，正如老板为了让自己的初恋过得幸福而毅然放下那样，她也选择舍弃自己的爱情来成全前男友的幸福。尽管这两段爱情都以悲剧收尾，但导演却通过将其包裹在佛学的文化中，削弱了爱情本身的残酷性，让观众在悲剧中也能发现美的存在。《老狗》虽然不像"藏地故乡三部曲"前两部那样在影片中直接演绎藏戏《智美更登》，但却在潜移默化中渗透着智美更登舍己助人的精神信仰。影片最后，老牧人的儿子一改之前对待老狗的态度，为了夺回被偷的老狗而把狗贩子老王打进医院，这既是他对之前卖掉老狗行为的救赎，更是以舍弃自我来保留"藏獒"这一传统牧业文明的象征。尽管故事以他被刑事拘留的悲剧而结束，难免让人为之感伤，然而悲剧却往往更能体现人坚守的意义。

二、守望：现代化语境下藏文化与现代文明的冲突点

"守望，意为人类学的学术立场，在于尊重少数群体作为文化持有者的主体性，强调基于主位立场的文化表达，提倡外来者与原住民之间的合作与分享。"[①] 简言之，守望就是要求文化持有者对于本民族文化要具有反思意识，以期本民族文化在时代发展的浪潮中既能守住初心，又能适应潮流、展望未来。而万玛才旦的影片则很好地体现了他对藏地文化现状及其发展路径的清醒认识。

（一）现代文明与传统价值的冲突

"现代"与"传统"这一对看似矛盾的词汇，已然成为现代化语境中必不可少的两个关键词，然而任何族群、部落的发展都离不开现代与传统的冲突、磨合直至交融。正如万玛才旦的影视作品一样，它们"呈现的并不是现代和传统之间的二元对立，而只是一种现实的状态"[②]。

1. 现代文明对藏地佛学的冲击

万玛才旦始终坚持"静"的创作原则，一方面体现在"无高潮"的叙事结构上；另一方面还体现在以"固定长镜头和空镜头"为主的影像语言上。当下伴随着躁动的现代文明的发展，部分藏族人的佛学信仰也在不断发生变化，因此展现"动"与"静"之间的对立，更能体现出佛学"静"的意义。

[①] 朱靖江. 在野与守望：以影视人类学视角反思少数民族影视创作 [J]. 上海大学学报（社会科学版），2020（3）：18—27.

[②] 万玛才旦，徐枫，田艳. 万玛才旦：藏文化与现代化并非二元对立 [J]. 当代电影，2017（1）：42—49.

在万玛才旦的影片中，藏地佛学是他最为关注的，同时也是他极力想守护的东西。伴随着现代文化对藏地传统的冲击，藏地佛学也必不可少地受到一定的影响，逐渐呈现式微的状态，藏族人心中的佛学信仰陷入动摇、迷茫甚至否认的情况常有发生。《静静的嘛呢石》中的多处细节都表现出藏地佛学信仰的动摇。比如小喇嘛执意要将代表现代文明的电视带到寺庙观看的这一行为便显得十分滑稽，寺庙本应是诵经祷告的神圣场所，现在却掺杂了俗世的杂音，与寺院的钟声形成了明显的对立，是佛学信仰动摇的一种体现。再比如小喇嘛的哥哥作为藏戏"智美更登"的扮演者，然而他并不像智美更登那样把施舍助人当成自己的信仰，当小喇嘛央求带电视到寺院的时候，他也会"以带到马场去挣钱"为由拒绝，可见现实中的他处处弥漫着世俗气息，并未与戏中他的内在精神达到统一，是莫大的讽刺。《寻找智美更登》中同样扮演过"智美更登"的醉汉表示他并不喜欢智美更登，并且痛斥智美更登施舍老婆孩子是多么愚蠢的行为，斥责声伴随着迪厅里纸醉金迷的灯光魅影，鲜明地体现出醉汉内心的浮躁与世俗，现代文明已然消磨了他最初的信仰。

2. 现代文明对藏地文化的冲击

在现代化语境下，"文化从中心可以流向边陲，亦可从边陲流向中心，是双向流动的"①，尽管藏地高原地处几千米高的海拔、交通不畅以及藏民的思想也略显闭塞，但仍然避免不了外来文化的涌入，与本族传统文化相互冲突、碰撞。

作为藏族电影"第一人"，万玛才旦始终坚持从本民族的主体性出发，其影片虽然是表现个体的命运，但却"总是包含着'少数民族'传统文化和社会受到冲击的寓言"②。因此，他的"藏地故乡三部曲"对藏族传统文化进行了理性的审视与反思，包括探讨现代文明对藏区传统的学习观、工作观、爱情观、牧业文明等诸方面的影响。在《静静的嘛呢石》中，小喇嘛告诫弟弟，要他专心学好藏文，这样才能诵读更多的经书。然而，弟弟却对哥哥予以反驳，表示他不想诵读经书，而是想专心学习汉文，然后去大城市闯荡。这简单的一问一答，看似极为生活化，却表现出年青一代对于藏族传统文化观念的淡忘。而刻石人索巴大叔的猝然离世，儿子又离家出走，刻石手艺无人继承，同样也隐藏着导演对于藏族传统文化可能要面临断层的担忧。《老狗》中，由于内地兴起"炒藏獒"的热潮，致使藏区牧民几乎都纷纷加入了狗贩子的队伍，"狗是牧人的宝"的传统观点被湮没在了经济利益之中，藏区纯种藏獒越来越少。导演在这里并不是想体现商品交易的经济价值，而是想表现作为传统牧业文明的精神象征——藏獒数量的减少，其实就是藏区传统牧业逐渐衰落以及藏族传统文化迷失的体现。

由此可见，万玛才旦在电影中向我们呈现了两种藏地世界：一种是维系传统的精神世界，另一种是全面革新后的物质世界，且当下藏族传统文化的坚守者也常面临着质疑自我

---

① 常丽霞. 藏族牧区生态习惯法文化的传承与变迁研究——以拉卜楞地区为例 [D]. 兰州：兰州大学博士学位论文，2013：7.
② 邵建. 谈后殖民理论与后殖民批评 [J]. 文艺研究，1997（3）：14—22.

的尴尬境地，尤其是年青一代或多或少地都会出现由精神世界向物质世界倒戈的倾向，或者是彻底陷入迷惘无措的精神状态。

（二）藏地未来的理想化期许

尽管现代化语境下文化交流得十分频繁，伴随着一批传统文化的逝去，一批新生文化也在源源不断地出现。然而反观万玛才旦的影片，他并没有一味地去表现现代文明与藏文化之间的种种冲突。作为藏族人自己的导演，深怀民族责任感的他，同样也参与了本民族未来美好图景的设计中，用影像来表达他对藏地未来的理想化期许，这点主要体现在他影片中"寻找"主题的复沓出现以及结局的"理想化"处理上。

1. 被重复演绎的寻找

万玛才旦影片中总有一个被刻意强调并且复沓出现的主题，那就是"寻找"。而人生恰恰就是在不断寻找的过程，只有寻找才能够让我们清楚自己的人生目标，清楚我们到底想要什么，并最终让我们找到自己的人生价值和努力的意义。

万玛才旦的"藏地故乡三部曲"显现出了"纵聚合体式叙述的魅力"[1]，影片中除了主要人物在寻找之外，其他的人物也在寻找，或物质方面的利益，或精神层面的信仰，尽管迷茫过也失落过，但这些仍是希望的所在，是支撑他们继续活下去的动力。《静静的嘛呢石》中，小喇嘛寻找自己丢失的童年快乐、老喇嘛寻找去拉萨朝圣的最佳时间、弟弟寻找自己未来的出路、刻石人索巴大叔寻找儿子（暗喻石刻的继承者）。可见尽管每个人寻找的东西的形态不同，但其本质却是相同的，都是在寻找藏地未来的希望。《寻找智美更登》中则主要表现了三个寻找，即剧组寻找智美更登的扮演者、老板寻找自己的初恋、姑娘寻找自己的前男友，前一个寻找其实是在寻找智美更登的精神信仰到底是什么，而后两个则都是对逐渐逝去的爱情真谛的寻找。《老狗》中，老牧人在寻找被偷卖的老狗的同时也在寻找孙子、老牧人的儿子在寻找生活真谛和与父亲沟通的话语、狗贩子们则在寻找纯种藏獒，尽管他们在寻找的过程中伴随着伤痛与迷茫，但这是必然要经历的过程，经历过后就会知道哪些是值得守护的，哪些是需要被摒弃的。

2. 结局的理想化处理

万玛才旦的影片虽然大都以悲剧告终，但是他却并没有一味地放大悲伤的情感，相反他的影片在塑造悲剧人物、讲述悲剧故事的同时，其结尾的"理想化"处理却散发着导演对于剧中人情感上的人文关怀。

"藏地故乡三部曲"作为万玛才旦早期的三部纪实电影，从一开始就奠定了他理想化结局的创作观念，而这种叙事手法直接影响了他接下来的所有电影创作。《静静的嘛呢石》以小喇嘛对电视这一新生事物的不舍与留恋而结束，尽管小喇嘛对于新生事物表现出强烈的好奇心，但是并未做出一个僧人出格的事情来。尤其是影片最后，父亲要带走电视时，他虽然表现出了不舍，但却并未强求父亲留下电视，而是在犹豫与徘徊过后，再次走向了

---

[1] 万传法. 语言与言语——游走在民族间的万玛才旦导演研究 [J]. 当代电影，2017（1）：49—55.

佛教圣地，这样的结局无疑是理想化的，既体现出小喇嘛佛教信仰的动摇，又能够表现他的动摇只是一瞬间，这是导演对藏地佛学满怀信心的体现，它并不会轻易消失。《寻找智美更登》《老狗》两部影片虽然在结局的处理上比《静静的嘛呢石》更为残酷和现实，但却依旧表达着理想化的期许。《寻找智美更登》虽然导演寻找智美更登的扮演者失败，但是他却将重心从关注演员是否合适转移到了思索何为智美更登的精神信仰中，而尽管老板与初恋和姑娘与前男友两段爱情都以失败告终，却使他们变得更加成熟和理智，更能明白爱情的真谛。《老狗》虽然以老牧人的儿子被拘留而结束，但是曾经迷失自我、和父亲对立的儿子打伤狗贩子救出老狗的行为，不正是自我回归的一种体现，从而为坚守传统牧业文明增添了一份微弱的力量。

结　语

总的来说，万玛才旦作为本土影视人类学的坚定拥护者与实践者，无论是在原汁原味的藏地景观、藏地故事以及藏地佛学信仰等内容层面展现上，还是在固定长镜头、空镜头等视听技术层面的运用上，他的"藏地故乡三部曲"及其日后的所有电影始终带有强烈的纪实性，从藏族人的视角来讲述他们自己的故事以及生存现状，展现现代文明与藏文化的冲突。然而，他并非抱以消极的态度来展现现实存在的冲突，而是通过影像潜移默化地提出他对藏地未来的构思和期许，为在时代变革的十字路口徘徊与迷茫的藏族人给予了一丝温暖的精神慰藉。

参考文献

1. 常丽霞. 藏族牧区生态习惯法文化的传承与变迁研究——以拉卜楞地区为例［D］. 兰州：兰州大学博士学位论文，2013.
2. 高野优纪. 藏族轮回思想及其民俗研究［D］. 北京：中央民族大学硕士学位论文，2013.
3. 邵建. 谈后殖民理论与后殖民批评［J］. 文艺研究，1997（3）.
4. 万传法. 语言与言语——游走在民族间的万玛才旦导演研究［J］. 当代电影，2017（1）.
5. 万玛才旦，徐枫，田艳茹. 万玛才旦：藏文化与现代化并非二元对立［J］. 当代电影，2017（1）.
6. 谢建华，万玛才旦，陈佑松，等. 万玛才旦：作者电影、作家电影与民族电影的多维实践者［J］. 艺术广角，2020（1）.
7. 张江华，李德君. 影视人类学概论［M］. 北京：社会科学文献出版社，2000.
8. 朱靖江. 在野与守望：以影视人类学视角反思少数民族影视创作［J］. 上海大学学报（社会科学版），2020（3）.

（崔福凯　山东艺术学院 2019 级硕士生　指导教师：刘强）

香港青少年国家认同路径探析

——以"港澳青少年民族文化研习计划"系列活动为例

王紫薇

摘　要：当前，提升香港青少年国家认同感已成为全面落实"爱国者治港"原则、推动香港青少年融入国家发展大局的重要任务，这一问题也成为当前学术领域关注的热点。本文认为，中国的民族国家观之核心在于文化。香港与内地文化具有同质同源性，可将中华优秀传统文化作为提高香港青少年国家认同感的重要抓手，提升香港青少年对祖国历史文化的认同，进而激发香港青少年的爱国热情。本文以"港澳青少年民族文化研习计划"系列活动为例，提出了运用中华优秀传统文化提升香港青少年国家认同感的基本路径，即通过深入考察民族聚居地，开展一系列文化实践与传播活动来激发香港青少年的文化认同、发掘其情感认同、实现其公民身份认同，进而提升其国家认同感。

关键词：香港青少年；国家认同；中华优秀传统文化

在"一国两制"、"港人治港"、高度自治的基本方针指引下，香港特别行政区（以下简称"香港"）自建立以来，社会大局长期保持稳定，经济、文化持续繁荣发展。但近十年来，香港先后发生了"反国民教育""占领中环运动""旺角骚乱事件""修例风波"等社会事件，危及香港地区的繁荣稳定。上述社会事件多由香港本地新生代青少年主导和参与。究其原因，除境外敌对势力和少数别有用心之人的鼓动诱惑外，更为深层的原因在于现阶段香港青少年的国家认同水平较低。为扭转这一局面，国家有关部门出台了一系列政策性文件。2020 年 12 月印发的《粤港澳大湾区文化和旅游发展规划》明确提出，要大力塑造湾区人文精神，尤其加强青少年文化培育和交流，强化内地和港澳青少年爱国教育，加强宪法和基本法、国家历史、民族文化的教育宣传。[1]

2021 年 3 月 11 日，十三届全国人大四次会议表决通过了《全国人民代表大会关于完善香港特别行政区选举制度的决定》，从宪制层面全面落实了"爱国者治港"根本原则，

---

[1] 文化和旅游部、粤港澳大湾区建设领导小组办公室、广东省人民政府. 粤港澳大湾区文化和旅游发展规划 [EB/OL]. [2022 - 10 - 10].

进一步强调香港同胞提升国家认同水平的重要性。与此相应，如何从根本上提升香港青少年对祖国历史文化的认同，激发他们的爱国热情，也成为学术研究的重要课题。

一、香港青少年国家认同问题的滥觞

进入 21 世纪，我国学术界对香港青少年国家认同问题的研究逐渐深入。多项研究成果显示，香港青少年国家认同感明显低于内地与澳门青少年。自 2006 年起，香港中文大学传播与民意调查中心每两年在港发起一次"香港人的身份与国家认同"调查，其中 2012 年、2014 年、2016 年的三次调查中约有 1/4（23.3%、26.4%、24%）的香港公民承认自己香港人的身份，"80 后"年轻受访者的"港人身份认同感"最为强烈。[1] 2019 年，夏瑛对比分析了港澳青年的国家认同趋势，发现回归后香港青年人国家认同水平呈波动式变化，香港青年人国家认同水平明显低于其属地认同水平，澳门青年人国家认同水平普遍高于香港青年人。[2]

香港青少年国家认同水平不高由来已久。一是 20 世纪 50 年代以来，港英政府陆续出台有关政策切断了香港青少年与内地的联系。英国殖民政府长期推行"疏离教育"与"子民教育"，一系列"去中国化"与本土文化政策及措施使香港在社会制度、政治体制、意识形态等多方面与内地割裂，成长于该时期后的香港青少年形成了较强的属地认同感。二是在多种文明间成长的香港青少年出现了认同的游移。随着全球化驱动的跨国、跨文化交往行为的增多，香港青少年受到了多种文明的影响与冲击，他们在多种文化交融的现代社会中无法确定自己的认同倾向。三是普通话水平较低是香港青少年在建立文化归属感时面临的主要障碍。语言是人类了解自身民族文化的密匙，是认同自身文化的重要基础。19 世纪 60 年代，教会学校率先使用英语教学。与此同时，港英当局为培养一批懂英语的人才担任公职，在香港推行英文授课的高等教育。[3] 英语教学普及化的影响蔓延至今，香港青少年对外交流往往讲英语，日常交流使用粤语，却不太会讲普通话。语言的隔阂成为香港青少年难以深入了解中国传统文化、产生中华文化认同的主要障碍。

香港青少年的国家意识淡薄，难以构建国家认同感，这一问题形势严峻，亟待解决。近年来，国家已明确提出提升香港同胞国家认同感的工作方针。习近平主席强调，要实现爱国光荣传统代代相传，保证"一国两制"事业后继有人，就要加强对香港青少年的教育培养。[4] 由此可见，如何有效增强香港青少年国家认同感已成为关乎香港未来命运的重要议题。

---

[1] 香港中文大学传播与民意调查中心. 香港人的身份与国家认同调查结果 [EB/OL]. 2016.
[2] 夏瑛. 港澳青年的国家认同：趋势、现状和成因 [J]. 当代港澳研究，2019（2）：67—70.
[3] 吴格非. 香港的英语教育——过去、现状与未来 [J]. 英语知识（月刊），1999（5）：8—10.
[4] 习近平. 实现爱国爱澳代代相传 加强青少年教育培养 [EB/OL]. 中新网. [2022-10-8].

二、中华优秀传统文化——提升香港青少年国家认同感的重要抓手

(一) 我国国家认同的构建渗透于文化实践

"认同"（Identity）一词来源于拉丁文 idem，原意为"相同"或"同一"。① 从社会心理学角度来看，"认同"主要解决了"我是谁"及"我们是谁"的问题，分别解释了个体、社会层面的自我认同与社会认同问题。从社会学角度来看，认同主要强调个人与国家间的关系认同（亦称"国家认同"），即指一个国家的公民对自己祖国的历史文化传统、道德价值观、理想信念、国家主权等的认同②，以及个人归属于国家这一政治认同体的主观认知。③

"民族国家"是近代工业革命以及现代化的产物。20世纪以来，独立自主的民族国家，无不将文化的自我认同作为国家的立国之本。每个国家的国家认同构建方式因文化差异而各不相同。古代中国只有"天下"概念，鲜有用"民族"一词，更无"国家"之用法。自古以来，中国人重文化尤胜于重民族，以文化来划分民族界线。学者钱穆提到，孔子以前，中国人创造了中国文化，孔子以后，中国文化又再创造了中国人。④ 由此可见，中国的民族国家观之核心在于文化。因此，我国的国家认同关乎思想、观念、意识等精神层面及文化层面的认同，国家认同的构建渗透于文化实践。

(二) 中华优秀传统文化与国家认同具有内在一致性

中华优秀传统文化是中华民族在长期的生活生产实践中形成的，是中华民族的精神命脉，是中华民族最根本的文化底色和最厚重的基因图谱。自先秦以来，中国以《论语》《老子》等轴心时代的原典为思想媒介，将中华优秀传统文化传承至今。其间，无论是佛教思想传入中国，抑或是蒙古族、满族等民族入主中原统领"天下"，其他民族对汉民族的影响仅改变了某些文化实践内容（如裹小脚），却难以撼动中国文化的深层结构。相反，中国传统文化还将各种外来文化融凝进自己的思想和文化体系之中，充分体现了中华优秀传统文化的强大生机和活力。这种强大的文化生命力源自中国社会的内部力量，源自中国传统文化蕴含的人文精神。

这种人文精神就是"永在向前、永待后人继续、永完成的一番精神"⑤，也就是我们今天所讲的"传承"精神。在中国，文化传承活动常以家庭为单位进行，即便在殖民时期被迫断联，产生语言阻隔的香港同胞仍依靠代际传播方式来延续文化的血脉。20世纪80

---

① 钱雪梅. 从认同的基本特性看族群认同与国家认同的关系 [J]. 民族研究. 2006 (6): 16—25.
② 贺金瑞, 燕继荣. 论从民族认同到国家认同 [J]. 中央民族大学学报 (哲学社会科学版), 2008 (3): 5—12.
③ 张媛. 媒介、地理与认同: 中国西南地区少数民族国家认同的形成与变迁 [D]. 杭州: 浙江大学博士学位论文, 2014: 6.
④ 钱穆. 民族与文化 [M]. 贵州: 贵州人民出版社, 2019: 13.
⑤ 钱穆. 民族与文化 [M]. 贵州: 贵州人民出版社, 2019: 68.

年代，孙隆基曾在《中国文化的深层结构》一书中提出，香港青年人比内地青年人更加重视儒家思想观点，骨子里仍保有中国文化的深层结构。2016 年，英国广播公司（BBC）出品了一部名为《中国春节：全球最大的盛会》的纪录片，影片中，节目主持人前往香港参与新春贺岁活动，发现香港同胞更加重视中国传统节日习俗，节日期间举办着比内地更为盛大的集会活动。

在以家庭为单位的文化传承活动中，香港青少年通过日常生活的耳濡目染，已经形成了中华民族文化的潜意识，这为建构中华民族文化的自觉认同奠定了心理基础。因此，在培育香港青少年国家认同感的过程中，应当将中华优秀传统文化作为重要抓手，使香港青少年在传统习俗的实践中，在对中国书画、舞蹈、曲艺等传统艺术的体验中，在对中国传统哲学思想的领悟中，提升对祖国历史文化和中华文化的认同，激发他们的爱国热情。

三、依托中华优秀传统文化提升香港青少年国家认同感的基本路径

"港澳青少年民族文化研习计划"（以下简称"研习计划"）系列活动是在文化和旅游部港澳台办公室支持下，由文化和旅游部民族民间文艺发展中心、中国民族民间文化艺术交流协会（香港）主办的文化交流活动。此项活动于 2010 年在香港正式启动，选拔优秀的香港大、中、小学生前往内地的民族聚居地进行研究性学习。活动开展 11 年来，累计举办近 20 场交流活动，是面向香港青少年的文化交流精品品牌活动。

作为中华优秀传统文化的重要组成部分，民族文化中因具有丰富性与多样性特点，能够进一步拓宽香港青少年的文化视野，改变其对于中华文化的消极刻板印象，促进人心回归。此项活动的成功开展表明，中华优秀传统文化能够发挥重要的桥梁作用，有效激发香港青少年的文化认同，发掘其情感认同，实现其公民身份认同，进而提升香港青少年国家认同感。

（一）路径基础——依托中华优秀传统文化，激发文化认同

文化认同是个人和群体界定自我、区别他者、加强彼此的同一感以凝聚成拥有共同文化内涵的群体的标志。[1]现代意义上的文化与国家不可分离，没有统一的文化就没有统一的国家。[2] 从这一点来看，文化认同是国家认同的前提和基础。依托中华优秀传统文化，能够首先唤起香港青少年对中华民族历史的认识，激发香港青少年对于中华民族的文化认同。

与其他研学、游学活动不同，"研习计划"系列活动更加重视培养香港青少年的学术思维，鼓励他们"带着问题去考察"。一是活动前期引导香港青少年初识少数民族文化。行前，主办方将民族文化资料分享到微信群组。同时，根据每个民族文化的特点对香港青

---

[1] Monica Shelly, ed.. *Aspects of European Cultural Diversity* [M]. London: Routledge, 1995: 1194.
[2] 孙英春. 跨文化传播学 [M]. 北京：北京大学出版社，2015：271.

少年进行分组（如服饰组、饮食组、民间手工艺组等），使每个小组能有侧重点地去深入一个民族。二是活动过程中邀请民族的民俗学专家作为活动导师，带领香港青少年深入考察民族文化。活动导师不仅协助规划行程、开展文化讲座，还全程带领香港青少年深入村寨，走进村民家中采访交流，为其答疑解惑。三是活动结束后组织香港青少年完成总结任务，帮助其巩固民族文化知识，在反思总结中构建对于民族的文化认同。实地考察结束后，每位香港青少年要根据自己的任务对几天的研习内容进行总结分享。返回香港后，他们还将围绕活动主题撰写个人的认识和见解，并提交完整的考察研习报告。

具有"问题导向"的研学活动使香港青少年深入民族文化聚居地，主动探索并形成对民族文化的理解，产生与少数民族文化的共鸣。在一期以侗族为主题的活动中，香港青少年深入贵州省黔东南苗族侗族自治州从江县（以下简称"从江县"）。当时，从江县还是贵州省14个深度贫困县之一。基于该地区的经济发展背景，活动要求香港青少年在考察中思考如何运用侗族的传统文化元素帮助从江县脱贫致富。活动过程中，香港青少年学唱侗族大歌，尝试体验纺纱、染蛋布、打侗布、棉花脱籽、打糍粑、草编、古法造纸等侗族技艺，深入了解了侗族文化。活动总结会上，香港青少年纷纷结合侗族文化对该地区经济发展提出了建议。如学生卢某讲道："我们应帮助侗族青年学习普通话、学习推广自己的品牌形象、运作一间店铺，教他们如何利用自身优势，在村子里以侗族文化创业，例如开设纪念品店、客栈内用草编拖鞋、浴衣换成加了防水层的侗布等。相信这些在推动当地旅游业的同时保育了传统文化，也成功维持了他们的生计，'帮扶'了他们。"

民族文化是中华优秀传统文化的重要组成部分，久居城市的香港青少年深入考察民族文化特色，学习体验少数民族语言、音乐、传统技艺等内容，完成文化研究课题。在这一探索过程中，他们能够窥得中华民族多元一体之特征，感受中华民族的包容性与凝聚力，更好地激发潜意识中对中华民族的文化认同感。

（二）路径核心——依托中华优秀传统文化，发掘情感认同

情感认同是指个体对一事物在深刻和全面了解的基础上，从情感上对其产生肯定、喜爱、赞同、追求和采取积极的态度。① 情感认同往往建立在文化认同之上，是人们在形成文化认同的过程中，逐步产生的对于国家的依恋之感。情感认同是国家认同的核心，一个人只有对国家产生了情感认同后，在接触其他文明时才不会产生飘忽与游移感。中华优秀传统文化是香港青少年构建情感认同的关键纽带。香港青少年以中华优秀传统文化为媒介，在实践中与内地人民交流互动，以此发掘其对同胞的情感联结，进而生成对于国家的情感认同。

"研习计划"系列活动交流互动形式多样，每期活动都会根据各民族特点邀请国家级、省级非物质文化遗产代表性项目传承人前来与香港青少年分享少数民族特色的文化艺术。组织香港青少年走进当地中小学校与传统村落，就语言、音乐、舞蹈等具有民族特色的内

---

① 李坤凤. 大学生"国家认同"核心素养评价指标体系的构建［J］. 学校党建与思想教育. 2017（9）：60—64.

容展开学习与交流互动。在交流过程中，香港青少年不仅学讲民族语言、学唱民族歌曲、学跳民族舞蹈，而且与参与交流的内地人民建立了友谊。不少香港青少年表示，丰富、生动的体验内容是他们最喜爱的环节之一，通过内容丰富、形式多样的互动交流，香港青少年获得了不同的感悟。

在交流环节中与当地民族群众产生的情感与感悟进一步激发了香港青少年对该少数民族的深厚情感。民族的民俗、民间文艺活动是中华优秀传统文化的重要实践内容，香港青少年在探索与体验民俗风情的过程中，与当地学生、居民、文化艺术导师等内地同胞深入交往、建立了友谊。香港青少年将通过与内地"他者"的互动，产生情感的卷入与联结，更对国家丰富多彩的文化产生了情感认同。

（三）路径关键——依托中华优秀传统文化，实现身份认同

身份认同是人们对于自我身份确认的一种认同，其根植于西方现代性的内在矛盾，全球化促使欧洲文化与殖民地本土文化狭路相逢，传统文化与现代文化发生激烈碰撞。① 后殖民语境中出现了大量的混合身份认同问题，殖民地中的人们在欧洲文化与本土文化中难以抉择，因此身份认同既是文化认同、情感认同的升华，也是国家认同的关键。中华优秀传统文化是香港青少年实现身份认同的重要媒介。一方面，香港青少年通过展示中华优秀传统文化获得外部关注而产生自我身份的认同；另一方面，香港青少年在同来自其他文明的个体交往中，能够通过种种文化差异的显现来明确自己的身份，进而确立国家的身份认同。

"研习计划"系列活动主要为香港青少年提供第一层身份认同，即通过展示中华优秀传统文化而产生自我身份的认同。每期活动会综合考虑香港青少年的年龄、特长以及该民族的文化特色，为香港青少年设计安排传播任务。在研习考察过程中，香港青少年用摄影摄像的方式记录下民族文化特色以及他们自己的身影，通过社交媒体进行分享与传播。面对社交媒体中来自不同文明的潜在阅读者，香港青少年主动地展示、分享民族文化艺术精粹，这一录制、剪辑、发布过程也是其构建身份认同的重要过程。在一期以佤族为主题的活动中，主办方组织舞蹈专业的香港青少年学习佤族木鼓甩发舞。为使香港青少年更好地感受佤族歌舞文化，活动中安排了大量舞蹈主题交流环节。香港青少年欣赏了大型原创佤族歌舞剧《族印·司岗里》，全面考察了十余种木鼓舞经典舞蹈动作，跟随国家级非物质文化遗产代表性项目木鼓舞（沧源佤族木鼓舞）代表性传承人陈改保等专业人士学习了最原始、最标准的木鼓甩发舞动作。在学习了佤族舞蹈后，香港青少年自发利用休息时间，结合佤族木鼓甩发舞的舞蹈元素编排了一场2分钟的舞蹈节目，并在沧源佤山机场完成了一场木鼓甩发舞"快闪表演"。该表演以短视频形式发布在多个社交媒体平台上，微博秒拍视频累计播放 201.9 万次，微博阅读量达 55.8 万次，产生了较大的社会影响力。

---

① Paul Gilroy. *The Black Atlantic: Modernity and Double - Consciousness* [M]. Cambridge: Harvard University Press, 1993: 163.

香港青少年自发在网络中展示、传播民族文化艺术内容并获得较大关注，这种来自互联网的正向反馈激发了他们的文化自豪感，促进其与各民族人民建立更深的情感纽带，进而对自己作为中国人的身份产生更多认同。

结　语

中华优秀传统文化是中华民族的"根"与"魂"，它是提升香港青少年文化认同的重要支点，是香港青少年产生国家认同的助推器。除了以中华优秀传统文化为抓手，实现文化认同、情感认同、身份认同之外，香港还应发挥课堂、家庭、市场等多类主体的功能特点，采取不同措施，使香港青少年通过多种方式确立文化认同。如在课堂中推行普通话教学，在课本中引入经典古代文学、现当代文学篇目，打好语言基础。在家庭中传承"儒释道"哲学思想，以家庭为单位参与传统节日仪式、庆典、活动，把握文化根脉。在市场中打造一批能够满足香港青少年需求的传统文化产品，形成一系列带有中华优秀传统文化特色的配套服务。

在"研习计划"系列活动的实践中，笔者发现，香港青少年对于祖国的感情是含蓄而羞怯的。他们既想同祖国亲近，又对祖国有敬畏之情。而中华优秀传统文化正是他们靠近祖国的良方，是与祖国建立血脉联系的重要桥梁。通过对中华优秀传统文化的学习、理解及深入体验，香港青少年将打破过去某些意识形态的束缚，逐步产生对祖国的文化认同、情感认同与身份认同，最终提升到中华民族的国家认同高度。

参考文献

[1] [美] 孙隆基. 中国文化的深层结构 [M]. 广西：广西师范大学出版社，2014.
[2] 包晓光. 物性之维：人文精神视域下的中国当代文艺 [M]. 北京：文物出版社，2012.
[3] 费孝通. 中华民族多元一体格局 [M]. 北京：中央民族学院出版社，1989.
[4] 钱穆. 民族与文化 [M]. 贵州：贵州人民出版社，2019.
[5] 秦勇. 意义的生产与消费——文化经济学新论 [M]. 北京：首都师范大学出版社，2017.
[6] 孙英春. 跨文化传播学 [M]. 北京：北京大学出版社，2015.
[7] 王强，包晓光. 中国传统文化精神 [M]. 北京：昆仑出版社，2006.

（王紫薇　首都师范大学文学院 2020 级博士生　指导教师：包晓光）